만족스럽게 웃은 시빌라는 파란 모자를 썼다.
팔을 뒤로 넘겨 깍지를 끼고는,
잠시 걸어가다가 몸을 빙글 돌려 이쪽을 바라봤다.
모자에 달린 하얀 리본이 은발보다 조금 늦게 흔들렸다.
주변을 걷는 통행인 몇 명이 돌아봤고,
한 명은 옆에 선 여자에게 팔을 꼬집혔다.

## 시빌라 — Sybilla

러셀과 행동을 함께하는 『어스름의 여신』. 머리는 좋지만, 장난기가 많은 일면이 있다.

## 러셀 — Russell

용사 파티에서 추방당한 회복술사. 시빌라와 만나, 어둠마법을 습득한다.

## 자넷 — Janet

러셀의 소꿉친구인 【현자】. 소꿉친구들을 위해 용사 파티에 마지막까지 남았지만……

## 에미 — Emmy

용사 파티를 나와, 시빌라로부터 【어스름의 기사】의 직업을 받은 러셀의 소꿉친구.

## 케이티 — Katie

러셀이 빠진 뒤, 용사 파티에 들어온 비밀이 많은 미녀.

## 빈스 — Vince

러셀의 소꿉친구인 【용사】. 미녀에게 약해서, 케이티를 보자마자 파티에 가입시켰다.

~ 추방당한 회복술사는 넘치는 마력으로 어둠마법의 궁극에 도달한다 ~

# 흑여노의 성자 4

**마사미티** 지음
**이코모치** 일러스트
**이경인** 옮김

# Contents

Saint of **Black Kite**

The banished healer masters dark magic with abundant magical power.

제1장

# 01 잘 풀리고 있을 때일수록, 절망했을 때의 충격이 크다

【성자】인 나는 시빌라와 만나 【어스름의 마경】이라는 새로운 직업을 얻었다.

고향 아드리아에서는 마왕을 쓰러뜨리고, 에미와 소꿉친구를 다시 시작했다.

세이리스에서도 마왕을 쓰러뜨렸다. 돈이 필요했던 고아 이브를 구했다.

마델라에서는 『붉은 구제회』의 음모를 폭로하고 아이들이 밖에서 웃으면서 종이 연극을 볼 수 있는 도시로 되돌렸다. 헤어졌던 모녀의 인연을 다시 잇고, 옛 성녀와 같은 힘으로 마델라에 사는 전원의 역병을 치료했다. 마신조차 토벌했다.

전부 잘 풀렸다.

나로서는, 그야말로 『금의환향』한다는 마음가짐으로 찾아왔었다.

―그러나.

"러셀…… 러셀? 아니, 아니야……? **또** 환상인 걸까……? 아니면……."

"이봐. 어떻게 된 거야?"

"러셀이라는 소꿉친구, 정말로 있었던 걸까……. 기억을, 믿을 수 없어…… 아무것도…….”

이건 대체 뭐지……? 너무나도 처참한 모습이었기에, 에미가 앞으로 뛰쳐나왔다.

“자넷!”

“어라, 에미가 있어……. 이것도, 분명…….”

“─진짜야! 너의 절친, 에미야. 진짜야. 하몬드에서 헤어져서…… 러셀이 용서해줘서…… 줄곧 함께 있다가 방금 돌아온, 에미야.”

“맞아, 맞아. 일치해. 인식이 일치하고 있다면, 이건, 정답…… 정답일 가능성이, **약간 높아.**”

“틀림없이 정답이야! 무슨 일이야? 나를 잊어버렸어? 아니면 절친이라고 생각하던 건 나뿐이었어?!”

“절친으로 있고 싶다고 바랐어. 그럴 자격은 없다고, 줄곧 생각했었지만.”

……이봐, 이건 대체 어떻게 된 거야? 나는 대체 뭘 보고 있는 거지?

낯익어야 하는 소꿉친구. 그러나 그 표정은 지금껏 한 번도 본 적이 없는 것이었다.

우리에게 자넷은 절대적인 신뢰를 줄 수 있는 파티의 브레인이었다. 그러나 지금의 자넷은 『자신감』이라는 요소가 전부 떨어져 나간 듯이, 시선을 이리저리 돌리면서 횡설수설 중얼거리고만 있었다.

“《엑스트라 힐》, 《큐어》. 너도 그렇고 젬마 할머니도 그렇고, 손이 많이 가는군. ……무슨 일이 있었지?"

자넷은 조금 눈을 크게 떴고, 그 시선이 나와 에미 사이를 왕복했다.

"내 몸이 회복되었어. 틀림없이 성자의 복합 회복과 복합 치유. 이건 가짜가 할 수 있는 일이 아니야. 그럼…… 진짜 러셀인가. 역시…… 성자에게는 당해낼 수 없나……."

자넷이 하는 말의 내용이 너무 많아서 뭐라 답해야 좋을지 모르겠다.

내가 망설이는 사이, 자넷은 이렇게 말했다.

"에미…… 미안……. 나는 이제, 꺾여버렸어……."

……우리의 여행 내용은 무척이나 농도가 짙었지만, 기간은 그리 길지는 않았다. 그 얼마 되지 않은 기간에 자넷이 이렇게나 변해버린 건가.

에미가 자넷의 말을 믿을 수 없다는 듯 고개를 내저었다.

"어떻게 된 거야, 자넷?! 언제나 내가 의지했던, 자신감으로 넘쳐나던 자넷은 어디로 가버린 거야?!"

"자신감…… 자신감 같은 건, 이제 없어……. 나는, 우물 안의 개구리였어. ……대해를…… 정말로 지식이 있는 사람들의 세상을 몰랐어. 누군가의 지식 안쪽에 틀어박혀 있기만 하면, 그 저자를 웃돌 수 없어. 그러니까…… 그러니까 나는, 전혀 현명하지 않았던 거야……. 언제나……."

파티 멤버 전원이 신뢰하고 있던, 우리의 중심이었던 그 자넷이.

전문 지도자의 지도에는 전혀 의지하지 않고, 서적에서 얻은 지식량에 절대적인 신뢰를 가지고 있던 그 자넷이, 어째서 이런 말을 하는 거지?

특히 지금의 자넷은 에미를 진짜라고 인식하지조차 못하고 있다.

대체 뭐냐고. 『진짜일 가능성이 약간 높다』라니. 모습도 목소리도 에미 그 자체잖아. 마치 자신의 눈조차 믿을 수 없다는 듯한 자넷의 이 자신감 상실은 대체 뭐지?

"그런, 그런 소리는 하지 말아줘……! 나, 모르겠어! 자넷이 현명하지 않다면, 나 같은 건 아무것도 아니야. 완전히 글러먹은 사람이라고! 정말로, 무슨 일이 있었던 거야……?"

무슨 일이 있었던 거지?

에미가 꺼낸 말을 듣자, 나의 머릿속에서 시빌라의 말이 갑자기 재현되었다.

—대체 어떻게 해야 마음이 이렇게나 무참하게 망가지는 거야……?

이건…… 그거다. 가장 처음에 아드리아 던전을 공략했을 때다.

마왕의 자폭에 말려들어 쓰러진 에미의 내면을, 시빌라가 그렇게 평가했었다.

그때의 에미는 당연히 시빌라의 목소리를 듣지 못했을 거다. 그래서 자신이 똑같은 처지였다는 걸 생각지도 못하고 있다. 아무튼 뭔가 정보가 필요하다.

"에미, 너도 그랬어."

"······어?"

"에미 너도 마을로 돌아온 직후, 마음이 검게 탁해져 있었······다더군. 마침 떠올랐어. ······이봐, 나와 재회하기 전에 무슨 일이 있었지? 빈스에게 뭔가 당한 건가?"

그때는 에미가 죽었던 것과 내가 『애모의 성녀』의 기적인 소생마법을 발동한다는 너무나도 커다란 일을 해야 했기에 깊이 생각하지 않았었다.

······아니, 마음속 어딘가에서 생각하는 걸 피하고 있었겠지. 그러나 그때의 에미와 비교하더라도 명백하게 이상한 자넷의 모습을 보니, 나도 잠자코 있을 수 없었다.

"에미는 나와 재회할 때까지 얼마간, 빈스에게······."

"빈스에게는 아무것도 당하지 않았어. 진짜야. 화가 나는 일은 있었지만, 나도 그 녀석도 어려운 일은 전혀 생각하지 않는 바보니까······."

······그런, 건가? 그렇다면 그 외에는 이제 아무것도—.

—아니, 있다.

예전에 에미가 말하지 않았던가. 안 좋은 부분은 무엇 하나 없다는 듯이 에미를 동경하고, 잘 대해주었다는 사람의 이야기.

관계는 양호, 상대에게 안 좋은 부분은 전혀 없다.

그러나····· 에미는 그때 어떤 표정으로 그 말을 했었지? 그 이야기를 마저 듣지는 못했지만, 어째서 에미는 그 여자를 은연중에 피하려고 했던 거지?

확실히, 그 이름은―.

"케이티, 였던가."

"힉!"

내가 그 이름을 말한 순간, 지금까지 우리를 보고 있던 자넷이 작은 비명을 지르며 덜컹 소리를 냈다.

저도 모르게 그쪽을 바라보자, 자넷은 나를 보며 눈을 부릅뜨고 있었다.

그 눈동자는 나를 보고 있는 것 같았지만…… 마치 이 세상의 아무것도 비치지 않는 듯한, 절망의 색으로 혼탁해져 있었다.

―내가 모르는, 용사 빈스 일행의 새로운 파티 멤버. 이름은 케이티.

에미에게 들은 이야기로는 안 좋은 정보가 하나도 없었다. 그러나 이미 나는 도저히 그렇게 생각할 수 없을 만큼, 그 존재에 대한 경계심이 강해져 있었다.

빈스는 경박하고, 기본적으로는 언제나 밝은 녀석이다.

에미는 웃는 일도 있지만 우는 일도 있고, 화내기도 하고 무서워하기도 한다.

자넷은 기본적으로 무표정하다. 그러나 내가 모르는 지식을 이야기할 때의 자넷은 조금 즐거워하는 것처럼 보였다.

그것 말고는 무서워하는 일이 전혀 없고, 눈물을 보인 적도 전혀 없었다.

미아가 되었을 때 에미는 엉엉 울었지만, 자넷은 살짝 감사만 표했을 뿐 냉정했다.

물건을 잃어버렸을 때 에미는 엉엉 울었지만, 자넷은 조금 곤란한 표정을 지으며 나에게 부탁하기만 했다.

냉정 침착하고, 어른까지 포함하더라도 이렇게나 어른스러운 사람은 거의 없었다.

그것이 지금까지 보아온 자넷의 이미지였다.

"어째서, 그 이름을 러셀이……. 에미, 에미, 설마 네가 말해버린 거야?!"

"어?! 아, 그게, 물어보길래…… 그래도 거의 이야기하지 않─."

"이름을 꺼내기만 해도 관측당할지도 몰라! 말하면 안 됐어. 러셀이 알아서는, 콜록! 콜록콜록…… 끅……!"

처음 들은, 자넷의 분노에 찬 목소리. 고함치는 것이 익숙하지 않은지, 목이 막혀서 기침하고 있다. 솔직히 어딘가 비현실적인 광경이다. 자넷은 이런 표정도 가능했던 건가. 어느 쪽이든 내가 아는 자넷은 아니다.

이렇게나…… 이렇게나 자넷을 몰아세운 케이티란 존재는 대체 누구인 거지……?!

"미안, 자넷……. 나를 위해 남아줬는데……."

"콜록…… 잠깐만……. 나야말로, 미안해……. 자세한 사정을 모르는 에미에게…… 하물며, 나에게는 이런 말을 할 권리도 없는데……."

케이티라는 녀석의 이야기를 들어보려고 했지만, 섣불리 건드리지 않는 게 좋아 보이는군……. 동시에 또 하나, 지금까지 두 사람의 대화에서는 아무래도 신경 쓰이는 게 있다.

"이봐. 아까부터 자넷 너는 자신에게는 권리가 없다고 몇 번이나 말하고 있는데, 나는 네가 그렇게 비굴해질 필요는 없다고 해야 할까……. 오히려 좀 더 어리광을 부려도 된다는 생각조차 하고 있는데."

"마, 맞아맞아! 나도 그렇게 생각해! 그도 그럴 게, 우리는 줄곧 자넷에게 의지하기만 했으니까……."

그렇다. 우리는 정말로 자넷에게 의지하기만 했다.

곤란할 때는 자넷의 판단을 따른다. 모르는 게 있을 때는 자넷에게 묻는다. 자넷이 모른다면 처음부터 두 손 들고 항복한다.

솔직히 위태로운 파티였다고 생각한다. 그러나 자넷은 천천히 고개를 내저었다.

"아니, 그건 문제없어. 나는…… 나는 말이지. 아마…… 마음속 어딘가에서, 모두를…… 깔보고, 있었던 거야."

그것은, 자넷이 처음으로 우리에게 내면을 꺼내 보이는 이야기였다.

조금 충격적이기는 했지만…… 그렇게까지 싫은 기분은 들지 않았다. 그저 사실이니까. 소꿉친구의 자격이 없는 게 누구냐를 따진다면, 가장 힘든 두뇌 노동을 전부 자넷 한 명에게 떠넘기고 말았던 우리 세 명이 훨씬 실격이다.

그런 나의 마음을 제쳐놓은 채, 자넷은 말을 거듭했다.

"내가 제일 머리가 좋다. 그렇게 확신했으니까 줄곧 함께 있었던 거야. 우월감이었어. ……그런 건, 친구라고 부를 수—."

"그렇지 않아!"

에미가 비통한 목소리로 자넷의 말을 가로막으면서 양어깨를 붙잡았다. 약해진 자넷을 울먹이는 눈으로 바라보면서 자신의 마음을 전했다.

"나는, 나는 실제로 바보였고, 단순했어! 그걸 바꾸려는 생각도, 전혀 하지 않았어! 전부…… 전부, 자넷이 있어줬기 때문이야. 게다가 자넷이라면 나를 어떻게 생각하더라도, 나, 전혀 상관없는걸!"

"에, 에미……. 어째서 그렇게까지……."

"그치만, 그치만—."

에미는 자넷의 뺨을 감싸려는 듯 양손을 뻗었다.

"—우리, 제일가는 절친이잖아?"

에미가 울면서도 웃는 표정을 보이자…… 지금까지 의기소침해 있던 자넷도 견딜 수 없어졌는지 목소리를 죽이며 고개를 수그렸고, 에미는 자넷의 등으로 손을 뻗었다.


—절친, 이라.

젬마 할머니를 시작으로, 마을 사람들에게는 이런저런 것들을 들었다.

그 녀석의 내면, 뒤에서 했던 행위 같은 건 알았지만…… 그만큼 내가 그 녀석의 한쪽 면밖에 보지 못했다는 것도 있겠지.

나는 빈스에 대해서 얼마나 알고 있었을까?

……그 녀석과 다시 마주했을 때, 무엇을 생각할까?

누구보다도 강한 유대감으로 감싸안은 두 사람을 보면서, 나는 붉은 머리의 뒷모습을 떠올리고 있었다.


십여 초, 아니면 몇 분 정도가 지났을까? 자넷은 크게 심호흡했다.

"······에미에게 이런 모습을 보여주다니."

"아냐! 난 정말 아~무것도 못해서 참 글러먹었구나~, 라고 생각했었으니까. 그 자넷이 의지해 주다니, 저기저기, 무지 기뻐!"

"······정말로, 에미는 햇님 같네. 나는 그늘의 풀이지만, 역시 자라려면 태양이 필요해. 오랜만에, 밝은 햇살을 받은 것 같아."

"아하하, 쑥스럽네······. 대화 하나로 느닷없이 시적인 말을 해버리니까, 역시 자넷은 나랑 전혀 다르다니까······."

에미는 변함없이 말 곳곳에서 지성이 느껴지는 자넷에게 약간 쓴웃음을 지으면서도, 조금은 말할 여유를 되찾은 그녀를 보며 안도했다.

자넷은 그런 에미를 보며 자신의 내면을 들여다보듯이 조용히 눈을 감았다.

"그래. 누구든 의지해주면 기쁘겠지. 나는 그걸 독점하고 있었던 것에 불과해. ······이런 걸 이해하는 데 시간이 무척 오래 걸렸어······. 이러고도 머리가 좋다고 우쭐대다니, 정말 우스꽝스럽네······."

자넷은 자신의 말을 곱씹듯이 몇 번이고 조용히 고개를 끄덕였다.

"에미. 내 손을 잡아줘."

"어? 응. 상관은 없는데."

자넷이 손을 앞으로 내밀자, 에미는 그걸 양손으로 감싸듯 잡았다.

"네가 보던, 나에 대해 말해줘."

"자, 자넷에 대해서? 으음…… 자넷은 언제나 책을 읽고 있어. 그늘에서 그루터기에 앉아서. 때때로 검을 가르쳐 주거나, 그리고 이야기도 읽어 주기도 하고……."

"응. 고마워."

자넷은 고개를 끄덕이고는 에미의 손을 가볍게 어루만지다 떼어났다.

다음으로 자넷은 나를 바라봤다.

"러셀."

"좋아."

똑같은 걸 하려는 거겠지. 내가 손을 내밀자, 자넷은 조금 놀란 뒤에 내 두꺼운 장갑을 조심조심 만졌다. 뭔가 자넷에게는 의미가 있는 행위겠지.

"특징을 말하면 되는 건가?"

"……응."

"【현자】자넷. 공격마법, 회복마법을 쓰는 술사. 책은…… 뭐, 함께 읽기는 했지만, 결국 독서량에서 비교도 되지 않았지. 검술 지도도 해줬고, 마지막으로 봤던 건 세이리스."

"응. 맞아. 어긋나지 않았어. 현재 인식에서 어긋난 점은 없어……."

내 손에 조금 강한 악력이 전해졌고…… 이윽고 자넷의 손이 떨어졌다.

"나는, 자넷. 그걸 믿고 이야기를 진행할게. 그것 말고 선택지가 없다면."

조금 불안해지는 말투지만……. 이야기는 해주려는 것 같다.

"이야기해야만 하는 일이 많아. 하지만, 그 전에 내 쪽에서도 하나 질문해도 될까?"

"그래, 물론이지."

자넷은 에미에게서 시선을 떼어놓고 내 쪽을…… 아니, 좀 더 다른 곳을—.

"아."

시선 너머에 누가 있는지 깨닫자, 저도 모르게 목소리가 나왔다.

그래. 그랬다. 그야 자넷이 질문하려는 건 당연했다.

뒤를 돌아보자, 그곳에는 눈을 크게 뜨고 이쪽을 삿대질하는 새 얼굴. 떠들썩하고 웃긴 여신.

"지금 『아』라고 했지? 설마 세상에서 제일 귀여운 이 시빌라를 한때나마 잊기라도 한 거야?! 믿을 수 없어!"

"미안, 조금 달라. 존재 자체를 완전히 잊고 있었지."

"악화됐잖아?!"

호들갑스럽게 양팔을 펼치고 실로 멋진 움직임으로 방 안을 빙글빙글 돌면서 「오오, 신이시여……」라고 말하면서 양손으로 얼굴을 덮으며 고개를 가로젓는 유감스러운 미인 여배우.

그보다 뭐냐『오오, 신이시여』인지. 네가 여신이잖아.

"그렇지? 여신님. 러셀은 세상에서 제일 너무하지? 그렇다니까! 자자~."

"이렇게 시원스러울 정도의 자작 연출은 처음 봤어……."

너무나도 높은 텐션과 짜증스러움에 손이 나갈 것 같다. 마델라에서 돌아오고 나서 까불거리는 성분이 많이 돌아왔군. 오히려 예전보다 한층 심해지지 않았나?

"자넷. 이 녀석은 시빌라라고 하는 유감스러운 고물딱지 마술사야. 사정이 있어서 나와 함께하고 있지."

"세계 제일의 미인이자 정숙한 천재 마도사를 잘못 말한 거겠지?"

무식하게 텐션이 높은 지금의 네가 정숙하다면, 나는 식당에서 고함치는 풍채 좋은 아줌마를 과묵한 숙녀라고 소개해야겠어.

"……."

보라고. 자넷이 엄청나게 수상한 사람을 보는 눈으로 바라보고 있잖아.

자넷의 속마음을 읽었는지, 에미가 유감스러운 여신을[시빌라] 커버해주려 했다.

"저기, 저기 말이지. 시빌라 씨는 굉장히 다정한 사람이야. 보다시피 기운차고 유쾌하고 재미난 사람이지만!"

"에미는 나를 그렇게 생각하고 있었어?!"

"솔직히 신분을 고려하면 정말로 실례되는 말이지만, 함께 있는 게 꽤 편하고 즐거운 사람이라고 생각했어요!"

"아앙, 정말. 싫어할 수가 없네! 좋아해!"

시빌라는 고양감을 싣고 에미를 끌어안았다. 정말로 텐션이 높네. 입을 다물고 있던 시간이 길어서 기세가 더 올라갔나? 활시위를 당긴 걸 잊어버린 석궁인가?

시빌라가 쌓아둔 사양의 제방은 무너지는 중이었고, 에미는 텐션의 홍수에 휩쓸렸지만 싫지는 않아 보인다. 사이가 좋은 건 좋은 일⋯⋯이라고 해야 하는 건가. 이거야 원.

뭐, 에미가 좋다면 그래도 괜찮겠지.

"⋯⋯뭐, 이렇게 떠들썩한 녀석이야. 뭔가 미안하다."

"아, 뭐, 응. 어떤 사람인지는 어찌어찌 알겠어. ⋯⋯우리 중에는 없었던 타입이네."

자넷은 뭔가 다른 걸 생각하는지 입을 다물었다. ⋯⋯없었던 타입, 이라.

아드리아 고아원에서 나이가 가까웠던 우리 네 명, 러셀, 빈스, 에미, 자넷. 서로 부모가 없는 아이들끼리라서 사이가 좋았다. 그때, 내가 추방당할 때까지는 누군가가 누군가를 따돌리는 일이 없었고, 다른 녀석들과 얽히는 일도 적었다.

우리는 정말로 언제나 넷이 함께 있었다. 그걸로 충분했고, 부족함도 느끼지 않았다.

그러나 시빌라 같은 타입은 없었다. 떠들썩하고, 까불거린다. 그러면서도 사이를 중재해주는, 그런 방향에서는 에미와는 다른 타입의 활력 덩어리 같은 존재.

현재에 만족했던 때에는 『지금 이상』이 있다는 걸 상상한 적이 없었다. 지금에 와서는, 시빌라가 없는 파티를 상상할 수 없다. 대화가 이어질 것 같지 않으니까.

분명 빈스를 포함해서 아무도 직업을 가지지 않았던 시절에서도, 소꿉친구 중에 시빌라 같은 녀석이 있었다면 매일이 떠들썩했을 거다.

어쩌면 아드리아에서도 그런 사람이 있었을지도 모르지만…… 가능성을 상상조차 하지 않았다. 세계는 우리 넷이 전부였으니까.

그러나 아주 조금만 북쪽으로 가면 커다란 도시가 있고, 남쪽으로 가면 도시도 성도 비교가 되지 않을 만큼 넓은 바다가 있다. ─세계는, 넓었다.

"러셀은, 변했네."

"자주 들어."

"그런 반면에, 별로 변하지 않은 것 같은 느낌도 들어."

……뭐야 그게? 변했다는 말은 자주 들었지만, 변하지 않았다는 말을 들은 건 역시 처음일지도 모른다.

"그 사람……. 시빌라 씨에게 이런저런 도움을 받은 모양이네."

"그건 결단코 아니야. 그 녀석이 멋대로 얽혀왔을 뿐이지."

"그렇구나. 어느 쪽이든…… 좋은 만남이 있었던 것 같아서 다행이야."

자넷은 나와의 대화를 끊고는 천천히 일어섰다.

시빌라도 에미에게서 손을 떼고 자넷을 돌아봤다.

"그럼 정식으로…… 자넷입니다. 러셀에 대한 것, 감사합니다. 줄곧 마음에 걸렸는데…… 그래서 당신 덕분에 구원받았어요."

"시빌라야. 러셀과는 상부상조하고 있으니까 신경 쓰지 마. 그나저나……."

시빌라는 자넷을 바라보며 미간에 주름을 잡았다. ……뭔가, 내가 알아채지 못한 부분이라도 있는 건가……?

조용히 고개를 끄덕이자, 시빌라는 이쪽을 진지한 표정으로 돌아보고는…… 이런 말을 했다.

"나한테 반하지 않는다 싶었는데, 역시 러셀은 큰 쪽을 좋아— 꺄앙!"

그렇겠지! 너는 그런 녀석이었지! 조금이라도 진지하게 대응하려던 내가 바보였어!

하지만 뭐…… 덕분에 아까까지 가라앉아 있던 마음은 대부분 풀렸다.

지금부터 긴장하게 되면 아무것도 시작되지 않으니까.

게다가 분명, 지금의 자넷이라면 그 이름을 꺼내도 괜찮을 거다.

이곳에는 자넷의 동료로 있어주는 사람이 많이 있으니까.

자넷이 괴로운 경험을 했다면, 전력으로 지켜줄 거다. —물론, 나도 그중 한 명이다.

나는 자넷을 천천히 침대에 앉혔다.

아직 상태가 좋지 않은 모양이니까.

"나의 몸 상태 자체는, 나쁘지 않아. 그래도…… 그래. 약해졌다는 자각은 있어."

"그래. 무리하지 마. 나의 회복마법도 육체 말고는 어찌할 수 없으니까."

침대에 앉은 자넷의 정면에서 한쪽 무릎을 꿇고 양손을 감싸듯 움켜쥐었다. 자넷은 놀라며 에미를 힐끔힐끔 바라보더니, 나에게 고개를 내저었다.

"그, 그만둬. 나에게 그런……."

"미안하다. 싫을지도 모르지만, 한동안 이렇게 있어도 될까?"

"저기, 나, 나는 상관없지만……. 그리고, 싫지는 않아. 착각한다면 그건 정말로 싫으니까, 그 부분은 확실하게 전해둘게."

자넷 자신이 싫지 않다면 한동안 이러고 있기로 하자. 시빌라가 얼굴에 손을 대고 고개를 내저으면서 한숨을 쉬고 있지만 무시하자.

—그나저나, 작은 손이다.

이 손으로 무거운 책을 수없이 읽고, 그 지식으로 우리를 언제나 도와줬다. 이렇게 약해질 때까지 의지하기만 했다. 그러나 우리는 자넷의 분야를 아무것도 도와주지 못했다.

생각해보면, 검 쪽은 힘도 기술도 있는 빈스에게 지지 않기 위해 노력했지만, 지식 방면에서 자넷에게 지지 않게 노력하겠다는 마음을 가진 적은 없다. 그 등이 너무 멀었으니까.

그만큼 내 안에서 자넷은 **특별하고 절대적**이었다. 여전히 등을 쫓고 있다는 생각조차 든다. 그것이 내가 자넷에게 내리던 평가다.

……옛날 일을 생각하는 건 이쯤 해두자. 지금은 이후를 생각해야 한다.

"무리하지 않는 범위에서 가르쳐줘. ……후우. ……『케이티』는 어떤 녀석이지?"

다시 이름을 꺼낼 때는 나도 긴장하고 말았다. 우리의 핵심이었던 자넷이 이 정도까지 망가진 걸 보면, 그 모습이 이번에는 내 트라우마가 될 수도 있다…….

양손으로 감싼 자넷의 손이 살짝 떨렸다.

"괜찮아……. 이번에는 다들 아군이니까. 나도, 에미도, 시빌라도 말이지."

"자넷은 절친인걸. 무슨 일이 있어도 아군이야!"

"에미의 절친이라면, 나도 믿어줄 거라고~?"

두 사람의 반응을 들은 자넷은 크게 숨을 들이쉬었고, 몇 초 멈췄다가…… 긴 시간에 걸쳐서 천천히 내쉬었다. 그것은 언젠가 나에게 보여준 마음을 진정시키는 법이다.

안색은 나쁘지만, 조금 전보다는 많이 안정된 모양이다.

"……그렇, 지. 생각해보면, 언젠가 대치한다면 모르는 것보다는 아는 게 나아. 가능하면 얽히고 싶지 않지만…… 무리, 겠지……."

자넷이 이렇게나 말할 정도의 인물인가…….

"내가 알고 있는 걸 이야기하겠어. 에미에게서는 미인 마도사라고 들었지. 딱히 문제도 없고, 좋은 사람이었다는 말밖에 없더군. 이 인식이 틀림없는 건가?"

확신을 가지고 물었지만, 자넷은 고개를 가로저었다.

"……맞아. 케이티는, 붙임성 좋은 마도사. 고혹적인 용모이면서도 남자에 전혀 경계심이 없어. 마도사로는 우수하고, 전술도 교묘해. 러셀이 없어진 직후, 케이티가 들어왔고…… 우리는 중층 보스를 토벌하는 데까지 갔어."

……어떻게 된 거지?

고개를 내저어서 『문제없는 좋은 사람』이라는 말을 부정한 자넷에게서 나온 건, 칭찬하는 발언뿐. 안 좋은 요소는 하나도 없지 않은가.

"하지만—."

양손에서 자넷이 손을 강하게 움켜쥐는 감촉이 났다.

그 손을 강하게 움켜쥐면서, 눈을 보고 고개를 끄덕이며 다음 말을 재촉했다. 자넷에게서 나온 핵심은.

"—혼잣말이, 많아."

그런, 보편적인 발언이었다.

나는 너무나도 평범한 특징이 대체 뭐가 그렇게 신경 쓰이느냐고 말하려 했다.

—조금 혼잣말이 많았지만.

그러나, 그 단어와 함께 그때 에미가 했던 말과 그때의 표정이 연상되면서 떠올랐다.

……아니, 잠깐만.

생각해보면 개인의 특징을 말할 때 『혼잣말이 많다』라는 소개는 꽤 부자연스럽다. 혼잣말 정도는 나라도 한다. 그러니 굳이 그걸 소개에 넣는다는 건, 어지간히도 많다는 뜻이다. 흘려들었던 부분이 케이티의 가장 커다란 수수께끼였나?

적어도 『혼잣말』이 많다는 건, 에미와 자넷 두 사람이 모두 말하는 케이티의 특징이다. 그렇다면…….

"자넷. 케이티는 대체 혼잣말로 무슨 말을 했던 거지?"

내가 그걸 물은 순간, 시야 구석에서 에미가 입가를 눌렀다.

시빌라가 놀라면서도 뒤에서 끌어안으며 에미를 부축했지만, 평소에 남을 잘 배려해주는 에미가 감사를 표할 여유조차 잃어버릴 만큼 안색이 파래졌다.

자넷은 에미 이상이어서, 핏기를 완전히 잃어버린 표정으로 다시 몸을 떨었다.

"괜찮아……. 진정하고 나서 말해줘도 돼."

자넷의 작은 손을 강하게 움켜쥐었다. 안심시켜 주기 위해서. 아군이 있다는 걸 강하게 인식시켜 주기 위해서. 소리가 없어진 방에서, 자넷이 마침내 입을 열었다.

"그…… 그, 여자는…… 케이티는. 정말로, **이 세계**의 인간일까?"

경계하면서 듣던 나에게 자넷이 꺼낸 단어는 너무나도 뜬금없는 것이었다.

"이…… 세계, 라고?"

내가 되묻자, 자넷은 조금 시간을 두고 살짝 끄덕였다. 솔직히 농담 같은 건가 싶었다. 그야말로 웃기려고 한 게 아닌가 싶을 정도로.

그 결론에 도달한 이유가 있을 거다.

"어째서 그렇게 생각하지?"

자넷은 다시 크게 심호흡하더니, 떨면서 내 눈을 바라봤다.

"⋯⋯『단어』가 달라."

"단어?"

"맞아. 러셀은 자신의 직업, 말할 수 있지?"

⋯⋯이건, 당연히 【어스름의 마경】은 아니겠군.

"【성자】야."

"⋯⋯맞아. 최상위 회복직. 일반 직업은?"

"【신관】이지? 그런 건 자넷도 알잖아."

자넷은 덤덤히 끄덕였다. 그러나 자넷의 말은 거기서 끝나지 않았다.

"그럼 러셀은⋯⋯ 【승려】라는 직업을 들은 적이 있어?"

"아니, 없어. 다른 나라의 직업 아닐까?"

"아니야. 동쪽 나라도 서쪽 나라도 공통적으로 【신관】이야. ⋯⋯그럼 【백마술사】는?"

"【마도사】가 아니라?"

"⋯⋯아니, 아마 【백마술사】는 『회복술사(힐러)』야."

마술사가, 회복술사(힐러)? 대체 무슨 소리를 하는 거지?

"상위직인가?"

"아니야. 아마 【신관】과 같은 일반 직업일 거야."

그게 대체 뭐지……. 점점 더 모르겠다. 모르겠지만…… 자 넷이 지금 이 이야기를 하는 건 당연히 그에 맞는 이유가 있 다는 뜻이다.

그 이유란, 즉—.

"—케이티라는 여자의 혼잣말에서 나온 단어겠군."

내 말을 들은 자넷이 몸을 굳히면서도 고개를 끄덕였다.

"……이 세계의 상식 밖에 있는 지식을 가진 여자. 그 여자 가 파티 안에 있어."

지식이 자랑거리인 자넷에게 있어서 그 존재는 자신의 존재 의의를 빼앗을 정도의 압도적인 존재였으리라.

다른 세계라……. 전혀 상상이 가지 않는 이야기가 나왔군.

그러나 나는 자넷의 모습을 보면서 역시 한 발짝 나아간 의 문을 물어봐야만 했다. 자넷에게는 상당히 버거운 질문일지 도 모르지만, 핵심 부분을 이해하지 못한 채로는 나도 판단하 기가 곤란하다.

"자넷이 하고 싶은 말은 이해했지만…… 아무래도 묻고 싶 어. 케이티가 무섭다는 건 알았어. 하지만, 그건 **두려워할 정 도**인 건가?"

그렇다. 모르는 지식을 맞닥뜨렸을 때 일어나는 감정은 『질 투』나 『열등감』일 거다. 내가 예전에 빈스에게서 느꼈던— 아 니, 지금은 넘어가자.

아무튼, 압도적인 지식 앞에서 마음이 꺾였다고 하기에는,

두려워하는 모습이 심상치 않다.

—정답일 가능성이, **약간 높아.**

에미를 본 순간 중얼거렸던 말. 자신의 눈과 귀조차 믿을 수 없을 정도의 절망.

나는 다시 자넷의 손을 꽉 움켜쥐었다.

"……케이티는, 무슨 수단인지는 모르겠지만…… 뭔가 다른 세계에서 지식을 얻고 있는 것 같아. 그건 이 세계의 지식이 아니야."

무슨, 소리지?

"지금, 빈스가 혼자 케이티 쪽에 남아있어. 남아있지만—."

자넷은 다음으로, 그 공포의 핵심을 언급했다.

"—이미, 우리가 아는 빈스는 없을지도 몰라."

그 자넷이 『다른 세계』라는 황당무계한 단어를 꺼냈을 때는 아무리 그래도 이 이상 놀랄 일은 없다고 생각했다.

……아직 나는 마음의 준비가 부족했다.

"빈스에게…… 무슨 일이, 생긴 건가?"

이번에는 내 목소리가 떨렸다.

빈스. 최근에는 그다지 사이가 좋지 않았던 나의 소꿉친구. 당대의 【용사】. 질투심이 나는 직업. 그저 밉살스러운 상대. 그런 녀석이지만, 지금까지 오랜 시간 함께였던 소꿉친구다.

자넷의 말은 어딘가 부자연스럽다……. 죽거나 행방불명이 되었다면 『우리가 아는』이라고는 말하지 않을 거다.

"러셀……. 나는, 자신의 힘을 과신하고 있었어……. 케이티가 이상하더라도, 찾아온 다른 사람이 전원 케이티의 부하라도, 그래도 빈스는 지킬 수 있다고 자만하고 있었던 거야."

"자넷. 이봐, 괜찮아?"

"나는……."

자넷은 내가 표정을 볼 수 없을 만큼 고개를 숙였다.

몇 번 회복마법을 써봤지만, 역시 마음의 상처나 병에는 전혀 의미가 없다.

……젠장.

소꿉친구 한 명이 고독 속에서 노력했는데, 그 결과가 이건가. 정작 힘이 되어주고 싶을 때 힘이 되어주지 못하다니……. 이런 꼴로 뭐가 【성자】인가.


"─자! 끝! 종료!"

가라앉던 나의 마음에, 지금의 분위기를 있는 힘껏 부수는 큰소리가 끼어들었다. 고개를 들자, 시빌라가 손뼉을 크게 치면서 외치고 있었다.

"질문은 거기까지! 러셀도 그걸로 괜찮지?!"

그 말을 듣고 겨우 나는 눈앞에 있는, 시빌라의 목소리에 조금 놀라면서도 땀을 흘리며 얕은 호흡을 내뱉는 자넷을 보게 되었다.

아아……. 자신이 싫어진다. 자기혐오에 휩싸여서, 그런 비관적인 자신에게 도취되다니.

결국 시빌라의 말이 나올 때까지 자넷이 무리하고 있다는 걸 알아주지 못했다.

"미안하다, 시빌라. ……자넷, 말하고 싶어지면 그때 말해 줘. 말하고 싶지 않다면 말하지 않아도 돼. 하지만 이것만큼 은 들어줘."

나는 자넷의 땀으로 흠뻑 젖은 손에서 양손을 떼고, 그녀의 양어깨를 양손으로 꽉 잡았다.

자넷의 얼굴에, 아마 지금까지 중에서 가장 가까운 거리까 지 다가섰다.

맞닿을 정도로 가까운 곳에 소꿉친구의 얼굴이 비친다.

"—무슨 일이 있더라도, 나는 너의 편이야. 그래. 무슨 일이 있더라도…… 무슨 일이 있더라도 말이지."

자넷은 순간 눈을 크게 뜨고는…… 시선을 내리면서 작게 대답했다. 단 한마디지만, 대답은 들었다. 지금은 그것만으로 도 충분하다.

나는 자넷에게서 떨어져서 시빌라를 바라봤다.

시빌라는…… 넌 대체 뭐야. 이 상황에서 히죽거리며 팔짱 이나 끼고 있다니.

시빌라는 나의 속마음은 제쳐놓은 채 에미를 곁눈질하며 어깨를 으쓱했다. 자넷은 에미를 바라보더니 살짝 손을 맞댔 다. 에미는 쓴웃음을 지으며 고개를 가로저었다.

"지금 그건 대체 뭐야?"

"러셀은 몰라도 돼~. 그쪽이 더 재미있으니까!"

재미있다니 뭐냐고…….

"뭐, 어쨌든 이만 저녁이나 먹자. 자넷도 먹을 거지?"

"⋯⋯지금은, 필요 없어요."

자넷의 대답을 들은 시빌라는 명확하게 고개를 내저었다.

"아니. 그다지 먹지 않았지? 무리해서라도 먹지 않으면 안돼. 모처럼 이렇게 귀엽게 자랐으니까. 안 그래?"

"⋯⋯저는, 귀엽지 않으니까요."

"그거, 무자각으로 하는 말이면 꽤 약삭빠른걸∼."

시빌라는 내 근처까지 오더니 자넷과의 사이에 끼어들어서 쪼그려 앉아 그녀의 얼굴을 들여다봤다.

"뭐, 억지로 다 먹으라고 하지는 않을게. 한 입이라도 좋아. 식사의 리듬은 무너뜨리지 않는 게 좋거든."

"⋯⋯어째서, 이렇게까지 해주시는 거죠?"

"그야 뻔하잖아. 에미의 절친이기 때문이야. 그러니까—."

이번에는 시빌라가 자넷의 손을 양손으로 감쌌다.

"무모한 승부에 나서지 않아줘서 고마워. 무사히 여기까지 돌아와줘서 고마워. 그리고— 스스로 목숨을 끊지 않고 혼자 견뎌줘서, 고마워."

그 세 마디 말에, 나는 숨을 삼켰다.

⋯⋯자넷은, 케이티라는 명백하게 이질적인 존재와 혼자 대치하고 있었다.

빈스는 단순한 바보고, 여자에 약하고, 미덥지 못했겠지.

에미가 사라지고 난 이후의 생활은 고독했을 거다. 자넷은 틀림없이 빈스 일행과 원만하게 헤어지지 못했다. 그러나 행방불명되지 않고 고향 아드리아까지 돌아왔다. 모르는 곳으로 도망쳐서 연락도 끊었을 가능성도 있었을 텐데.

……나도 에미도, 현실에서 눈을 돌리고 있었다.

돌아왔을 때 두려움에 떨던 자넷은 언제 돌이킬 수 없는 수단을 취하더라도 이상하지 않은 정신 상태였다. 그래도 자넷은 살아있어 주었다.

두뇌로는 누구도 의지할 수 없는 자넷은, 아무도 없는 이 어두운 방에서 고독과 공포를 계속 견뎌왔던 거다.

그런 자넷에게 시빌라가 해준 말.

그것은 그녀에게 무엇보다 필요했던 말이다.

"나도 말해야겠군. 자넷, 무사히 돌아와줘서 고맙다. 너에게 하고 싶은 말은 얼마든지 있어. 거기서 포기하는 건 절대로 사절이니까."

"나, 나도! 여자 쪽 절친은 자넷뿐이니까……. 그러니까, 다시 이렇게 이야기할 수 있게 되어서 기뻐! 언제나 언제나, 언~제나 함께니까!"

자넷은 우리의 말에 놀라더니, 음미하듯이 조용히 「고마워」라고 중얼거렸다.

다시금 우리의 일상이 얼마나 위태로운 살얼음판 위에 있었는지 실감하게 되었다. 그러나 자넷은 이렇게 우리 앞에 모습을 보여주었다.

잘 풀릴 때도 있거니와, 무엇을 하더라도 안 될 때도 있다.

자넷이 오늘이라는 날이 어제보다 좋은 날이라고 느껴준다면, 그게 나에게는 무엇보다 큰 안도가 된다.

……이렇게 다시 만나게 되어서 기쁘게 생각해.

어두웠던 방에서 나오자, 다른 방에서 나오는 불빛이 눈에 들어와 살짝 따가웠다. ……그런가. 이야기에 집중한 나머지 불을 켜는 것조차 잊고 있었나.

문 앞에는 프레데리카와 젬마 할머니가 있었다.

"그래. 두 사람도 문밖에서 듣고 있었나."

젬마 할머니는 조용히 끄덕였다. 프레데리카는 고개를 돌린 채 소매로 눈물을 닦고 있다.

프레데리카는 함께 돌아왔지만, 우리는 이야기를 듣자마자 바로 이 방에 왔다. 소꿉친구로 친했던 우리를 믿고 자넷에 대한 대응을 맡긴 거겠지.

"러셀, 에미. 그리고 무엇보다 시빌라. 고맙구나. 나는 도저히 자넷에게 뭐라 말을 걸어야 할지 알 수가 없었거든……."

"아……. 젬마 씨. 걱정 끼쳤습니다."

"정말이라니까. 자자! 프레데리카, 어서 부엌으로 가자꾸나! 재료는 잔뜩 사놨어. 아주 맛있는 걸 만들어 줘야지!"

"……아! 네!"

프레데리카는 자넷을 몇 초 정도 끌어안고는 부엌으로 향했다. 분명 프레데리카도 수없이 안아주고 싶다고 생각했겠지.

자넷은 자신의 몸을 매만지면서 프레데리카가 떠나간 방향을 바라봤다.

"……아아. 마음에 조금 여유가 생겼기 때문일까……. 내가 걱정을 끼치는 바람에 다른 사람에게 안 좋은 영향을 주고만 걸까."

"그렇게까지 생각하게 되었다면 이제 됐어. 지금의 너는 쉬는 게 일이야. 앉거라."

젬마 할머니의 분위기도 많이 차분해졌다. 나도 자넷이 여전히 대화조차 하지 못할 만큼 마음이 꺾여있다면 여행이고 뭐고 할 분위기가 아니었을 거다.

불빛 아래로 나온 자넷은 역시 창백한 얼굴이었지만, 그래도 자기 다리로 똑바로 걷고 있다. 그 차이는 크다.

"……자넷 언니."

식탁에 있던 여자아이가 자넷의 안색을 엿보면서 조심조심 다가왔다.

"저기, 이제 괜찮, 아?"

"응. 조금은."

"다행이다아……."

자넷은 진심으로 안도한 표정으로 다가온 아이를 쓰다듬으면서 한숨을 내쉬었다.

"……이런 조그만 아이에게도 걱정을 끼치다니, 글러먹었네……."

"너무 스스로 글러먹었다고 말하지 않는 게 좋아. 나는, 돌아왔을 때는 던전 같은 건 두 번 다시 들어가지 않겠다고 생각했었으니까."

"……."

자넷이 침묵했다. ……이런. 화제 선택을 완전히 실수했나.

아니, 시빌라. 지금 이건 잘못했어. 그렇게 비난하듯이 보지 말라고.

"그래도 자넷. 나는 오히려 쫓겨나서 다행이라고 생각하고 있어. 이것저것 하고 싶은 말도 있으니까, 식후에라도 내 이야기를 하기로 하지."

"……진심이야?"

"이건 정말로, 진심이야."

"그래. 그렇다면……."

자넷은 평소에도 말수가 적은지라, 대답이 돌아온 것만으로도 크게 안심할 수 있다. 줄곧 입을 다물고 있으면 어떻게 판단해야 할지 알 수가 없으니까.

자넷은 때때로 내 근처에 와서는 묵묵히 함께 있을 때가 있었다.

그 시간을 거북하게 느낀 적은 없었고, 자넷이 싫어하는 기색도 없었다. 그러나 무슨 생각을 하는지는 결국 알 수 없었다.

그래서 나에게는 자넷의 작은 한마디의 대답이 커다란 의미를 가진다.

상대의 마음을 읽을 수는 없으니까, 확신을 가지고 말할 수는 없지만…… 자넷이 나를 쫓아낸 것을 무거운 짐으로 여기지 않았으면 했다.

"그러고 보니 여관에 상당한 금액이 놓여있었지. 그건 자넷의 판단이었나?"

"그렇기는 한데…… 왜?"

"아니, 그건 정말로 도움이 됐어. 줄곧 감사를 표하고 싶었거든."

"……의리 있네. 내가 보기에는 적을 정도였는데."

아니, 충분한 액수였다. 나는 그 돈이 있었기에 가게에서 제일 비싼 검을 살 수 있었다.

가볍고 휘두르기 좋은 검은 검. 신기할 정도로 손에 금방 익숙해졌다.

던전의 검은 고블린도, 고아원 아이들을 습격한 던전 스칼렛 배트도…… 내가 파이어 드래곤을 쓰러뜨리는 데에도 크게 공헌했다.

만약 처음에 산 게 무겁고 낡은 검이었다면, 제대로 쓰지 못하고 죽었을지도 모른다.

그렇게 생각하면 그때 나를 가장 크게 도와준 건— 동시에 내가 어둠마법 검사로 활약할 수 있게 된 그늘 속 공로자는— 자넷이다.

지금도 나는 커다란 용아검은 에미에게 맡긴 채 이 검을 쓰고 있으니까.

시빌라가 왔다. 에미가 왔다. 그러나, 그보다 전에 자넷이 나를 걱정해 주었다.

하나라도 부족했다면 나의 인생은 어긋났을지도 모른다.

무엇이 장래에 어떤 영향을 주는지는 여신조차도 알 수 없는 법이다.

그래도 나는 그 모든 가능성의 끝을 지나 여기에 있다. 그게 전부다.

대화가 잠시 끊어지자, 건물 안쪽 부엌 방향에서 목소리가 들렸다.

"러셀. 잠깐 와줄래? 일손이 부족해."

"알았다. 지금 가겠어."

마델라에서는 무척이나 많이 배웠으니까. 잊어버리지 않게 복습해둘까.

게다가 실력에 자신이 있는 프레데리카가 나에게 부탁했다는 것이 단순히 기쁘기도 했다.

―아아, 그런가. 이게 누군가가 자연스레 의지해 준다는 감각인가.

자넷은 이 감각을 위해 줄곧 노력해온 거다. 한두 번이라면 몰라도 10년 이상이다. 굉장하네⋯⋯. 역시 자넷은 나에게는 아직 멀다.

부엌으로 들어가자, 조미료 병을 음미하는 프레데리카의 등이 눈에 들어왔다.

"시빌라에게는 아이들을 돌보는 걸 맡겼으니까, 러셀은 그쪽 채소를 잘라줄래?"

"그래. 문제없어."

나는 프레데리카의 지시에 따라 양파의 불필요한 부분을 잘라낸 뒤 식칼로 썰었다.

눈이 따가워지면 치료마법이다. 아니, 회복마법이 나으려나? 뭐, 모른다면 양쪽 다 쓰면 되나.

"……어?"

뒤쪽에서 자넷의 곤혹스러워하는 목소리가 들렸다.

"에미? 저기……."

"응? 왜 그래?"

"러셀이…… 그게, 부엌……."

자넷이 말을 고르면서 묻자, 그러고 보니 그 일이 있었다는 걸 떠올렸다.

"앗, 응. 러셀이 부엌에 서는 건, 이제 괜찮아."

내가 어린 시절에 손가락을 다쳤을 때, 에미가 다친 나를 보고 엉엉 울었던 건 우리에게는 크나큰 기억 중 하나다. 아무래도 목소리가 컸고, 정말로 전혀 울음을 그치지 않았고, 그렇게나 곤란해하는 젬마 할머니와 프레데리카도 그동안 본 적이 없었으니까.

그때의 감정이 그대로 이어져서, 지금의 에미가 【성기사】라는 직업을 갖게 된 주춧돌이 되었다는 것도 틀림없다.

에미에게는 그 정도로 내가 다친다는 것의 의미가 컸던 모양이다.

즉— 내가 부엌에 서도 괜찮다는 건, 에미의 성장에도 특별한 의미를 가진다. 남들이 보면 바보 같다고 생각하는 이야기겠지만, 그만큼 에미에게는 내가 다친다는 게 크나큰 일이었다.

뭐, 나는 그렇게나 마음을 써준다는 사실에 쑥스러움을 느끼고 있지만……

에미의 변화는 절친인 자넷에게는 역시 상당히 놀라운 일이었던 모양이다.

"그렇구나. 에미가, 러셀의 부상에 얽힌 마음의 상처를 극복한 건가. 그렇구나. 그 에미가, 그렇구나…… 그렇구나……"

"아니, 막상 극복하니 전혀 대단한 일이 아니었거든? 나 자신은 아무것도 하지 않았거든? 그렇게까지 감탄하면 오히려 엄청 부끄럽거든?"

"……"

"거기서 침묵하면 곤란한데?!"

그때, 즐거운 목소리를 내면서 꼬마들과 놀던 정신 연령은 꼬마인 여신이 사이가 좋은 두 사람 사이에 끼어들었다.

"에미는 말이지, 러셀을 믿게 된 거야. 그러니까 괜찮은 거지."

"……믿게 된, 건가."

"그럼!"

"정말~!"

시빌라는 자넷의 작은 대답에도 기쁘게 수긍했고, 에미는 아직 쑥스러운 표정으로 몸부림을 쳤다.

그 목소리를 들으면서 프레데이카에게 자른 채소가 올라간 도마를 건네줬다.

"어때?"

"응응. 괜찮네. 후훗, 다들 사이가 좋다니까~."

"응. 그러게."

파티를 나와버린 내가 이렇게 에미와 자넷의 대화를 들으니, 내가 좋아했던 일상이 돌아온 느낌이 든다. 이제 그 시절과 완전히 똑같이 돌아갈 수는 없지만…… 그래도, 지금의 시간은 굉장히 귀중했다.

"나도……."

자넷이 뭐라 살짝 중얼거렸지만, 잘 들리지 않았다.

그렇게 별것 아닌 이야기를 나누는 사이, 고기와 채소가 들어간 수프가 완성되었다. 수프가 들어있는 커다란 냄비를 식탁으로 가져갔다. 식욕을 자극하는 냄새가 풍기자 한창 날뛰던 꼬마들도 얌전히 자리에 앉았다.

"오늘은 너무 많이 만들었네. 무거워졌으니까, 남자가 있어줘서 기뻐."

"이런 거라면 맡겨둬."

뭐, 지금은 나보다 에미가 힘이 더 세지만.

단지…… 에미는 이럴 때 실수를 저지른달까, 어째서인지 아무것도 없는 곳에서 넘어지기도 하는지라 부엌 쪽에는 가급적 세우고 싶지 않다는 프레데리카의 의도도 이해는 간다.

테이블에 올라간 냄비에서 수프를 퍼서 그릇에 담고, 우선 근처에 앉았다.

시빌라는 노골적으로 다리를 꼬고는 손등 위에 턱을 올린 독특한 포즈를 잡았다.

"오~호호호! 이 나에게 나눠다오, 허드레꾼!"

"팔자 한번 좋군. 때린다."

"이야~ 남자의 요리를 기다리기만 하는 여자, 엄청 팔자도 좋고, 기분도 좋네!"

이 녀석……! 정말 도발할 때는 확실하게 도발하는 녀석이라니까!

한숨을 내쉬면서 음식을 다 나눠주고 의자에 앉자, 내 옆에는 자넷이 앉았다.

자넷은 수프를 가만히 보더니…… 다음으로 내 근처로 얼굴을 내밀면서 작게 말했다.

"나중에, 방으로 와줄래? 하고 싶은 말이 있어."


프레데리카가 만든 요리는 역시 다른 요리와는 뭔가 다르다.

식재료를 써는 것만이라면 어떻게든 되지만, 역시 맛의 센스만큼은 무리다. 소금과 냄비에 넣는 수프의 양. 소금의 양을 실수하기만 해도 모든 것이 엉망이 된다.

그리고 프레데리카는 몇 가지 허브를 나눠 쓰고 있다. 그걸 능숙하게 쓰는 건 쉽지 않겠지. 이것만큼은 프레데리카의 숙련된 기술이다.

기운만이 장점인 꼬마들은 프레데리카의 요리를 먹으며 기운차게 떠들어댔다. 아마 젬마 할머니가 줄곧 만들고 있었을 잔소리 할머니도 모두가 기뻐하는 얼굴을 보며 만족스럽게 끄덕였다.

그러나 나는 지금 그쪽에 집중할 여유가 없다.

명백하게 나에게만 들리는 작은 목소리로 방에 불렀다. 실제로 떠들썩했던 만큼 에미도 시빌라도 알아채지 못했다.

자넷의 상담은, 분명 나와 자넷의 개인적인 일이 아니다. 아마 이번 여행에 관한 일이다. 그러나, 그렇기에 생각하게 된다.

어째서 나만 부른 것인가—.

에미나 시빌라에게는 들려주고 싶지 않은 이야기인가. 나는 머릿속에서 몇 번이고 자넷의 말을 반추하며 눈앞의 요리를 집어넣었다.

배가 든든해진 꼬마들이 안심한 표정으로 잠들었다.

아직은 여자아이도 얌전하지 않은 나이다. 남자아이에게서 모포를 빼앗은 여자아이와 추운 듯 꿈속에서 손을 뻗는 남자아이. 변함없이 애들을 좋아하는 시빌라가 쓴웃음을 지으면서 다른 모포를 남자아이에게 덮어줬다.

"오늘도 너는 기운이 가득하네. 정숙한 레이디로 자라지 않더라도, 기운찬 검사가 된다면 분명 귀여울 거야."

작은 목소리로 잠든 아이의 머리를 쓰다듬고는 방을 나왔다.

"우리도 자자."

"그래."

나는 에미나 자넷과 함께 시빌라의 말에 수긍했다.

—아주 잠깐, 자넷과 시선을 교환했다.

일단 모두 해산하기로 했고, 프레데리카가 젬마 할머니에게 보고를 마친 뒤에 나도 침실에 들어갔다. 에미와 시빌라, 자넷은 당연히 다른 방이다.

잠시 기다리자 달그락 소리가 들렸고 다음으로 바닥을 밟는 소리가 들려왔다. 나는 그 소리를 확인하고 침대에서 내려왔다.

신경 쓰이는 일이 머리를 맴돌던 탓에 아직 눈은 뜨여있다. 방을 나와서, 아마 그곳에서 기다리고 있을 것 같은 목적지로 향했다.

고아원에는 개인용 방이 없다. 방의 숫자가 인원에 맞추지 못하기 때문이다. 그래서 자넷이 『방』이라고 칭할 때, 하나의 가능성을 떠올렸다.

내가 온 곳은 고아원 안에 있는 지하실로 가는 계단이다.

바닥판을 들어 올리자, 그곳에서 어렴풋한 불빛이 새어 나왔다. 틀림없다. 안에 사람이 있는 증거다. 내 예상이 정답이었다는 것에 안도하고 계단을 내려오면서 위쪽 판을 닫았다.

고아원 지하실은 굉장히 넓고, 신기하게도 폭넓은 분야의 책이 놓여있었다.

왕도 도서관인가 싶을 정도로 많은 책은, 이 나이가 되어 냉정하게 돌이켜보면 너무나도 이상했다. 뭔가 특별한 이유가 있을지도 모른다.

그러나 지금 그걸 생각하는 건 그만두자.

"역시 여기에 있었나."

내가 중얼거리자, 푸른 머리가 흔들렸다.

자넷은 어린 시절부터 혼자 묵묵히 책을 읽었다.

침대 옆에 놓아두고 아침에 일어나면 이미 읽고 있었고, 낮에도 햇빛을 피하려는 듯 그늘에서 읽었다. 저녁에도 읽었고, 밤중에도 종종 이렇게 읽었다.

언제나 언제나, 자넷은 책과 함께 있었다.

—내 방은 여기니까.

어느 날, 자넷은 이렇게 말했었다. 그 말을 나에게만 했던 건, 나도 자넷 다음으로 책을 많이 읽었기 때문이다.

에미와 빈스는 그다지 책을 읽지 않는다. 밖에서 몸을 움직이는 걸 더 좋아했으니까. 나도 몸을 움직이는 건 좋아했지만, 밤이 되면 책에도 흥미가 생겼다.

이렇게 서적에 둘러싸인 자넷의 모습은, 아마 나에게 가장 익숙한 그녀의 모습일 거다. 자넷은 표정이 보이지 않는 얼굴로 —그러나 어딘가 나와 마찬가지로 안도한 기색으로— 이쪽을 바라봤다.

"기억하고 있었네."

"이봐, 내가 기억하지 못했다면 어쩔 생각이었는데?"

"돌아가서 잘 생각이었어."

……진짜냐. 기억하고 있어서 다행이었군. 하마터면 이야기를 듣지 못할 뻔했다.

"옆, 괜찮을까?"

"응."

긍정이라 받아들여도 되겠지. 자넷의 옆에 앉은 나는 그 손에 이미 책을 들고 있다는 걸 깨달았다. 그렇다. 이 책은 자넷에게서 배운 거다.

제목은―『성녀 전설』.

"러셀."

"뭔데?"

자넷은 그 표지를 소중한 듯이 매만지면서 계단 쪽을 멍하니 바라봤다.

"교회에는, 말하지 못한 죄를 말함으로써 마음에 얹힌 무게를 가볍게 해주는 일이 있어."

"고해성사인가."

"맞아."

자넷은 그로부터 잠시 침묵했지만…… 이윽고 결의를 다진 듯 입을 열었다.

"들어줬으면 좋겠어. 나의, 고해를."

……응? 자넷이 하려는 건 상담도 정보 제공도 아니고, 고해인가?

"교회의 신관이나 수녀가 하는 일이니까, 성자가 하더라도 괜찮겠지?"

"딱히 상관은 없지만……. 그건, 케이티에 관한 이야기로도 연결되는 건가?"

이 이름을 화제로 꺼내는 건 피하는 게 좋겠다는 생각도 들었지만, 자넷은 표정을 조금 굳히면서도 조용히 나를 바라봤다.

그런가……. 그럼 들을 가치는 있겠지.

고해성사라. 해본 적은 없지만, 뭐 괜찮겠지.

자넷의 요망을 받아들인 나는 묵묵히 계단을 바라봤다.

달빛이 닿지 않는 지하실에 마력의 등불이 흔들렸다.

바람 소리, 벌레 소리조차 닿지 않는 지하 감옥에서, 옷깃 스치는 소리와…… 종이 넘기는 소리.

"……."

자넷은 손에 든 책을 읽고 있다.

『성녀 전설』…… 자넷이 몇 번이고 읽던 책이다.

나도 자넷에게 내용을 들었고, 에미도 들었다. 빈스도 영웅 담의 일환으로 들었을 거다.

이윽고 페이지를 넘기는 소리가 멈췄다.

시선을 돌리자…… 그곳은 『한결같은 사랑의 장』이었다.

"……애모의 성녀. 몇 번이고 읽었던, 성녀 전설에서 가장 유명한 이야기."

"……."

나는 자넷의 독백을 막지 않게 묵묵히 듣는 것에 전념했다. 자넷은 확실히 『고해』라고 말했다. 그렇다면 내가 말을 막을 수는 없겠지.

"에미도 좋아했었어. 공주님 다음으로 가장 여자아이다운 이야기였으니까."

"……."

"모두에게 들려줬어. 몇 번이나 읽었지. 모든 이야기를 암기 했을 거야."

일단 책을 닫은 자넷은 후우, 하고 한숨을 내쉬고는 계단으로 시선을 보냈다.

"……나는 『직업 부여』를 줄곧 조사해왔어. 『여신의 선정식』으로 선정되는 직업의 기준은 어떤 것인지, 원하는 직업을 얻을 가능성은 있는지를."

자넷이 설마 여신의 선정식에 손을 대려고 했을 줄이야…….

"결론부터 말하면— 있었어."

뭣……?! 자넷의 말을 듣는 것에 전념할 생각이었던 나도 심장이 두근 뛰어올랐다. 직업에, 선정 기준이 있었다는 건가?!

"그 내용은, 직업과 출생을 하나로 정리한 책 속에 있었어. 어째서 그런 책이 있는 건지, 신빙성이 어느 정도인지는 몰라. 하지만 읽지 않는 것보다는 나았어."

"……."

"내용을 요약하면…… 그 사람의 출생, 인품, 능력 등으로 어느 정도 경향을 알아낼 수 있다는 것. 그중에서도…… 인품과 능력에서 나온다고 했어. 출생은 아마 있기는 하겠지만, 신빙성을 줄 만큼의 정보는 모이지 않았던 것 같아."

그런가……. 시빌라도 나의 『성자로서의 본질』 같은 말을 자주 했었던 것 같다. 게다가 출생이라면 그야말로 우리는 시골 뜨기 고아다. 왕후 귀족도 아닌데 용사 파티 같은 것이 되어버린 건 이상하다. 아마 그건 틀린 거겠지.

"영향이 있다는 걸 듣고, 나는 기뻤어. ……그리고 이 일은, 누구에게도 말하지 않았었지."

—뭐라고!

확실히 자넷과 이 정보를 공유하지는 않았다. 그것이 이번 이야기의 핵심인가.

"이유는 간단해. 모두가 【전사】가 되면 좋겠다고 생각했어. 검을 들고 있었으니까. 그러니까 나는…… 모두의 뒤에서 【신관】이 되면 좋겠다고 생각했어."

모두가 전사고, 자넷이 신관.

그건…… 마치…….

"하지만 운명은 모르는 법이더라. 빈스가 【용사】가 되고, 에미가 【성기사】가 되고, 게다가 내가 【현자】가 되었어. 솔직히, 이 사태는 전혀 예상하지 못했지."

여신의 선정식……. 지금도 그날의 일이 떠오른다.

"굉장히, 좋은 결과였어. 모든 것이 이상대로 되어갔다고 생각했어."

신관이 되지 못했던 자넷.

신관의 상위인 현자가 된 자넷.

『성녀 전설』을 누구보다도 많이 읽었던 자넷.

"하지만, 가장 큰 이변이 있었어."

여기까지 말을 들으면, 아무리 바보라도 알 수 있다. ─【성자】를 말하는 거다.

"그때의 마음은…… 말로 표현할 수 없어. 모두가 상위직이 되어서 미래를 이야기하던 때……. 그때부터, 나의 마음속에는 말로 표현할 수 없을 만큼 검고 혼탁한 안개가 끼어있었어."

자넷…… 너는…….

"【성녀】가 되고 싶었어. 모두가 의지하는 존재가 되고 싶었어. 하지만 그건 사랑<sup>아가페</sup>이 아니고, 욕망<sup>디자이어</sup>에 지나지 않아. 여신은 그걸 알고 있었겠지. 그 후에 내가 고른 방법은…… 어리석고 얄팍했어. ……고작 그 정도니까, 내가 진 건 필연적이었던 거야……."

『성녀 전설』을 닫는 소리가 조용히 지하실에 울렸다.

자넷은 고해를 마치고, 마지막으로 나를 바라보며 작은 목소리로 고백했다.

"러셀을 파티에서 내쫓으려고 유도했던 건, 나야……."

그 말은, 줄곧 빈스의 오만한 폭주라고 생각해 왔던 나에게는 충격적이었고— 동시에 내 안에서는 납득이 가는 해답이었다.

새삼스럽게 말하지만, 나는 자넷을 존경하고 있다.

압도적인 지식량과 그에 동반되는 고찰력. 그중에서도 『붉은 구제회』 같은 조직에 대한 지식은 아마 책이 아니라 정보 수집으로 얻었을 거다.

압도적인 지식욕과 그에 동반되는 해결력. 고아원을 나온 자넷은 지금까지 이상으로 뛰어난 두뇌를 유감없이 발휘해왔다.

그러니…… 그렇기에, 생각하게 된다.

옛날의 용사 파티가 어떤 구성이었는지는 모른다.

회복마법을 쓸 수 있는 【성기사】가 없었을지도 모른다.

회복마법을 쓸 수 있는 【현자】가 없었을지도 모른다.

모르지만…… 『성녀 전설』에는 확실히 알 수 있는 게 두 가지 있다.

그것은 용사 파티에는 『회복마법을 쓸 수 있는 【용사】가 있다』는 것과『회복마법을 쓸 수 있는【성녀】가 용사와 함께했다』라는 것이다.

게다가 시빌라에게 들었던 이야기가 그 위에 올라간다.

시빌라는 지금까지【신관】을【어스름의 마경】으로 바꿔왔다고 말했다. 그들은 깊은 절망과 복수심, 그 분노의 감정으로 회복마법을 희생하고 어둠마법을 익혔다.

그러나 성녀에게는 한 번도 손을 대지 않았다. 마음에 어둠을 품지 않으니까. 그것은『회복마법을 쓸 수 있는 용사가 성녀를 함부로 대하는 일은 없다』라는 것이나 다름없다. 아마 이성이든 동성이든 결과는 다르지 않을 거다.

시빌라에게 이야기를 들은 결과라고는 해도, 나조차도 이런 결론에 도달했다. 자넷이 이걸 알아채지 못했을 리가 없다.

그렇다면— 도출되는 해답은 하나.

"용사에게【성자】가 필요하다는 걸 알고 있으면서도, 나를 쫓아낸거군."

"역시『만능』의 러셀. 그 결론에 스스로 도달한 모양이네."

어떤 대답이 돌아오려나 했는데, 전혀 들어본 적 없는 단어가 나왔다.

"이봐, 그『만능』이라는 건 대체 뭐야?"

"나와 에미 사이에서 몇 번이나 나왔던 단어야. 검의 기술은 빈스 이상, 공부는 나와 동등. 물건 찾는 능력은 압도적으로 뛰어나고, 연하의 아이들도 가장 잘 돌봐줘. 마력에 관한 호흡법도 습득이 빨랐고, 아마 식칼도 쓰게 된 지 얼마 안 됐겠지? 뭐든지 할 수 있는, 그야말로 『만능』의 러셀."

"……처음 알게 됐군. 자넷이 나를 그렇게나 높이 평가하고 있었을 줄이야."

"오히려 러셀이 자신에게 너무 엄격해서, 과소평가하는 것도 정도가 있다고 생각하고 있었어."

뜻밖의 고백이었지만, 자넷이 인정해주는 건 나쁜 기분은 아니다.

그러나, 지금은 그 화제도 일단 넘어가기로 하자.

"그렇다면, 말이지. 자넷이 『회복술사』의 중요성을 당연히 알고 있었으면서도 나를 쫓아낸 이유는…… 그, 자신의 질투, 때문이라는 게 맞는 거겠지?"

조금 깊이 파고들어 봤지만, 여기까지 온 이상 물러설 필요는 없겠지.

"……그게, 틀림없어. 나는 러셀을, 부러워했고…… 동시에, 그 이상의 자기혐오에 시달렸어."

……자기혐오라.

"여신은 선정했어. 러셀을 가장 『성스러운 자』라고 보고, 그 직업을 수여했지. 나의 능력과 소망은, 러셀에게 본질적인 부분에서 패했던 거야."

자넷은 자조하듯 웃으면서 고개를 무겁게 흔들었다.

"……처음부터, 실수한 거야. 성녀에게 중요한 건, 마음. 성스러운 마음. 명예욕이 아니야. 나에게는 그게 압도적으로 부족했어. 우월감, 공명심, 『성녀 전설』이라는 가장 동경하던 책에 자신의 이름을 남기고 싶다는 욕구. ……욕구, 욕망. 나에게 있던 건 성녀의 자애와는 정반대. 그러니까 『마경에 가까운 현자』가 된 거야."

"마경에 가까운, 현자?"

"맞아. 성녀의 반대, 마도사의 상위직이 【마경】. 나는 회복술사로는 신관보다 격이 낮아……. 그래도 활약할 수 있다고…… 반드시 성녀가 되겠다는 욕망에 빠져서……."

자넷이 무언가를 떠올렸는지, 성녀 전설을 든 손을 떨었다.

─이젠 됐겠지.

나는 그 떨리는 손을 강하게 잡아줬다.

"아……."

자넷이 하고 싶은 말은 잘 알았다. 그러나 나에게도 하고 싶은 말이 있다. 게다가…… 여기까지 들었는데 입 다물고 있을 수 있겠냐고.

"우선 묻고 싶어. 나를 쫓아낸 이유는, 정말로 자신의 욕망뿐이었나?"

"……맞아."

"나를 잔류시키고, 중층이나 하층에서 죽기를 기다리는 게 더 낫지 않았을까?"

"그, 그건……."

이 반응은, 역시 생각했었군. 하지만 선택지에는 처음부터 넣지 않았다.

자넷. 압도적인 지식과 그 능력으로 우리를 뒷받침하던 파티의 두뇌.

그러나 내가 보기에 자넷의 자기 평가는 아무튼 위험할 정도로 낮다. 까놓고 말해서, 나한테 이것저것 말할 수 없을 정도다.

내심 깔보고 있었다고 말했지만, 이 녀석이 그런 일을 할 수 있는 성격이 아니라는 건 이 녀석 이상으로 내가 더 잘 알고 있다.

제일가는 지식을 가지고 있으면서, 이 녀석은 언제나 『아직 부족하다』고 생각했었으니까.

그렇다면, 이 질문도 해야겠지.

"에미에 대해서는 어떻게 생각했지? 거짓말은 하지 마. 거짓말을 하면 진심으로 화내겠어."

"……에미는…… 러셀이 죽는다면, 더는 재기할 수 없을 것 같았어. 그럼 처음부터 러셀을…… 그래. 동료에서 떨어뜨리는 게 좋겠다고……."

그렇지? 자넷은 이런 녀석이다.

공명심이라고 말해놓고서, 자신이 미움받을 수 있는 말을 태연하게 한다. 머리가 좋으니까, 여기서 나를 위해서라고 변명하는 정도는 얼마든지 가능했을 텐데.

결국 나를 걱정하는 동시에 에미의 걱정까지 하고 가장 좋은 결과를 선택했으면서, 어째서 이 녀석은 자신을 이렇게나 책망하는 걸까.

아아…… 한심하군. 정말이지. 나는 자신을 용서할 수가 없을 것 같다.

대체 뭐냐고. 이야기를 들어보니, 처음부터 줄곧 그랬다.

파티에서 혹사당하다 죽을 가능성을 피한 것도.

가장 좋은 검을 살 수 있는 윤택한 돈을 받은 것도.

파티에서 추방당해서 시빌라를 만날 수 있게 된 것도.

무엇보다— 무한한 마력으로 인해『흑연의 성자』로 활약할 수 있게 된 것도.

전부, 나는 자넷에게 계속 도움을 받아오지 않았는가……!


어린 시절, 자넷이 읽는 책에 흥미를 보이던 건 나뿐이었다. 그로부터 자넷과는 함께 책을 읽는 사이가 되었다.

결국 나는 빈스와 목검을 맞부딪치는 일이 많아졌고, 검술 지식이나 요령은 자넷에게 배우기만 했다.

그중 하나, 극동의 나라에 전해지는『호흡』에 얽힌 이야기도 들었다.

자연계에 있는 에너지를 자신의 몸 안에 넣는다는 이미지로 호흡한다. 뱃속에 마력을 모으듯이 들이쉬고, 숨을 내쉬는 동시에 전신으로 보낸다.

그 호흡이『성공했다』라는 감각으로 나타난 건 금방이었다.

후일 자넷에게 이야기하자,「그런 건 금방 요령을 잡네……」라면서, 내가 먼저 요령을 잡은 것에 조금 토라졌다. 이것이 지금의 내가 가진 무한한 마력으로 연결된다.

—지금 생각하면, 자넷이 나에게 지식을 가르칠 필요 같은

건 없었다.

지식이 없는 녀석을 깔보고 있었다고? 그런 건 어차피 자넷이 자신을 나쁘게 말하기 위해 나중에 덧붙인 말일 게 뻔하다.

그야 그렇잖아? 정말로 상대를 깔본다면, 나에게 아무 말도 하지 않는 게 좋다.

자넷은 **아무것도 가르치지 않기만 해도 가장 현명한 자로 있을 수 있으니까.**

그러나 자넷은 그러지 않았다. 항상 배운 걸 모두에게 가르쳐줬다. 상대가…… 내가 한 발짝 앞으로 나아가더라도, 나와의 대화를 멈추지는 않았다. ―그게 이 녀석의 본질이다.

"자넷, 따라와."

나는 자넷의 손을 잡은 채 지하실 출구를 열었다. 어딘가 폐쇄적이었던 공기가 차가운 틈새 바람과 함께 단번에 흐름을 갈았다.

어렴풋한 마력의 불그스름한 빛에서 달빛의 청백색이 실내의 시야를 틔웠다.

그 시절처럼, 미아가 된 자넷의 손을 잡고 밖으로 나왔다. 이렇게 자넷과 손을 잡는 것도 오랜만이군.

밖에 아무도 없는 걸 확인하고는 고아원 뒤로 향했다.

그곳은 예전에 나와 빈스가 연일 목검 놀이를 하며 짓밟아서 지금은 풀도 나지 않을 만큼 단단하게 굳은 지면이 있었다.

"잘 보고 있어……. 《다크 애로우》."

큰소리가 나지 않게, 그러나 확실하게 들리는 목소리로 검게 빛나는 화살을 지면에 날렸다.

"설마…… 진짜 어둠마법……!"

"자넷 덕분이야."

"나, 나……?"

그렇다. 지금의 내가 있는 건 모두 자넷 덕분이다.

"이 마법을 익히기 위해서는 그 파티에서 나올 필요가 있었지. 여신…… 태양의 여신도 주지 않았던 데다, 그 파티에 잔류했다면 얻을 수 없었던 마법이야. 그리고, 이 마법은 이상할 만큼 소비 마력이 크다더군. 잘 모르겠지만."

"모른다니……."

"자넷이 가르쳐 줬잖아. 마력을 다루는 법을."

예전에 용사 파티에 있었을 때, 나의 마법은 아무런 도움도 되지 않았다.

거의 다치지 않는 데다, 다들 알아서 치료하는 이들. 아무도 없는 여관에서 회복마법을 사용했다. 몇 번을 써봤자 나설 차례가 없는 마법을…… 몇 번이고, 몇 번이고…….

자넷에게 배웠던 건, 자넷 자신의 직업으로 인해 헛수고가 되었다. 유년기에 쌓았던 노력은 나에게 아무런 길도 제시하지 못했다.

그러나, 그건 틀렸다.

나의 『지금』은, 확실하게 과거로부터 이어지고 있었다.

유년기, 빈스나 에미와 목검을 들었던 그날도.

자넷과 함께 책을 읽었던 그날도.

게다가— 파티에서 쫓겨나 시빌라를 만난 그날도.

모든 것이 지금의 나를 구성하는 중요한 요소다.

그중에서도 자넷만큼 나에게 커다란 영향력을 끼친 사람은 없다.

"나는 아직 마력의 고갈이라는 것을 겪어본 적이 없어. ……그래, 자넷. 네가 가르쳐줬기 때문이야. 나 혼자서는 분명 이 마법을 다루지 못하고 자멸했겠지."

나는 파이어 드래곤에게 얻어맞고, 불타면서도 공격마법과 회복마법을 아무 생각 없이 마구 사용할 수 있었다. 그런 일은 원래 가능할 리 없다.

만약 그때 마력이 고갈되었다면, 나는 틀림없이 그곳에서 죽었을 거다.

그러니 나는 자넷이 알아주도록, 그 손을 다시 잡았다.

"너는, 지금까지 나에게 『좋은 일 말고는 아무것도 하지 않았어』."

그것은 나에게는 엄연한 사실에 불과하다.

그녀 앞에서 한쪽 무릎을 꿇고, 그 얼굴을 올려다봤다.


"나는, 네가 그런 표정을 보이면…… 내가…… 싸울 힘을 가지게 된 내가…… 일찍이 싸울 힘을 갈구하며 『자넷이 부럽다』라고 생각하며 성자가 되었던 내가, 나 자신을 용서할 수가 없어져. 그러니—"

"—이제, 자신을 나쁘게 말하는 건 그만뒀으면 해."

자넷은 눈을 크게 떴다. 달빛이 그 눈동자를 반사하면서 반짝였고…… 이윽고 눈을 감으면서 한줄기 눈물을 흘렸다.

"……아아, 이것이…… 이것이 진짜 【성자】. ……따스하고, 성스러운 빛……. 틀렸어. 역시…… 나는, 못 당해내겠어……."

그 입가는, 오랜 시간 안고 있던 무거운 짐을 겨우 풀어낸 것처럼 부드럽게 웃고 있었다. 직업을 얻은 이후 자넷에게서 처음으로 보게 된, 고통에서 해방된 듯한 얼굴이었다.

자넷과 두세 마디 정도를 더 나눈 뒤, 몸이 차가워지기 전에 침대로 돌아갔다.

좀처럼 잠이 들지 못해서, 간소한 침대 안에서 천장을 올려다봤다.

깜깜한 방에 살며시 들어오는 달빛.

나는 천장의 더러움을 멍하니 바라보면서 조금 전까지의 자넷을 떠올렸다.

누구보다도 모두를 생각하던 자넷. 그런 자넷이 유일하게 신경 쓰지 않는 녀석이 있다. 그건 **자넷 자신**이다.

그 녀석은 뭐랄까, 너무 많은 걸 떠안고 있었다. 파티의 준비도, 예측할 수 없는 사태도.

……알고 있다. 자넷이 그렇게나 많은 걸 떠안고 있던 건 나의 책임이다.

자넷은 나를 『만능의 러셀』이라는 이름으로 불렀다. 내가 자넷 다음으로 지식 흡수가 빠르다고 단언했다. 그렇다면……내가 힘이 되어줘야 했다.

너무나도 많은 걸 떠안고 있던 그녀의 짐을 절반이나마 들어줄 수 있는 건 나뿐이었다.

지금에 와서야 알겠다. 자넷은 성녀가 되고 싶었기에 파티에서도 적극적으로 회복마법을 사용했었다. 조금이라도 그 존재에 다가서고자.

그 결과, 파티에서 나는 공격도 회복도 자넷에게 맡기게 된 셈이다.

그걸로 검을 드는 걸 그만둔 내가 지식 방면에서도 자넷에게 의지하고만 있었으니까, 정말로 웃을 수가 없군…….

다소 욕망이 있었다는 게 뭐 어쨌다는 건가. 자넷이 더는 나에게 미안함을 느끼지 않았으면 좋겠다. 나에게는 그게 제일이다.

……그러고 보니, 참지 못하고 눈앞에서 어둠마법을 써버렸는데, 아직 시빌라의 비밀은 이야기하지 않았다. 뭐, 자넷이라면 상관없고, 그 녀석도 거부하지는 않겠지.

아직 묻고 싶은 건 물론이거니와 말해주고 싶은 것도 많이 있다.

─아아, 바라건대.

지금까지 계속 노력해 온 자넷에게 그에 걸맞은 평온이 있기를.

◆

나는 꿈속에서 하늘을 보고 있었다.

조그만 아이가 뒤에서 나뭇가지로 머리를 때리고 있다.

나는 들고 있던 나뭇가지로 그 녀석에게 반격했다.

처음에는 발끈해서 맞부딪쳤지만, 이윽고 조금씩 즐거워졌다.

비가 내린다.

정말 좋아하는 누나 같은 사람이 부르는 소리.

차가워지기 시작한 피부와 무언가의 냄새.

잿빛 풍경에 비치는 불을 쫓듯이, 나도 달렸다.

나는 그 타오르는 색을 쫓는 시간을 좋아했다―.

◆

……뭔가 그리운 꿈을 꾼 것 같지만, 꿈의 내용을 금방 잊어버리는 건 언제나 그렇다. 그리 신경 쓸 일은 아니겠지.

복도로 나오자…… 자넷과 마주치고 말았다.

"……좋은 아침."

"그래. 좋은 아침."

자넷은 막 돌아왔을 때처럼 초췌하지는 않았고, 많이 회복됐다.

여느 때처럼 인사하고, 언제나 모두가 모이는 방으로……

가려고 했는데, 자넷이 그대로 내 옆으로 왔다.

"왜 그래?"

"응."

이제 막 일어나서 잠기운이 멍하니 남은 내 손에, 분명 저쪽도 이제 막 일어났다는 걸 알 수 있는 따스한 감촉이 전해졌다.

"손, 어제는 오랜만에 잡았어."

"맞아. 미아가 되었을 때 이후 처음인가?"

"용케 기억하네."

자넷과 손을 잡았던 건 그때 정도였으니까. 그보다 너도 용케 기억하고 있잖아. ……그러나 나는 오늘에서야 겨우 그 위화감을 깨달았다.

"자넷이 미아가 되다니, 있을 수 있는 일인가?"

"러셀은 나를 대체 뭐라고 생각하는 거야?"

"모르는 일 같은 건 전혀 없는 녀석. 적어도 마을 지도를 모를 리는 없지."

"나쁜 기분은 안 드네."

내 대답을 듣자, 그녀는 그렇게 중얼거리고는 내 손가락을 꽉 쥐었다.

여기서 나는, 줄곧 몰랐던 해답을 알게 되었다.

"그건 말이지, 일부러야."

"……뭐?"

"에미만 잡고 있는게 부럽다고 생각해서. 그래도 내가 부탁하는 것도 이상했으니까, 자연스레 손을 잡을 수 있는 상황을

만들었어."

의외였다.

자넷은 미아가 된 게 아니라, 자기가 숨었던 건가.

"소란을 부렸달까, 옛날에는 나도 제멋대로 굴었다는 거지. 뭐, 그런 느낌이야."

그걸 솔직하게 말하지 못하는 게 너답네.

"과연. 그렇다면야."

나는 자넷의 이마를 손끝으로 살짝 찔렀다.

"앞으로는 좀 더 제멋대로 굴어도 돼. 너도 어리광을 부릴 줄 알아야지."

"말했겠다?"

그렇게 말한 자넷은 잠에 취한 눈동자로도 확실히 웃었다.

……이제 어느 정도는 괜찮아 보이는군.

참고로 손을 잡은 모습을 에미가 목격해서 자넷이 웬일로 당황하게 된 건 10초 후였다.

어제보다는 많이 밝아진 고아원에 아침 햇살이 들어왔다.

기운찬 목소리에 대항하듯이 새가 울었고, 새로운 오늘이 시작됐다.

자넷이 창끝을 나에게 돌렸다. 워워, 진정해 에미. 그리고 뒤에서 히죽거리는 시빌라는 나중에 때려줘야겠다.

이거야 원. 아침부터 떠들썩하네.

그러나…… 나쁘지 않은 기분이다.

## 03 자넷이 선택한, 그녀의 미래

아침 식사 준비는 내가 다시 도와주려고 생각하고 있었다. 그러나 여기서 드문 일이 일어났다.

"내가 하게 해줘."

자넷이 입후보한 것이다. 프레데리카도 처음에는 놀랐지만, 곧바로 활짝 웃고는 자넷을 환영하면서 식칼 쓰는 법을 가르쳐주기 시작했다.

설마…… 내가 말했던 『좀 더 제멋대로 굴어도 돼』라는 말을 받아들인 결과가 요리를 돕는 일인가? 하하. 정말이지 이 녀석은……. 아무리 자기혐오에 빠지더라도, 어디로 가더라도 너는 절대로 악인은 될 수 없어. 내가 보장할게.

"끄응……."

"에미는 식칼 들지 마. 프레데리카가 화낼 테니까."

"우우, 알고 있어어……. 왜 나는 이렇게 서툰 걸까……?"

어째서일까. 나도 몰라.

에미는 곧바로 생각을 떨쳐내듯이 고개를 내젓고는 자넷의 등으로 시선을 돌렸다. 자기 일을 장난스럽게 말하면서도, 역시 절친의 모습이 눈부신 거겠지.

나도 뒤따라서 자넷의 등을 봤다. 조금 키가 안 맞는 부엌에서도 세심하게 하나씩 아침 샐러드용 채소를 썰고 있다.

지금까지 멀찍이 떨어진 시점에서 여유롭게 파티를 이끌어 왔던 참모. 그런 그녀가 해본 적 없는 분야에 도전하는 모습은, 평소의 여유가 느껴지지 않을 만큼 힘들어 보인다.

그러나 동시에, 경험한 적 없는 세계에 도전하는 것에 대한 즐거움 같은 것도 느껴졌다.

자넷이 부엌에서 샐러드와 빵을 들고 오자, 식탁에서 떠들썩한 꼬마들을 한꺼번에 돌봐주던 시빌라가 손을 흔들었다. 부엌으로 들어오면 곤란하니까. 이럴 때 고삐를 쥘 수 있는 녀석이 있는 건 프레데리카에게도 고마울 거다.

가지런히 썰린 베이컨이 채소 위로 올라갔고, 무슨 소스를 뿌렸다. 조미 담당은 프레데리카겠지만, 채소는 자넷이 썬 거겠지.

나도 식칼을 들어봤기에 생각하는 건데, 깔끔하게 잘 썰려 있다. 나도 처음에는 썰었다고 생각했던 채소가 막상 들어보니 전부 이어져 있기도 했으니까.

마지막까지 잘 썰었다고 생각하더라도, 세심하게 하지 않으면 의외로 잘 썰리지 않는 법이다.

"수고했어, 자넷."

"응."

변함없이 한마디뿐이지만, 입가는 조금 풀어져 있다. 어제와는 전혀 다른 표정이다.

"자넷도 식칼은 처음이었지?"

"뭐, 그렇지."

"능숙하네. 줄곧 하고 싶었나?"

"그것도 있어."

……그것도, 라는 건 그 밖에도 이유가 있나 보군.

나는 아침 식사를 입에 옮기면서 자넷의 다음 말을 기다렸다. 결국 묵묵히 전부 먹은 뒤, 자넷이 겨우 입을 열었다.

"나는, 여기에 남으려고 해."

아마 상당한 수련을 쌓아왔을 【현자】자넷은, 나의 파티에는 들어오지 않나…….

"딱히 러셀의 파티에 들어가는 게 싫은 건 아니야. 하지만…… 아직, 마법을 쓰는 게 무서워……."

"마법을 쓰는 게……?"

자넷은 묵묵히 고개를 끄덕였다. 뭔가 아직 낫지 않은 마음의 상처가 있는 거겠지. 나도 지나치게 비관적인 생각을 하지 않도록 의식하면서 이유를 깊이 묻지는 않았다.

"혹시, 요리를 도와주려고 하게 된 것도."

"맞아."

"……알았어. 그럼 그동안 고아원을 부탁할게."

"응."

마지막으로 자넷이 다시 고개를 끄덕이더니, 살짝 중얼거리면서 에미에게 미안한 듯한 시선을 보냈다. 그 시선을 받은 에미는 다정하게 미소 지으면서 고개를 내저었고, 곧바로 자넷을 안심시켜 주려는 듯 고개를 끄덕였다.


 그러고 보니 돌아오고 나서 고아원을 그다지 돌아보지 못했다. 돌아온 직후에 할머니나 자넷의 모습을 보고 그쪽에 집중했으니까.

 겨우 이것저것 진정이 되었으니까, 다시금 내부를 차분히 돌아봐야겠다.

 떨어져 있던 날은 짧았다. 그러나 그 기간에 체험한 것은 너무나도 농밀했다. 가볍게 돌아보는 것만으로도 눈에 보이는 인상이 달라진다.

 나는 우선 고아원에서 제일 넓은 곳으로 발길을 돌렸다.

 낡고 튼튼한 긴 의자에 앉아서, 지금은 꼬마들이 놀고 있는 방 중앙을 바라봤다.

 나는 여기서 빈스와…… 술래잡기를 했었던가? 이런 조금만 달려도 벽에 부딪히는 방에서 참 용케도 서로를 쫓아다니며 놀았다 싶다.

 "뭐~얼 아침부터 아이들을 보며 울적하게 있는 거야. 아직 10대잖아? 완전히 할아버지네. 오늘 예정은 손주의 성장 일기라도 만들 거야?"

 "도발할 포인트를 찾으면 반드시 도발을 안 하고는 못 배기는 병이라도 걸린 거냐? 성자의 마법으로도 그 머리의 병은 치료할 수가 없겠어."

 "밝은 미소녀가 싹싹하게 말을 걸어주다니 행복한 녀석이네."

말은 잘하네. 정말이지.

가는 말에 오는 말을 넘긴다. 그 반격도 가볍게 뿌리친 시빌라는 내 옆에 앉았다.

"이거야 원. ……그냥 나도 여기에서 놀았다고 생각했을 뿐이야. 새삼 보니, 참 용케 놀았다고 싶을 만큼 좁은 방이어서 말이지."

"그야 그렇겠지."

시빌라는 내가 생각하던 것을 아무런 감회도 없이 가볍게 긍정하며 단언했다.

뭔가 눈치챘는지, 시빌라는 내 얼굴을 엿보더니 혼자 끄덕이고는 내 옆에서 일어났다.

"그럼 재현해보자. 러셀, 의자에 앉은 상태로는 와닿지 않을 테니까, 거기서 쪼그려 앉아 봐."

"갑자기 뭐냐?"

귀찮다고 생각하면서도 뭔가 의미가 있다고 생각해서 들은 대로 쪼그려 앉았다.

"당시의 너에게 프렛치는 이 정도쯤 되었으려나. 좀 더 어린가? 그런 건 자세히 모르겠지만, 뭐~ 누나이긴 하니까."

손을 프레데리카 정도의 키로 띄운 시빌라를 올려다봤다.

"자, 아이들 쪽을 봐봐."

"저 녀석들 말인가?"

그쪽을 돌아보자, 마침 다가오는 아이가 한 명 보였다.

"왜 그래? 러셀 형. 배고파?"

"아니, 괜찮아. ……응?"

얼굴이 가까이 있고, 같은 높이다. 그 자세로 방을 빙글 돌아봤다.

"과연……. 하고 싶은 말은 알겠어."

내가 일어나자, 시빌라의 머리 꼭대기가 보일 정도의 시야가 돌아왔다.

"어린 시절에는 말이지. 자신의 몸이 작고 시야도 낮은 만큼 주변이 크게 보이는 법이야. 지식의 범위가 작고, 아는 세계가 좁거든. 하지만 말이지."

시빌라는 근처로 온 남자아이의 머리를 마구 쓰다듬고는 귀 뒤를 간지럽히면서 뺨을 엄지로 어루만졌다. 마지막으로 머리를 탁탁 두드려주자, 역시 호감도가 꽤 올라간 모양이다. 몇 번을 봐도 신기한 기술이다.

그 아이 쪽을 돌아보면서 저쪽에서 따분하게 있는 다른 아이를 가리켰다. 의도를 짐작한 아이는 다시 한 명과 합류해서 놀이를 재개했다.

"아이는 만족의 역치가 낮고, 상상력은 풍부하거든. 아이들에게는 이 방이 제도의 투기장이 되고, 나무 막대기는 영웅담에 나오는 검이 돼. 어떤 것이라도 자신이 아는 가운데 가장 굉장한 것이 세계 제일의 것이야. 동료 중에서 제일가는 강자는 세계 제일의 강자."

시빌라의 말을 듣자, 옛날의 잿빛이었던 기억에 선명하게 색이 입혀졌다.

─아, 떠올랐다.

당시에는 정말로, 굉장히 커다란 방이라고 느껴졌다.

나에게 남자인 친구는 빈스뿐이고, 여자아이는 에미와 자넷뿐. 당시에는 고아원에 연상도 연하도 별로 없어서 정말로 네 명이 언제나 함께였다.

프레데리카는 세계 제일의 미인이자 천재 셰프고, 젬마 할머니는 세상에서 제일 무서운 마귀할멈이었다. 고아원 밖은 끝없이 이어지는 대륙 같아서, 마을 바깥에는 아무도 없는 세계라는 생각조차 했었다.

정말로······ 좁은 세계였다.

성장하여 다시 이 방에 서서 방 안을 바라보니 좁다고 느꼈다. 그러나 그건 다르다. 좁은 건 나의 지식이었다.

아드리아 마을과 비교하면, 하몬드는 굉장히 크고 화려한 도시였다. 그때도 세상은 넓다고 생각했지만, 터무니없는 소리다.

항구마을 세이리스에서 본 바다와 비교하면, 인간이 사는 곳 그 자체가 작다. 정말로······ 내가 아는 세계는 작았다. 그렇게나 광대한 소금 호수를 보았으니, 지금까지의 세계가 더더욱 작게 보이는 건 당연한 일인가.

"─그래도."

고민의 바다에 잠겨있던 나를 시빌라의 목소리가 끌어냈다.

"그래도 말이지. 지금의 저 아이들에게 이 세계는 굉장히 근사한 세계의 전부야. 그걸 긍정적으로 받아들이고, 대해줘."

……그래. 그렇겠지. 기운 넘치는 꼬마들에게는 지금이 세계의 전부다. 굳이 지금의 환경보다 나은 환경이 있다는 걸 말해줄 필요는 없겠지.

많은 것을 경험하고, 성장해서…… 철이 들었을 때 넓은 세계를 보러 가면 된다.

분명 나의 세계도 여전히 좁을 거다. 그래도 내 안에 있는 지금의 세계를 풍족하게 느낄 수는 있다. 그 감각을 잊지 않으면서, 미지의 세계를 향한 기대감도 가져갈 수 있겠지.


완전히 옛날을 그리워하는 마음에 잠겨있는데, 방 안에 새로운 인물이 들어왔다.

"아, 여기 있었구나."

에미의 손에는 목검이 두 자루 있다.

"자, 러셀."

그중 하나의 자루를 내게 내밀 그리운 목검을 줬다. 아아, 떠오른다. 뾰족한 끝부분에 다치는 바람에, 나중에 젬마 할머니가 뭉툭하게 깎았었던가.

"갑작스럽지만, 나와 모의전을 해주지 않을래?"

모의전. 그건 우리 네 명의 유년기에서 제일가는 추억…… 아니, 우리의 일상이었다.

지기 싫어하고 체격이 좋은 빈스와, 마찬가지로 지기 싫어했던 나. 빈스는 강했지만, 내가 기술로 웃돌면 녀석은 반드시 강해지고 난 뒤에 리벤지를 걸어왔다.

몇 번이나 이기고 지고…… 최종적으로는 내가 더 많이 이겼지만, 서로 상당히 강해졌다.

자넷의 가르침은 정말로 능숙했다. 내가 강해질 수 있었던 건 —아마 빈스가 계속해서 강해졌던 이유도— 자넷 덕분이겠지.

패한 적이 전혀 없었던 건 아니지만, 그래도 나보다 강하다고 생각한 적은 없다.

지금이라면?

나는 에미의 갑작스러운 제안에 옛날을 떠올리면서 고개를 끄덕였다.

"모의전이라. 좋아."

"어, 정말로? 해냈다!"

모처럼 생긴 기회다.

나도 에미의 실력이 어느 정도인지 몸으로 느껴보고 싶은 마음이 있었다.

"왠지 재미있어질 것 같네. 에미, 모두 봐도 괜찮은 거야?"

"앗, 가능하면 처음에는 둘이서만……."

"응응. 알았어. 그럼 애들아, 오늘은 내가 상대해 줄게!"

시빌라는 에미의 대답을 듣자 완전히 길들인 아이 한 명과 놀기 시작했다.

좋아. 꼬마들의 시선이 이쪽에서 벗어났다. 나는 시빌라에게 내심 감사하면서 에미에게 눈짓을 줘서 함께 밖으로 향했다.

정오 이전의 바깥은 따스했고, 아침과 비교하면 무척이나 지내기 쉬운 기후가 되었다.

에미는 햇살을 등에 받으면서 뒤뜰의 풀이 나지 않은 땅에서 발을 멈췄다. 기이하게도 그건 바로 어제 내가 자넷에게 어둠마법을 보여준 곳이었다.

"그럼, 어어······. 머리하고, 몸통하고, 손이었지? 얼굴하고 목하고 하반신은 금지고."

"그래. 그거면 돼."

에미는 순간 웃으면서 끄덕이고는 조용히 눈을 감고 검을 들었다.

다음으로 눈을 떴을 때, 분위기가 달라졌다.

옛날과 같은 진지한 눈. 그러나······ 위압감이 전혀 다르다.

이게 상위 근접직이 된 에미인가.

"······시작!"

내가 처음으로 발을 내디딘 타이밍에, 에미도 동시에 발을 내디뎠다— 빠르다!

즉시 힘을 담은 목검으로 그 일격을 받아냈다.

옛날······이라고 해도 1년도 지나지 않았을 시절, 에미의 검은 한 손으로도 힘을 주면 막아낼 수 있는 수준이었다. 그러나 지금의 첫 공격을 막아낸 나의 손에는 빈스와 맞부딪쳤을 때 이상의 충격과 저릿함이 덮쳐왔다. 정면에서 받아내는 건 악수다.

에미가 다음으로 자세를 바꾼 걸 확인한 나는 목검의 길이를 계산에 넣고 거리를 유지하면서 상단으로 들었다. 직후, 얼굴에 강한 바람의 감촉이 덮쳐왔다.

이건 목검의 풍압인가……?! 역시 【성기사】의 완력은 강하군!

"……아!"

공격을 회피한 순간, 뭔가 절박한 분위기를 두른 에미의 표정이 시야에 들어왔다.

"한 번 더!"

그 검을 다시 받아낸 나는 회복마법을— 그래. 회복마법을 쓰자.

'《엑스트라 힐》.'

좋아. 팔의 저릿함이 사라졌다. 이거라면 얼마든지 받아낼 수 있다.

아마 전력을 써서 나에게 덤벼들고 있는 에미는, 나 역시 전력을 다해 싸워주기를 바랄 거다. 사양했다가는 오히려 싫어하게 되겠지.

"아, 직……!"

에미는 다시 자신의 공격을 받아낸 걸 보자 분한 듯 미간을 오므렸다. 그 심정은 엿볼 수 없지만, 아마 이 모의전 끝에 그 해답이 있겠지.

나에게는 아마 예전의 빈스 이상으로 기골 있는 상대다. 이렇게나 강한 상대와 모의전을 한 적은 없다. 지금의 에미는 그 정도로 강했다.

"이쪽에서도 간다!"

"……윽!"

이번에는 내가 에미에게 전력을 다해 검을 후려치려 했다.

나의 공격에 맞서서, 에미는 검을 옆으로 들어 받아냈다.

상당히 강하게 위에서 후려쳤지만, 마치 거목이라도 후려친 듯한 감각이다.

"……."

에미는 딱히 괴로운 표정도 없이 내 얼굴을 가만히 바라봤다. 이것이 상위직의 진가인가. 뭐, 나의 회복마법에 필적하는 능력이 육체에 깃든 거니까 그에 걸맞게 강하다는 건 당연한 일이지만.

한 발짝 물러나서 검을 다시 들었다. 에미가 다시 공격할 차례가 되었다.

동작 자체는 변함없지만, 아무튼 예전과 비교해서 힘은 물론이거니와 다음 동작으로 이행하는 속도가 어마어마하게 빠르다. 단적으로 말해서 빈틈이 적다. 과거에 에미와 몇 번 싸워봤기에 공격의 예측이 가능하지만, 처음 봤다면 피할 자신이 없다.

힘이 강해진 것. 그것만으로도 같은 기술이 이렇게나 성가셔질 줄이야. ……아니, 예전에 나와 에미의 모의전에서는 에미와 나의 관계가 정반대였다.

그러나 그녀가 그걸 이런 식으로 투덜대는 걸 들은 적은 없다. 그렇다면 나도 지금의 에미를 뛰어넘을 마음가짐으로 임하지 않으면 불공평하겠지.

—그로부터 몇 번 맞부딪치고, 회피했다.

나는 숨이 차오를 때마다, 손이 저릿해질 때마다 자신에게 무영창 회복마법을 사용했다. 복합 회복마법은 신체 피로 등도 없앨 수 있으니까.

에미에게는 한 번도 쓰지 않았지만, 전혀 기운이 빠지는 기색이 없다. 이미 나와의 장기전으로는 지치지도 않나. 싸울 보람이 있군.

다음으로 에미는 몸통을 노리고 목검을 옆으로 휘둘렀다. 아까도 몇 번 봤었다.

그걸 주의 깊게 회피하고, 끝까지 휘둘렀을 때 파고들어서 이번에는 내가 에미의 몸통을 찌르고자 검을 내질렀다.

타이밍은 나쁘지 않았지만—【성기사】이자 【어스름의 기사】인 지금의 에미는 나의 공격이 보인 모양이다.

에미는 나의 찌르기를, 놀랍게도 쪼그려 앉아서 피했다.

그 판단은 훌륭해서, 재빠른 동작에 순간 그 모습이 시야에서 사라졌다.

"아얏……!"

다음 순간 손등에 날카로운 아픔이 느껴졌고, 목검이 고아원 벽에 부딪히는 새된 소리가 뒤뜰에 울렸다.

한 손 후려치기에 의한, 손 타격. 타이밍, 파워 모두 충분한 일격.

완패였다.

"굉장하네, 에미. 나의 패배야. 강해졌—."

"약, 해······."

"—왜 그래?"

분명 나에게 이긴 에미는, 목검을 떨어뜨리고는 쥐어짜듯이 목소리를 높였다.

"나, 역시 약해······! 이런 직업을 받고, 모든 공격이 보였는데도······ 이렇게나 고전하다니······! 역시 러셀은 대단해······ 굉장히 노력하고 있어······. 그런데, 나는 그저 【성기사】가 되었을 뿐인데도 이렇게나 강해지다니······."

"에미······."

그런가······. 모의전 중에 계속 보였던 에미의 초조한 듯한 표정은 이게 이유였나.

원래부터 다정한 녀석이니까, 신경 쓰고 있을 가능성을 고려하기는 했다. 특히 처음에 그렇게 헤어지고 만 이상, 자신의 직업을 꺼림칙하게 생각하고 있을지도 모른다고 생각했었다.

즉, 에미는 나의 기나긴 노력에 의한 실력을 『여신의 선정식』 하나로 뛰어넘은 사실에 미안함을 느끼고 있는 건가.

······정말이지. 에미도 그렇고 자넷도 그렇고 모두 너무 좋은 녀석들이다. 좀 더 자신이 가진 능력을 당당하게 자랑해도 좋을 정도인데 말이지.

나는 고개를 수그리면서 주먹을 움켜쥔 에미의 어깨에 손을 올렸다.

"아······."

"나도 너와 맞부딪칠 때마다 회복마법으로 피로나 치료를 했었으니까. 게다가 적이라면 몰라도 에미는 아군이잖아? 나는 오랫동안 맞부딪칠 가치가 있었다고 생각해."

"……러셀. 그럴, 까……?"

"물론이지. 네가 힘 말고는 아무것도 없는 녀석이었다면, 처음 공격으로 머리를 맞고 끝났다는 것 정도는 나라도 알 수 있어. 그래도 몇 번이고 대처할 수 있었던 건, 에미가 나와의 싸움에서 나의 움직임을 기억하고, 에미가 검에 익숙해졌기 때문이야. 하지만, 그렇더라도―."

나는 건물 옆에서 고개를 내민 자넷에게 시선을 보냈다. 순간 놀라서 숨었지만, 다시 슬그머니 고개를 내민 자넷을 보며 내심 쓴웃음을 지었다.

"자신이 약하다고 생각한다면, 더 강해지면 되지 않을까? 나도 자넷에게 배우면서 빈스를 이길 수 있게 되었으니까, 혼자서 강해진 건 아니야."

눈물을 닦은 에미에게 회복마법과 치료마법을 사용했다.

"우린 파티니까. 둘이서 강해지면 되잖아?"

"파티……."

"그래. 기대를 짊어진 【용사】라고 할 정도는 아닌, 이상한 여신과 인연을 가지게 된 그늘 속 영웅이라는 거지. 별난 영웅담이지만, 아무리 강해지더라도 나쁘지는 않잖아?"

장난치듯이 어깨를 으쓱하면서 살짝 웃었다.

에미는 내 모습을 보면서 겨우 키득거리며 웃고는, 어깨의 짐을 내려놓은 표정으로 끄덕였다.

"응. 나, 강해질게. 러셀보다도, 빈스보다도, 마신보다도."

태연하게 굉장한 말을 하는데? 용사보다 강해지면 완전히 에미가 주역이잖아.

그러나 지금의 에미라면 해낼 것 같은 기분이 든다.

"조금 더 해볼까?"

"응!"

"자넷도 보기만 하지 말고 와서 가르쳐줘."

"어?!"

에미가 돌아보자, 겨우 자넷이 보고 있다는 걸 깨달았다. 자신의 대화가 들리고 있었던 것에 얼굴을 붉힌 에미가 머리를 긁적였다.

"정말~, 말해줘야지……."

"나가기 힘들었어. 그래도, 그런가……. 그 에미가, 지금의 힘으로 러셀과 모의전을 해서라도 강해지는 걸 선택했구나……."

자넷은 조금 고민하는 모습을 뵈더니, 곧장 고개를 흔들면서 이리로 다가왔다.

부탁한다. 소꿉친구 겸 나의 선생님.

분명 나는 아직 더 강해질 수 있다. 그걸 실현시켜 주는 건 지금의 에미뿐이다.

나와 에미는 점심 식사가 나올 때까지 고아원 뒤에서 목검을 부딪쳤다.

예전처럼…… 그러나 예전과는 전혀 다른 실력을 가진 소꿉친구와 함께.

인간은 항상 진보한다.

그렇게 믿고 있지만 실제로는 인식이 틀렸고, 본질적으로 비유하면 본래는 전부 『변화』라고 부르는 게 올바를지도 모른다.

개량되었다고 실감할 수 있을지는 알 수 없다. 나쁜 버릇이 들어서, 노력하기 전보다 퇴화했을 가능성도 생각해 볼 수 있다.

에미도 빈스도, 교정하지 않으면 약점이 커지는 상황이 많았다. 러셀도 그런 게 전혀 없었던 건 아니다.

그만큼, 좋은 변화라는 건 어려운 법이다.

그 점에서, 지식은 편해서 좋다.

없는 걸 늘리는, 그 변화에 마이너스 요소는 없으니까.

……하지만, 그건 동일한 축의 진보에 불과하다. 매우 직선적이고 좁은 시야의 성장인 거다.

때로는 대범한 변화가 필요해지는 국면도 있겠지.

단 한 걸음.

그 한 걸음을, 자신의 인생을 넘어설 정도의 크나큰 진보로 느낄 수도 있을 거다.

─그것이, 지금일지도 모른다.

"앗, 응. 러셀이 부엌에 서는 건, 이제 괜찮아."

에미의 말은, 나에게는 『잘 아는 절친 에미』라는 근간을 뒤흔들 정도의 대사건이었다.

러셀이 부엌에 서지 못했던 이유. 그건 에미가 러셀의 부상을 극도로 싫어했기 때문이다.

그 시절의 인상이 이어져서, 에미는 던전에서도 러셀이 다치지 않게 필사적으로 움직여 왔다. 오히려 자신이 러셀 대신 다치는 걸 선호할 정도였다.

……그날. 우리의 모든 것이 변했던 날.

러셀을 다치게 한 것이 자신의 능력 때문이라는 걸 알자, 에미는 완전히 바뀌고 말았다.

악화라는 말로는 표현할 수 없을 만큼, 이미 내가 아는 에미는 그곳에 없었다.

그로부터 대체 무슨 일이 있었는지는 아직 모르지만…… 다시 내 앞에 나타난 에미는 틀림없이 좋은 변화를 이뤄냈다.

어린 시절부터 함께 자라온, 누구보다도 어린애 같았던 에미. 줄곧 그렇게 생각해온 그녀가 스스로 껍질을 깨고, 마치 번데기에서 날아오른 나비가 된 듯한 감각.

그렇다…… 우화(羽化)다. 성장이다. 에미는…… 완전히 『아이』에서 『어른』으로 성장했다.

러셀도 크게 변했다.

예전의 러셀에게 있던 다정함은, 검을 드는 자에게는 약함이 될 수 있다고 생각했다. 그 모든 것이 뒤집힌 것처럼, 그

하얀 로브가 검게 물들어 있었다.

뭐랄까……. 칠흑은 아니다, 자흑(紫黑), 흑단(黑檀)…… 흑연(黑鳶), 이라고 해야 할까. 아무튼 그 색은 아름답고 인상적이어서, 원래 그런 로브라고 착각하게 될 정도였다.

하얗고 약했던 러셀은 그곳에 없고, 검고 강한 의지와 어딘가 난폭함조차 느껴지는 말투가 남았다. 시빌라라는, 알게 된 지 얼마 안 된 사람과 대화하는 말투나 거침없는 충돌은 마치 다른 인물을 보는 듯했다.

그러나…… 러셀은 따스했다. 내가 미안함을 느끼고 사양하려는 생각을 하지 못하게, 러셀은 나의 행동도 생각도, 질투도 고해도 전부 긍정해 주었다.

─완패다.

이런 사람이 줄곧 곁에 있었던 거다. 나는 원래부터 성녀가 될 수 없었던 거다.

……되고 싶다고 생각했다. 생각했지만…… 지금은 다르다.

지금은 『러셀이 있으니까, 내가 성녀가 될 필요는 없다』라는 생각이 확연하게 든다.


지금까지 두 사람을 돌아보면서 느꼈던 것.

─뒤처지고 있다.

모두가 함께 걸을 때, 나는 빈스의 옆에서, 에미는 러셀의 옆에서 두 줄로 걷는 일이 많았다. 세 사람 모두 검사라서 몸을 단련했으니까, 내가 멍하니 있으면 간단히 뒤처져 버린다.

그래서 선두에 섰다. 그러지 않으면 세 사람이 먼저 가버릴 것 같았으니까.

지식은 있었다. 성장도 했다. 그러나— 나는 진보하지 않았다.

혼자서 멋대로 앞으로 나아갔을 뿐. 뒤를 돌아보자, 모두 이미 위층으로 올라가 있었다.


식탁에서 조금 멍하니 실내를 돌아보고 있는데, 옆에 그 여자가 앉았다.

"저기…… 계속해서 시빌라 씨, 라고 부르면 될까요."

"응응. 괜찮아~. 자넷."

의자에 앉더니, 의자를 그대로 옮겨서 나에게 닿을 법한 위치까지 다가왔다.

에미의 말대로, 정말로 거리낌이 없는 사람이다.

"뭔가, 용건이라도 있으신가요?"

"없지는 않지만, 용건이 없으면 오면 안 되는 거야?"

"아뇨. ……응? 용건이 있는 건가요?"

이야기에 따르면, 러셀과 에미가 모의전을 한다는 모양이다.

승부는 에미의 승리로 끝났다. 뭐가 놀라웠느냐면, 에미가 러셀의 손을 노린 점이다.

에미는 러셀이 아파하는 걸 극도로 피했기 때문에, 적극적으로 몸을 치려고 하지 않았다. 그런 에미가 상당한 기세로 검을 날려버린 거다. 러셀은 당연히 통증을 느끼며 인상을 찌푸렸다.

옛날과는, 다르다. 앞으로 계속 나아가는 소꿉친구 두 명을 보면서 더더욱 그런 생각이 들었다.

—절친의, 도움이 되고 싶다.

그 소원을 가진 동시에, 러셀이 말을 걸어왔다.

정말이지, 찾는 것에 관해서는 역시 소꿉친구 중 제일이다. 뭐든 금방 찾아버리네. 나의 소망도 포함해서 찾아낸 걸까.

그렇다면, 나도…… 러셀 일행이 찾아다니는 정보를 제공하자.

그걸로 지금까지 받은 은혜를 갚을 수 있다면…… 이런 나라도 조금은 용기를 낼 수 있다.

그 후에, 두 사람을 지켜보면서 지난날처럼 몇 가지 어드바이스를 주고.

시간에 맞춰 모두 함께 점심을 먹고.

나는, 식후에 세 사람을 불러서 이야기를 꺼냈다.

"케이티에 대해서— 용사 파티에서 일어난 일에 대해, 순서대로 이야기하고 싶어."

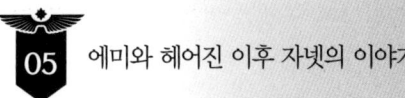 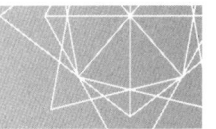

점심 식사 후, 아직 해가 높이 더 있는 시간.

오전 중에 움직이기도 했고, 식후가 되기도 해서 약간의 잠 기운이 덮쳐오는 시간대였다.

자넷에게 이끌려서, 가볍게 음료수라도 마시며 느긋하게 있어도 되겠지— 그렇게 생각한 직후였다.

"용사 파티에서 일어난 일에 대해, 순서대로 이야기하고 싶어."

자넷의 그 한마디는, 나의 감기던 눈꺼풀을 열게 만들기에 충분했다.

너무나도 갑작스러운 한마디에 에미도 놀랐다. 시빌라는……입가가 조금 풀어져 있다. 뭐지? 이렇게 되는 걸 예측하고 있었나?

일단 나는 다시금 자넷에게 물었다.

"정말로, 괜찮은 거겠지?"

에미가 순간 이쪽을 봤고, 이어서 걱정스러운 표정으로 자넷을 돌아봤다. 자넷은 손에 든 허브차를 마시고는 후우, 하고 숨을 내쉬었다.

"아마, 괜찮을 거야. 만약 괜찮지 않더라도, 말하지 않는 게 더 나은 일은 없을 거야. 그럼 말하는 게 낫다고 나는 판단했어. 정답일 확률이 올라간다면, 올리는 걸 선택해야겠지."

그건, 실로 자넷다운 대답이었다.

—정답일 가능성이, 약간 높아.

아마 아직 무언가, 자신을 믿지 못하는 마음의 상처가 있는 거겠지.

그러나 마음의 상처를 마법으로 치유할 수 있다면, 그건 치료의 범위를 넘어선 정신 조작의 부류일 거다. 그런 세뇌 같은 회복마법으로 상대를 조종하는 건 내가 원하는 바가 아니다.

마음을 치유하는 건 나나 에미의 육성이나 행동, 혹은 문제를 해결한 결과이기를 바란다.

어찌 됐든.

"말해주겠다고 결심한 것, 고맙다. 곧바로 미안하지만, 말할 수 있는 범위에서 말해줬으면 좋겠어. 케이티라는 여자가 쟁점이라는 건 알지만, 결국 자넷은 그 혼잣말에서 어떤 위험을 느낀 거지? 그리고 나머지는……."

"……빈스, 겠지."

소꿉친구. 나를 파티에 권유했던 녀석. 함께 자란 절친. 나를 추방한 용사.

나에게 질 때마다 강해졌던 남자. 약한 녀석에게 우쭐대는 남자. 에미를 노리다가 실패하자 다음 날 바로 자넷에게 들이대던 경박한 남자.

……생각하는 바가 없는 건 아니다. 그러나 그걸 생각하는 건 나중이다.

자넷은 나보다 오래 파티에 소속되어 있던 에미에게 이후의 일을 이야기했다.

"우선은, 에미가 탈퇴한 뒤에 중전사계인【마법검사】가 들어왔어. 케이티 정도의 가슴…… 적어도 나 이상이고, 모두가 돌아볼 정도의 미모를 가진, 그러면서도 무명의 여성."

"……농담이지?"

"내 인식이 어긋나지 않았다면, 사실이야. 하몬드에서 솔로였다고 말했어……. 하지만 케이티와 마찬가지로 아리아도 굉장한 미모였지."

"아리아 씨……."

……이야기를 들으면 들을수록 놀랄 수밖에 없다. 케이티와 아리아라는 녀석은 줄곧 누구에게도 알려지지 않은 솔로 모험가였다는 건가.

"케이티와 아리아는, 아는 사이였나?"

"맞아."

"어디에 있었지?"

"……역시 날카롭네."

자넷도 당연히 그걸 생각했겠지. 반면, 에미는 고개를 갸웃했다.

"어? 어? 뭐가 이상한데?"

"두 사람 모두 소문이 돌아도 이상하지 않은 미녀인데, 아무도 이름을 화제로 꺼내지 않았어. 그런 두 사람이 서로 아는 사이라니, 대체 어느 정도의 확률이지? 하몬드의 남자는 여자에 흥미가 없는 걸까?"

"앗."

자넷의 지적을 듣자 에미도 알아챈 모양이다. 내 질문에 대한 자넷의 말로 짐작했나……. 케이티도 아리아도, 원래부터 하몬드에서 활동하고 있었다고 했다.

그렇다……. 그런 모두가 돌아볼만한 두 사람이, **두 사람 모두** 소문이 돌지 않다니, 말도 안 되는 일이다.

"가능성은 두 가지. 우선 변장하고 있었다는, 웃어넘길 수밖에 없는 생각. 얼굴 확인 단계에서 하몬드 모험가 길드 접수대를 통해 이야기가 샜을 테니까, 숨길 수 없을 거야."

순간 그쪽을 생각하고 말았다. 말하지 않아서 다행이다.

"또 하나는—"

자넷이 꺼낸 말은, 오히려 변장이 더 낫다고 생각할 만큼 극단적인 생각이었다.

"—기억 조작이나 인식 저해 같은, 타인에게 간섭할 수 있는 마법이나 스킬이야."

너무나도 엉뚱한 생각. 그야말로 웃어넘겨 버릴 이야기다. 그러나…… 아마 자넷이 그렇게 생각할 만한 경위가 있었겠지.

나는 지금 단어에 뭔가 걸리는 점을 느꼈고…… 곧바로 짐작했다.

그렇다. 『정답일 가능성이, 약간 높아』라는 말이다.

기억 조작— 그걸 당했을 가능성을 느꼈으니까, 에미를 처음에 진짜라고 생각하지 않았던 거다. 그렇다면 모든 것이 앞뒤가 맞는다.

"기억 조작이라는, 변장 이상으로 우스갯소리 같은 말을 한 근거는, 자넷 자신이 당했다고 생각했기 때문인가?"

"맞아."

자넷은 그 터무니없는 말을 단호하게 긍정했다.

자신의 기억이 누군가에게 조작됐을지도 모른다고 생각하면서도, 이야기하고 있는 거다.

"물론, 나의 기억과 두 사람 사이에서 착오가 거의 보이지 않았으니까 지금 이렇게 이야기하는 거야. 내가 인식하는 두 사람이 존재하지 않는 게 아닌 한, 기억 조작을 당했을 가능성은 낮아."

"러, 러셀……. 자넷은 무슨 소리를 하는 거야……?"

"알기 쉽게 말하자면, 나와 에미가 자넷이 만들어낸 환각일 가능성이 있지만, 그래도 이야기한다고 말하고 있는 거야."

"……괜찮은 거지?"

나는 에미의 말에 단호하게 고개를 끄덕였다.

이렇게까지 자신을 믿지 못하는 상태인데도, 그래도 최선의 선택을 고려해서 이야기해 주는 거다. 내가 자넷의 입장이었다면 더 빠른 단계에서 마음이 꺾였을지도 모른다.

"아리아라는 여성도 존재하지 않을지도 몰라. 나 말고는 증명할 인물이 없으니까, 나의 기억이 잘못된 시점에서 불확정 정보야. 지금부터 이야기하는 건 전부 그걸 감안하고, 지식으로 알아두기만 해."

나는 자넷의 선언에 강하게 끄덕였다. ……정말로 믿음직한 녀석이다. 이쪽이 생각해야만 하는 요소도 전부 언급해 주고, 여기까지 이야기를 요약해 주었으니까.

"그럼…… 우선 케이티와 아리아, 모두 혼자라도 틀림없이 소문이 돌 레벨의 미인이야. 길드 접수대의 남자와 길드에서 언제나 문제를 만드는 검사 남자는 소문을 좋아하니까. 실제로 케이티가 들어온 다음 날에는 두 사람 모두 케이티의 이야기를 했어."

소문이 돌 레벨의 미인이라는 표현대로, 소문을 좋아하는 호색가들의 화제에는 금방 올라갔을 거다.

"케이티는, 빈스에게 말을 걸기 전부터 하몬드의 모험가였다고 했나."

"맞아. 에미도 기억하고 있지?"

"물론이지. 확실히 길드 태그에 하몬드라는 정보가 나왔었잖아."

"맞아. 그렇다면, 적어도 우리가 처음에 케이티와 함께 길드에 간 단계에서 그녀에 관한 소문이 돌지 않은 건 이상해."

그렇다. 순서가 이상하다. 케이티가 길드에 등록되어 있다면, 그 접수를 한 단계에서 소문 좋아하는 남자들의 화제가 되었을 거다.

"아리아도 완전히 똑같았어. 빈스를 원망하는 말도 엿들었을 정도니까."

아리아도 케이티와 마찬가지로 길드에 들어올 때까지 소문이 돌지 않았다. 그러나 길드에 들어온 다음 날부터는 소문의 표적이 되었다.

……과연. 자넷이 인식 저해라고 말할 만하군. 누구나 예상할 수 있는 말도 안 되는 결과가 두 번 연속으로 일어났다. 그 두 사람은 서로가 지인.

이걸 『우연』이라는 한마디로 넘어가는 건 무리가 있다.

……나는 문득, 그러고 보니 옆에 또 한 명, 중요한 여자가 있었다는 걸 떠올리고 시선을 돌렸다.

이럴 때는 지식과 그 이상의 지혜를 가진 자가 믿음직하다.

시빌라는 팔짱을 끼고 자넷을 멍하니, 노려보지 않고 그저 바라보는 느낌이었다.

"……응? 뭔데?"

"아니, 지금 단계에서 뭔가 생각하는 바가 있는지 궁금해서."

"딱히. 조금 더 정보를 들어보자."

시빌라는 의외로 바로 이야기를 접고 자넷을 돌아봤다.

……이 녀석이 생각해봐도, 아직 아무것도 떠오르지 않는다는 건가.

"자넷. 다음을 부탁할 수 있을까?"

"응. 케이티와 아리아 두 사람은 파티 멤버로 활약했어. 아리아는 강했어. 단순히 레벨도 높았고, 하층까지 발을 들일 정도로 밸런스가 좋았어. ……아아, 그러고 보니."

자넷은 조금 고개를 갸웃했다.

"아리아는 【마법검사】 레벨 32. 솔직히 상위직 고레벨인 만큼 어지간한 【중전사】보다 강하고 튼튼해. 빈스와 나란히 싸우는 모습을 보고 있으면, 빈스보다 강하지 않을까 생각할 정도였어.”

“굉장한데…….”

당연하지만, 현재 【용사】가 된 빈스는 어마어마하게 강하다.

물론 혼자서 모든 것을 할 수 있는 녀석은 아니지만, 그래도 전력을 내면 혼자 중층에서 싸울 수 있을 정도로는 뭐든지 수준 높게 할 수 있는 검사다.

그런데 자넷의 눈에는 그 빈스와 비교해도 강하다고 느껴질 정도라니…….

“……그렇기에, 신경 쓰이는 점이 있었어. 케이티는 【마도사】로는 저레벨대인데, 아리아는 마치 그녀의 부하인 것처럼 정중한 말투를 쓰고 있었어. 결국 이유는 듣지 못했지만.”

“그건…… 뭐, 선후배 관계라면 그런 일도 있을 수 있겠지.”

“뭐, 이건 어디까지나 보충 정보 정도로 생각해둬. ……인식 저해의 가능성을 고려한 흐름은, 이 정도려나.”

자넷은 다시 한숨을 내쉬고는 차를 입에 옮겼다. 이렇게나 많은 말을 하는 건, 함께 책을 읽었을 때 이후 오랜만이다. 나도 컵을 들고는 마찬가지로 입에 옮겼다.

“……아, 이제 식었나.”

무척이나 집중해서 말해서 그런지, 컵 안의 차는 완전히 식어있었다.

“추워졌으니까. 식는 것도 빠르지. 내려놔 봐.”

자넷의 말대로 컵을 내려놓자, 탁상에 놔둔 진동으로 용기의 표면에 일렁일렁 물결이 쳤다. 자넷은 그 수면을 가만히 바라봤다.

"마법은, 싸우기만 하는 게 아니라 이렇게 일상생활에도 쓸 수 있으니까 좋아."

데우는 마법 말인가. 확실히 던전 공략 이외에도 쓸 일이 많다. 그런 의미에서는 마도사 계열은 살기 편한 직업다.

"그렇지. 마도사는 편리해. 던전에 들어가지 않는다면 회복술사<sup>힐러</sup>로도 충분하겠지만."

"양쪽 다 쓸 수 있는【현자】가 더 편리해."

"대놓고 말하는군. 뭐, 사실이지만."

웬일로 놀리듯이 우위를 잡으려 드는 자넷에게 쓴웃음을 짓자, 다시 그녀는 컵을 손에 들고 차를 한 모금 마셨다. 나도 한 모금 마셔서 데워진 걸 확인했다.

응? 지금, 뭔가…….

"그럼, 또 하나."

자넷의 분위기가 달라졌고, 각오를 다진 표정을 지었다. ……지금부터가 본론인가.

그렇다면 나도 다른 생각은 하지 말고 자넷의 이야기에 집중하자.

"기억 조작의 가능성을 생각하게 된 이야기를 할게."

ㅡ기억 조작.

【현자】의 소양을 가진 자넷이 진심으로, 근거를 가지고 이걸

말하는 의미.

"이 결론에 도달한 이유……. 즉, 기억 조작을 당한 다른 녀석을 보고 확신한 거겠지?"

"……응."

자넷은 확실하게 수긍했다. 조금 안색이 나빠진 것 같아 걱정되지만, 그래도 눈을 돌리지는 않았다.

……역시 너는 강한 녀석이야.

우리 중에서 가장 작고 체력도 없는데, 내 앞을 걷는 그 등은 언제나 믿음직하다. 겁먹었더라도, 얼굴이 새파랗더라도, 자넷의 존재는 크다.

"어떤 상황에서, 누가 무슨 기억을 조작당했는지 가르쳐줄 수 있을까? 아니, 내가 모르는 사람이라면 의미는 없지만."

"아니."

"러셀이 가장 잘 아는 사람이야."

─.

진짜, 인가.

"……이봐, 자넷……. 그 조건에 해당하는 녀석은 한 명밖에 없어."

"거, 거짓말……!"

대상 자체가 적기에, 역시 에미도 눈치챘다.

그 조건에 해당하는 녀석은 그 녀석밖에 없잖아……!

"빈스는, 기억 조작을 당했어. 일단 내가 기억 조작을 당하지 않았는지 확인할게. 빈스의 특징을 말해줘."

"……그래. 젠장. 빈스의 특징 말이지? 붉은 머리가 묘하게 어울리는 남자야. 키가 큰, 우리의 소꿉친구. 고아원 출신이고 우쭐대기 좋아하는 호색한인 주제에 【용사】가 된, 건방진 녀석이지. 맞지?"

"후후, 맞아. 말이 심하네, 러셀."

"여기서 이런 말을 하지 않을 만큼 나는 성인이 아니야."

"【성자】면서?"

"빈스는 【애모의 성녀】라도 도움닫기를 해서 두들겨 팰 레벨로 심각한 녀석이니까. 걷어차도 좋아."

"푸흡!"

"앗, 잠깐. 우후후……!"

시빌라가 사양하지 않고 뿜어버렸고, 그에 이끌린 에미도 웃었다. 에미는 그대로 직격당했는지, 소리를 내지 않고 탁자에 엎어졌다. 미안, 괴로워 보이니까 나중에 회복시켜 줄게.

"지금의 러셀, 꽤 좋네. 조금 마음이 편해졌어. 고마워."

"나는 그럴 생각이 아니었는데 말이지……. 뭐, 마음이 편해졌다면 다행이야."

이런 때이지만……. 아니, 오히려 이런 때이기에 필요 이상으로 긴장할 필요는 없다.

"그래도, 응. 두 사람이 진짜인 한, 나는 기억 조작을 당하지는 않은 것 같아. 한없이 100%에 가까워지고 있어. 좋은 경향이야."

자넷의 말을 듣자, 아무리 나라도 슬슬 지적할 수밖에 없었다.

"아직도 나와 에미가 진짜라고 생각하지 않는 건가?"

"당연하지."

자넷은 오히려 내 불만을 덤덤히 긍정하고는 그 이유를 밝혔다.

"만약 두 사람이 『안심시키기 위해 만들어낸, 희망이 보인 순간 절망으로 내리꽂기 위한 환각』이었을 경우, 여기서 내가 완전히 신용한 반동으로 절망하면, 진짜 너희를 도와주러 갈 수 없어. 이 대화를 몇 번이나 반복할 수 있도록, 완전히 신용할 수는 없어."

옆에서 처음으로 그 시빌라가 기겁하면서, 동시에 자넷을 인정한 듯 숨을 삼켰다. 우리를 완전히 믿지 않는 건, **몇 번을 절망하더라도 우리의 힘이 되어주고 싶기 때문**인 거다.

헤아릴 수 없을 만큼 강한 심지. 다시금 자넷이 아군이어서 다행이라고 생각한다.

……그리고 에미는 고개를 갸웃하고 있다. 이해하지 못한 거겠지. 나중에 가르쳐줘야겠다.

"러셀의 기억과 나의 기억은 일치하고 있어. 그럼 에미에게 질문."

"응? 아, 괜찮습니다."

"에미는 케이티에게 러셀에 대해 이야기했어?"

갑작스러운 질문을 받자, 에미는 당연하다는 듯 강하게 고개를 내저으며 부정했다.

"그렇겠지. 나도 에미는 그럴 것 같았어. 일치해."

"……이야기로 추측해보면, 빈스가 나에 대해 이야기한 건가?"

아무리 그래도 여기까지 오면 나라도 그 정도는 예상이 된다.

그러나…… 자넷에게 나온 말은 뜻밖이었다.

"아니야. 아마 빈스는 이야기하지 않았어……."

……뭐? 그럼 누구인 거지?

길드의 소문을 좋아하는 접수대 남자인가? 매점의 여자인가?

애초에 어째서 빈스가 이야기하지 않았다고 단언하는 거지?

새파란 얼굴을 한 자넷이 꺼낸 해답은…… 이런 나의 빈약한 상상으로는 도저히 미치지 못할 만큼 무서운 내용이었다.

"……왜냐하면, 빈스는 러셀을 기억하지 못했으니까."

이건 아직 내가 빈스 옆에 있을 때의 이야기.

경치에서 색이 사라졌다……라는 건, 마음의 색채, 윤기 같은 게 사라졌을 때 쓰는 표현이다. 그러나 지금은 문자 그대로 시야에 색이 없다.

나는 푸른 하늘을 비출 생각이 전혀 없는 하얀 고층 구름을 올려다봤다. 어린 시절의 낙서처럼 덧칠된 하늘은 표정을 모두 잃은 것처럼 아무것도 읽을 수가 없다.

읽을 수 없다.

케이티 씨의 사고를, 전혀 읽을 수가 없다.

단순히 『용사 파티에 허니 트랩을 걸어서 꿀을 빠는』 정도의 존재가 아니라는 건 나라도 알 수 있다.

아리아 씨와 어느 정도 함께 던전에 들어갔지만, 그야말로 공적을 위해서라면 굳이 우리와 함께하지 않아도 해나갈 수 있을 수준이었다.

케이티 씨의 동료가 아리아 씨뿐이라고 단정할 수는 없다.

알 수 없지만…… 성녀, 성기사…… 성자. 그쪽을 노리고 있을 가능성이 매우 높다.

에미는…… 분명 좋은 결과가 되었겠지. ……다음 타깃은 나일까?

접촉한 이유를 직접 물어봤자 대답해 주지는 않겠지. 그럴싸한 이유는 얼마든지 떠오르지만, 진짜 이유를 말하지는 않을 거다.

—그보다도, 진짜 목적을 알게된 단계에서 내가 그 목적의 먹잇감이 되어있으리라는 건 확실하다. 원만하게 끝내고 싶다.

그러나…… 예측조차 할 수 없는 건 답답하네…….

"……왜 그래? 자넷."

"아무것도 아니야. 아리아 씨는 어때?"

"굉장히 강하더라, 그 여자."

옆에서 싸우던 빈스도 역시 아리아 씨에 대한 건 순순히 인정했다. 아무리 자존심이 강하더라도 그 실력을 목격한다면 불만도 나오지 않겠지.

빈스도 강해지기는 했다. 러셀을 쫓아낸 것이 나의 욕망으로 인한 실수였다고는 해도, 성자가 없더라도 충분히 용사와 현자로 싸우고 있다.

……싸우고 있을, 거다. 회복술사를 넣지 않더라도 내가 있으면 성녀를 대신할 수 있다.

용사의 회복술사. 그걸 목적으로 줄곧 노력해왔다.

사실은 【용사】, 혹은 【검성】이 된 러셀을 【성녀】인 내가 치유해 줄 예정이었다.

……아니, 지금은 그만두자. 이미 다 끝난 일이다.

에미는 【성기사】가, 러셀은 【성자】가, 나는 마경에 가까운

【현자】가 되었다. 내가 자신의 욕망 때문에 쫓아냈고, 간접적으로 에미의 정신을 붕괴를 시킬 정도로 상처입혔다.

여신의 눈물이라는 말로도 불리는 폭풍의 오열. 비 온 뒤 땅이 굳어진다. 두 사람은 지금, 함께 여행하고 있다. 모든 것은…… 모든 것은 이미, 끝나버린 거다.


아리아 씨와 케이티 씨가 오고 나서, 용사 파티는 균형이 잡혔다.

내가 성녀처럼 회복술사로 행동하는 건, 케이티 씨가 마도사 역할을 맡아주고 있기 때문이다. 아리아 씨도 마법은 공격 계열 전문이다.

지금, 회복마법을 가장 잘 쓸 수 있는 건 나. 일찍이 동경하던 위치에, 일그러진 상태이지만 들어오게 되었다.

솔직히 성녀는커녕【신관】이하의 능력밖에 없는 나의 회복마법으로 어디까지 버틸 수 있을지는 모른다. 금방 한계가 찾아올지도 모른다. 그때가 오기 전까지, 나는 지금의 위치를 유지할 수 있겠지.

─가짜 성녀. 지금의 나는 겉보기만 화려한 유리로 된 모조 보석이다.

이야기를 되돌리자. 새로운 멤버인【마법검사】아리아. 케이티에게 정중한 말을 쓰면서 따르는 뛰어난 모험가이자, 레벨은 무려 32나 된다.

솔직히 상위직은 다소 무리하지 않는 한 레벨을 올리기 어렵다고 느끼고 있었는데, 아직 젊고 아름다운, 쾌활한 아리아 씨가 이 정도의 베테랑이라는 건 놀랄 수밖에 없었다. 낮게 보더라도 A에서 S랭크대의 모험가다.

일단 빈스에게 대답해 주자.

"응. 케이티 씨의 후배인지는 모르겠지만, 케이티 씨의 지위가 높겠지. 뭔가 이유가 있는 걸까."

"자넷이 모른다면 나도 모른다고. 게다가 딱히 문제도 일어나지 않고 있으니까 그냥 신경 쓰지 않아도 되지 않나? 신경 쓰인다면 물어보면 되니까."

그게 가능하면 고생하지 않아…… 빈스는 케이티 씨를 그저 무척이나 아름다운 미녀라고밖에 생각하지 않겠지.

이럴 때는 단순한 빈스가 부럽다. ……아니, 내가 멋대로 고민하고 있을 뿐일지도 모르지만.

"신경 쓰인다면 내가 물어볼까?"

"응. 고마워."

……본심을 알려주지는 않겠지만.

마지막 말을 삼키고, 우리는 다시 잿빛 도시에서 따로 행동하게 되었다.


―지금 생각해보면, 이때의 대화가 문제였을지도 모른다.


누구의 목소리인지도 판별이 되지 않는 낮의 소란. 그 모습은 마치 형형색색의 물감을 모두 뒤섞어 잿빛이 된 것 같았다.

……이런 말을 하고 있지만, 나는 실제로 붓을 들어본 적조차 없다.

모두 지식. 지식뿐. 지식만 앞서 있고, 실적은 거의 없다. 나는 어디를 가더라도 책벌레이고, 지식 말고는 장점이 없는 현자다.

『현명함』이란 대체 무엇인지, 자신도 잘 모르겠다…….

잿빛 하늘 아래, 잿빛 거리와 잿빛의 인파를 목적도 없이 걸었다.

산책 자체는 딱히 싫지는 않지만…… 이렇게나 자신의 내면에서 성장을 볼 수가 없으니, 그나마 그 지하실에서 책을 읽고 있던 게 오히려 유의미하지 않을까 생각하게 된다.

이런 때에도 체험보다 지식을 우선하게 되는 자신에게 어이가 없어진다. ……나 따위는 그저 잿빛 중 하나에 불과하건만.

밖을 돌아보더라도 이미 이 도시에 새로운 자극은 없을 거다. 무구도, 방어구도 전부 봤다. 정보 수집도 과하게 하면 중복 정보뿐. 아무리 그래도 똑같은 이야기를 세 번이나 듣는 건 질렸다.

도시 밖에 있는 공방에 입하된 드워프제 파이어 드래곤의 갑옷도 봤다. 가격은…… 눈이 튀어나올 금액이었다. 그건 한동안 팔리지 않겠지. 만약 귀족이 산다면 뭐, 그때는 어쩔 수 없다.

결국 할 일이 없어져서 가고 싶지도 않은 여관으로 돌아왔다.

아리아 씨는 털털한 사람이라 싫지는 않다. 그러나 종종 빈스나 나를 보는 눈이 날카로울 때가 있다. 노려보고 있다기보다는, 굳이 따지자면 뭔가를 노리는 듯한······.

······이쪽도 생각해봤자 별수 없다. 하지만, 그래도 케이티 씨와 마찬가지로 아무런 의미도 없이 파티에 들어온 게 아니라는 건 알 수 있다.

알 수 있다고는 하지만, 정말로 알 수 있는 건 그것뿐이다.

현관을 열자, 같은 여관에 묵고 있는 남자가 나를 바라봤지만······ 곧바로 시선을 돌렸다.

지금까지는 호색한 시선이 거미줄처럼 끈적했다. 그게 없어졌다는 건, 이유도 대략 예상이 간다.

"······또 그러시나요. 케이티 씨."

"어머, 어서 와요!"

명백하게 여관의 욕실을 썼다는 걸 알 수 있는 파티의 여신이 몸에서 김을 뿜어내면서 천 한 장 차림으로 걷고 있었다.

"밖에서는 옷을 입어달라고 전에도 말했었잖아요. 그보다, 신경 쓰이지 않나요?"

"굳이 따지자면, 보여주고 싶은 쪽이니까요."

내가 몇 번째인지 모를 지적을 하자, 태연하게 남자의 시선을 긍정하고 여유작작한 미소를 짓고 있다.

아아, 틀렸다. 이건 제어할 수 없다.

완전히 벗고 있는 것도 아니고, 누군가가 손해를 보는 게 아닌 이상 막을 수단이 없다. 굳이 따지자면, 외부 사람이 이 파티의 윤리관이 극한까지 떨어졌다고 생각할 뿐이고, 나의 품위가 내려가는 정도인가……. 아아, 정말, 새삼스럽다…….

"그래도 추워지면 안 되니까, 방으로 돌아갈까요."

……동시에, 하나의 가능성이 생겨났다. 역시 케이티 씨는 인식 저해나 기억 소거, 혹은 변장이나 변화 등을 쓰고 있을 거다.

이 사람과 아리아 씨가 자신의 미모를 과시하면서 걷기만 해도 남자의 시선은 모두 두 사람에게 빨려 들어간다.

끝으로는 조금 전의 말. 『보여주고 싶다』라는 말을 하고 있는데 지금까지 발견되지 않은 건 이상하다. 우리도 여행객이 아니라 반년 가까이 이 도시에 머물고 있다.

이 정도로 노출광 같은 미녀를 누구도 본 적이 없다는 건 있을 수 없다.

이 사람은 대체 누구인가……. 그 해답은 여전히 찾지 못하고 있다.

결국 이날도 방에서 고민에 잠기거나, 가져온 서적을 몇 번째인지도 모를 만큼 다시 읽으며 묵묵히 보냈다.

변함없는 일상. 덤덤한 잿빛의 나날.

─그렇게 생각하던 건, 나뿐이었던 것 같아서.

저녁 식사를 한 직후, 여느 때처럼 졸려왔다.

케이티 씨와 아리아 씨가 금색의 가느다란 눈으로 나를 보고 있다. 어두운 실내에서 초승달처럼 빛나며, 나의 의식이 떨어지는 걸 마지막까지 지켜보고 있었다.

문득, 위화감을 느꼈다.

'……《히프노 큐어》.'

잠기운이 순간 깨어났고, 문득 몸을 일으켰다. 초승달은 보름달이 되었고, 다섯 개의…… 다섯, 개?

……어라, 이게 뭐지…… 또, 잠기운이…….


다음 날. 오늘도 던전에 들어갔는데, 그 파이어 드래곤의 무구에 대한 화제가 나왔다.

"좋더라고요~, 그 방패! 역시 전위라면 그것을 동경하게 되죠~."

"사용된 소재가 사치스러워서 값이 나가지만, 안전을 고려하면 우선적으로 손에 넣고 싶네."

동감이다. 아리아 씨가 몹시 우수하다고는 해도, 지금 가진 그럭저럭 좋은 중형 방패로 마물의 공격을 막는 건 조금 미덥지 못하다.

블러드 타우로스는 방어 최상위인 【성기사】에미도 방어에 전념할 정도의 괴력을 가진 마물.

그걸 계속 막아내는 건 아리아 씨의 기술 덕분이다. 그러나 아무리 그래도 짐이 무겁다.

"《힐》."

"오, 고맙습니다!"

나는 빈번하게 회복마법을 썼다. 사전에 몇 번 쓰면서, 특정한 타이밍에 단번에 깎이는 위기 상황을 사전에 예측해서 막는다.

지금 파티의 회복술사<sup>힐러</sup>는 바로 나니까.

케이티 씨가 옆으로 왔다.

지금의 그녀는 【마도사】로서 공격 역할을 담당하고 있다. 원래는 마경에 가까운 【현자】인 내가 공격에 나서는 게 좋지만, 역할 분담을 위해 뒤에 대기하고 있다.

그 화제를 케이티 씨가 꺼냈다.

"그런데…… 역시 『회복술사<sup>힐러</sup>』, 필요하겠네요."

그것도 막대한 위화감을 얹어서.

"예를 들어, 【성자】라든가."

오싹, 등에서 소름이 돋았다.

어, 어째서? 어째서 성자라고 말했지? 일반적으로는 【신관】이나, 혹은 【성녀】일 텐데.

대체 누가 누설했지? 모험가 길드의 남자인가? 입막음은 해뒀을 텐데. 게다가 누설할 메리트가 없으니 자연스레 누설했다고 생각할 수는 없다.

어째서 성녀가 아니라 성자인 거지?

"그리고."

또 뭔가 말하려는 건가.

"폐를 끼친 만큼, 에미 씨에게도 사과하고 싶어요. 게다가."

표정을 읽을 수 없는 미소로 이쪽을 보고 있다. 아름다운 얼굴. 호를 그리는 눈과 입.

단순한 미녀의 웃음이, 마치 육식동물이 사냥감을 바라보는 것처럼.

"소꿉친구분과도, 인사, 하고 싶어서요."

어…… 어째서.

어째서 그 단어와, 그 화제를 말하는 거지?

내가 반응하지 못하는 사이…… 방긋 웃은 실눈이 가늘게,
곡도<sub>시미터</sub>처럼 열렸다.

"확실히 성함은— 러셀 씨, 였던가요?"

……넋을 잃은 상태에서 회복되자, 케이티 씨는 이미 아리
아 씨 쪽에 있었다. 대신 빈스가 내 옆에 와 있었다.

그 얼굴에서는 양심의 가책이라는 게 조금도 느껴지지 않
았다.

……이번만큼은 나도 화가 났다. 아무리 그래도 용서할 범
주를 넘어섰다.

무엇을 위해…… 무엇을 위해 내가 여기에 남아있다고 생각
하는 건데……!

"부위 절단 같은 건 전부 아리아가 해준대. ……응? 왜 그
래? 자넷. 뭔가 화나지 않았어?"

"용케 내 앞으로 어슬렁어슬렁 찾아왔네……! 그렇게나, 그
렇게나 러셀에 대한 건 말하지 말라고 했는데……!"

이 녀석은 아무런 미안함도 느끼지 않는 건가.

나에게도 죄책감은 있다. 원인의 일부, 아니 발단이 나였으
니까.

그러나…… 아무리 그래도 러셀에 대한 걸 저 여자에게 누설한 건 너무나도 경멸받을 짓이야. 빈스.


—하지만 결국.
아직 눈치채지 못했던 건, 나뿐이었다.
변함없는 일상을 보냈다고 믿고 있던 건, 나뿐이었던 거다.
무너지지 않도록, 불안정한 바닥을 걷고 있다고 생각했었다.


틀렸다.
나는, 떨어지고 있다는 걸 깨닫지도 못한 채 멍하니 놓쳐버렸다.
그걸, 그 여자는…… 케이티는 줄곧 알고 있었다.
어리석음.
그렇다. 나는 『우자(愚者)』다.


빈스는 곤혹스러운 듯 고개를 내저었다.
연기로는 보이지 않는 음색으로, 이해할 수 없는 말을 꺼냈다.


"자, 잠깐만. 그 러셀이라는 건 누구야……? 나는 전혀 말하지 않았고, 애초에 그런 녀석은 모른다고. 자넷, 진정해. 왜 그렇게 화가 난 거야? 이봐 자넷…… 자넷? 이봐, 괜찮아?"

어떻게 돌아왔는지 기억이 나지 않는다.

하층까지는 갔다는 건 기억한다. 하층을 지나면…… 지나면, 뭐가 있지? 마왕인가?

알 수 없다. 모른다. 쓰여있지 않은 건 모른다. 일단 돌아왔다. 휘청거리면서 여관에 도착했다.

우선 짐을 놓고, 저녁 식사다. 그건 여느 때의 흐름이다. 최근에는 언제나 거쳐온 흐름.

"……자넷, 괜찮아?"

"응. 이제 괜찮아."

웬일로 화를 낸 나를 배려하는 빈스의 말을 가볍게 흘려버렸다. 부자연스럽지 않도록. 위화감을 가지지 않도록. ……괜찮지 않다는 걸 들키지 않도록.

빈스는 러셀을 모른다고 말했다. 빈정거리는 의미로 한 말이 아니다. 그렇다면 분명 짜증을 내면서 말했을 거다.

하물며 지금 나에게 던전 안에서 있었던 일을 되묻지는 않을 거다.

그렇다면, 생각할 수 있는 가능성은 두 가지.

하나는 빈스의 기억이 변했을 가능성. 또 하나는…… 애초에 눈앞의 상대가 빈스의 외모를 한 다른 무언가일 가능성이다.

동시에, 가장 신경 써야만 하는 것. 케이티가. 그 여자가 러셀을 알고 있다는 것. 이유는 모르겠지만, 모종의 방법으로 그 정보를 얻은 거다.

……아니, 이유 같은 건 뻔히 알고 있지 않은가. 두 가지 사실을 늘어놓으면, 그 위화감은 금방 알아챌 수 있다.

케이티는 러셀의 이름을 알고 있다.

빈스는 러셀의 이름을 모른다.

그렇다— 기억 소거가 아니다. 기억 조작이다.

빈스의 러셀에 관한 기억은, 어느새 『흡수된』 거다.

"……어머, 오늘도 소식인가요?"

"케이티 씨도 그렇잖아요."

"어머나, 그랬었죠! 후후."

케이티는 던전 안에서의 수상함은 조금도 보이지 않을 만큼 여느 때 그대로다.

무슨 생각을 하는지 모르겠다. 내숭을 떨고 있는 건가, 아니면 해리성 정체성 장애인가?

속내를 알아보는 싸움에서 이길 수 있을 것 같지는 않지만, 이미 어제까지와의 이 사람과 똑같이 보이지는 않는다.

"오, 그럼 그 고기도 받아 가도 될까요?"

"드세요."

"좋았어!"

아리아가 내 식기를 그대로 가져갔다.

케이티가 먹는 모습을 보며 달랬다. 빈스가 웃는다.

언뜻 보면 평범한 파티다. ……그래. 나 말고는.

일상의 광경. 러셀이 없어지고, 에미가 없어진, 여느 때의 일상.


—언제부터지?

언제부터, 이게 일상이라고 착각하고 있었지?


창밖에 있는, 구름이 이어지던 하몬드에서 오랜만에 뜬 보름달을 올려다봤다. 하늘은 표정을 바꿔서, 사람들에게 잠들 시각이 되었다는 걸 알려주었다.

여느 때의 일상. 나는 이후, 방에 돌아가면 피로로 인해 졸려온다.

아침에 일어나서 다시 던전에 들어간다. 그게 지금까지 나의 변함없는 나날.

……언제부터지? 나의 수마를 일상적인 일이라고 믿고 있었던 게?

매일 일찍 잠든다. 이른 아침에 눈을 뜬다. 밤중에 눈을 뜨지 않는다.

최근에는 파티도 원만하게 운영되고 있고, 나 자신도 방심하고 있다고 단언해도 좋을 만큼 경계심이 풀어져 있었다.

마법을 쓴 횟수도 결코 많지 않다. 회복술사로 활동하면서, 【현자】의 능력은 거의 회복마법밖에 쓰지 않고 있다. 그런 데다가 아리아가 강해서 다치는 일 자체가 적다.

　—그렇다면, 어째서 그렇게 졸린가?

　트릭을 밝힌다면 간단한 이야기다.

　초승달은 오늘 던전에서도 봤다. 케이티와 아리아의, 사냥감을 보는 눈.

　보름달은, 깜짝 놀란 눈. 놀라서 크게 뜬 두 사람의 눈이다.

　그렇다면 해답은 명백.

　케이티의 보름달이 두 개. 아리아의 보름달이 두 개.

　문 틈새에서 엿보던 보름달이 하나.

　이 여관에는 케이티의 동료가 한 명 더 있다. 최면 해제는 성<sup>히프노 큐어</sup>공했다. 수마를 한 번 해제했으니까 두 사람이…… 아니, 세 사람이 놀랐던 거다.

　그때 나는…… 한 번 더 잠들었던 거다. 그게 어제 있었던 일.

　여느 때처럼, 빈스가 케이티에게 찰떡처럼 달라붙었다.

　여느 때처럼, 케이티는 얇게 입고 소식이었다.

　여느 때처럼, 나의 저녁 식사는 아리아가 먹었다.

　지금부터 내가 하는 일은, 여느 때라면 하나뿐.

　여느 때처럼 방으로 돌아가 잠들 뿐.

　여느 때처럼—.


　—그렇게 둘 것 같아!

　'《히프노 큐어》.'

　미리 마법을 사용했다. 성공한 감촉이 난다. 짐은 창문 근처에 있다. 방으로 돌아갈 여유는 없다. 대단한 짐도 없다. 태그에는 돈도 어느 정도 있다.

빈스는 어쩌지? 뭐라 설명하지. ……아니, 애초에 내가 사라진 시점에서 나를 잊어버릴지도 모른다.

러셀을 기억하지 못하는 이상, 에미도 기억하지 못할 가능성이 있다.

미련은…… 없을 리가, 없다.

빈스는 우리 4인조의 중심인물이며, 그래 봬도 마음씨가 괜찮은 녀석이다. 결코 극악인인 건 아니다.

아무리 재능이 있더라도, 그런 극악인을 【용사】로 삼는다면 나라도 여신교의 스테인드글라스를 마법으로 산산조각 낼거다.

그가 그렇게나 까칠했던 건…… 빈스의 질투심을 부추긴 나에게 전면적인 잘못이 있다.

빈스는 러셀의 강함을 누구보다 인정하고 있었다. 러셀 말고는 빈스를 검으로 이길 사람이 없다는 걸 알고 있었으니까.

그렇기 때문이겠지. 『러셀이 강하니까』 에미가 러셀을 바라본다고 생각하던 빈스는, 『러셀이 약하니까』 더욱 지키려고 마음을 쏟는 게 탐탁지 않았을 거다. 그걸 파고들었다. 그러니 극악인이 있다고 한다면, 그건 나 한 명뿐이다.

가능하다면 빈스도 나와 함께 도망쳐야 한다. 그러나 그를 설득할 방법이 전혀 떠오르지 않았다. 가뜩이나 러셀의 기억이 없는데 뭐라 말해야 전해질까?

지금은…… 지금은 저 정체불명인, 미녀의 껍데기를 뒤집어

쓴 괴물 곁에 놔둘 수밖에 없다.

"……응? 왜 그래? 내 얼굴에 뭐 묻었어?"

"뺨에 빵 부스러기가 묻었어."

"으겍. 미안해."

본인은 자각이 없겠지만, 아마 그에게는 가장 괴로운 시기가 되겠지.

미안해……. 나는, 너를 구할 수단이 없어.

"나는, 돌아갈게."

"그래."

거짓말은 하지 않았다. 나는 돌아간다. 고향으로.

그럼 빈스……. 너를 다시 만날 수 있기를 바라고 있을게…….


여관 입구로 들어가면 각 방으로 직접 이어지는 복도가 있다. 문 바로 근처에는 계단이 있고, 그걸 올라가면 우리가 숙박하는 방이 있다.

'《서치 플로어》.'

위층에는 인간이 다수. 그중 한 명이 문 근처에서 가만히 있다.

우리 방 바로 옆이다. 그 계단을 바라보던 나는…… 밖으로 달렸다!

'《히프노 큐어》! 《히프노 큐어》!'

머릿속으로 치료마법을 몇 번이고 외치며 달렸다. 지금 잠들면 끝장이다.

위화감을 눈치챈 나를 케이티가 그대로 방치할 리가 없다. 아마 빈스에게 저지른 것과 똑같은 방법으로 모종의 기억 조작을 당하게 된다!

도망쳐, 도망쳐, 도망쳐……!


여관을 나오고 나서, 해가 저문 어스름 속을 남쪽을 향해 똑바로 달렸다.

도시 하몬드를 상징하는 문을 급하게 빠져나와, 곧바로 도시와 마을을 연결하는 경계를 빠져나갔다.

길다운 길은 아무것도 없는 울창한 밤의 숲. 공포를 촉발하는 어둡고 꺼림칙한 세계지만, 지금의 나는 그런 걸 신경 쓸 여유가 없었다.

'《스태미나 차지》. ……히, 《히프노 큐어》.'

불안정한 숲의 지면에서 균형을 잃으면서, 부족한 체력을 마법으로 보충하며 달렸다. 그래도 최면 해제 마법은 빼놓지 않았다.

쫓기는 기분이 든다. 쫓기는 기분이 든다.

아무런 증거도 없거니와 색적 마법에는 아무것도 걸리지 않았지만, 쫓기는 기분이 든다.

나의 내면에 둥지를 튼 불안감이라는 감정이 멋대로 쫓아오고 있을 뿐이다. 알고는 있지만…… 치료마법을 쓰지 않을 수 없을 만큼, 무섭다.

무섭다.

지금 잠들면, 자신을…… 나를 구성하는 모든 것을 흔적도 없이 빼앗길 것 같아 무섭다!

'《스태미나 차지》. ……《스톤 샷》.'

산에는 방치된 던전이라도 있는지 늑대 마물이 나타났다. 키는 일어나면 나를 능가하겠지. 재빠르고, 털도 갑옷처럼 단단한 마물.

나는 그 녀석을 향해 돌 공격마법을 사용했다. 불마법으로는 산불이 일어나서 그 여자들에게 위치가 들킨다. ……걱정하는 게 산불이 아니라 자신이라니. 나는 이런 상황에서도 너무나 썩어빠졌다.

손에서 나온 공격마법은, 내가 회복마법보다 이쪽에 뛰어난 재능을 가졌다는 걸 거부할 수 없이 보여주었다. 늑대 마물은 아무런 고통도 느껴지지 않을 만큼 허망하게 선혈을 흩뿌리면서 머나먼 지면에 툭 떨어졌다.

……처음부터, 알고 있었다.

【성녀】가 되지 못한다는 건, 처음부터 알고 있었던 일이다.

명예욕과 질투심이 드러난, 이런 추잡한 내가 성녀를 맡을 수 있을 리가 없었다.

설령 【성녀】 직업을 얻어봤자, 그에 어울리는 활약 같은 건 전혀 할 수 없겠지.

나의 본질이 『공격』이라는 건, 내가 가장 잘 알고 있었다.

알고 있었다. 알고 있었던 거다.

알고 있었는데도, 멈출 수 없었다. ……이걸 우자가 아니라 뭐라고 할까.

아무것도 모른 채 달리는 사람보다 훨씬 어리석지 않은가.

―산속에서 문득, 하나의 가능성이 떠올랐다.

'애초에 빈스가 러셀을 기억하지 못한다고 치고, 반대로 내가 기억하는 기억이 진짜라는 보장은 있나?'

그건, 깨달아서는 안 되는 가능성이었다.

'빈스가 올바르고, 내가 잘못되었을 가능성…… 에미라는 소꿉친구도…… 나에게, 멋대로 이식되었을 가능성이……'

가능성을 부정할 재료가 없다.

'내가, 책을 읽고 지식을 얻었을 가능성. 하지만 케이티는 나보다 훨씬 많은 걸 알고 있었어. 케이티의 지식 범주에…… 기억 조작 범주에, 내가 들어갈 가능성……'

멈춰. 멈춰. 사고의 수레바퀴. 이 이상 나아가지 마.

'내가 줄곧 지내오던 기억…… 고향 마을…… 고아원…… 시스터, 소꿉친구, 절친과…… 내가 처음으로, ……라는 감정을 가졌던 상대……'

나의 소망도 무색하게, 단번에 나아가는 사고회로.

'전부, 만들어진 것일 가능성을 부정할 수가 없어.'

내 앞에 적이 나타났다. 그건, 나 자신이었다.

머리 회전이 빠르기에, 온갖 나쁜 가능성을 단숨에 생각하고 말았다. 자신을 구성하는 요소가, 자신을 상처입히기 위해 이빨을 드러냈다. 물어뜯고 있다.

기쁨도, 슬픔도. 절친의 웃음도, 시스터의 화난 얼굴도.

맑은 날 태양의 따스함도, 비 오는 날의 흙냄새도.

어린 시절에 떠올랐던, 아련한…… 마음도.

모든 게 뜯겨나가고 있다.

남은 건, 텅 비어버린 깜깜한 어둠.

'나는…… 나는…….'

마지막으로, 도달해서는 안 되는 해답으로—.

**'나는 정말로 자넷인가?'**

—자아를 구성하는 마지막 요소가, 검게 물들어버렸다.

어떻게 돌아왔는지, 기억이 나지 않는다.

이곳은, 아드리아. 일치한다. 기억과 일치한다. 정답일 확률이 50%보다 높다.

고아원. 일치한다. 아무래도 일치하는 것 같다. 기억의 착오가 없을 확률이 50%보다 높다.

"어라, 손님인가……? 아니, 자넷?! 자넷이냐?!"

"젬마. 시스터. 일치해. 진짜일 가능성이 약간 높아."

"……무, 무슨 소리를……. 어, 어떻게 된 거니? 너, 눈 주변에 굉장한 다크서클이……."

"방. 아무도 들여보내지 말아줘. 아이가 들어오면, 공격할지도 몰라."

방으로 들어갔다. 창문 커튼을 닫았다. 달빛을 차단한 방에 빛은 닿지 않는다.


러셀. 에미. 빈스.

그런 소꿉친구는, 있었던 걸까? 이제는 아무것도 모르겠다.

—춥다. 몸이, 마음이 완전히 얼어붙어 있다.

움직이려고 하면, 모든 것과 함께 쪼개질 것만 같다.

—어둡다. 깜깜한 방에, 아무것도 닿지 않는 소리.

들키면 모든 것을 빼앗긴다고 생각하니, 마음이 날뛸 것만 같다.

—무섭다. 의지할 게 아무것도 없다. 의지할 지식이 아무것도 없다.

자신을 구성하는 지식의 산이, 나의 모든 것을 의심하는 가장 큰 적이 되고 말았다.

……의지할 사람이 아무도 없다. 구원을 청할 방법은, 배우지 못했다.

우자니까. 나는 우자니까. 혼자서는 아무것도 못하는, 어리석은 아이니까.


일찍이 절친을 부럽다고 생각해서 일부러 숨기던 게 있었다.

찾는 게 특기인 그는, 상대가 공주님이 아니어도 찾아주었다.

맞잡은 손은, 따스했다.

아무도 없는 방에서, 떨리는 몸이 멋대로 어리석은 말을 꺼냈다.

"추워…… 어두워…… 무서워……. 구해줘, 구해줘, 구해줘……러셀…… 나는, 여기에 있어……."

이런 상황으로 굴러떨어진 나의 입에서 나온 이름.

……어쩜…… 어쩜 이리도 어리석은가, 자넷. 너는 이 정도
로 우자였나.

도움을 구할 권리 같은 게, 있을 리가 없는데.

그 상대를 쫓아낸 것은 바로 자신인데.


—그래도.

자신의 존재 이유가 없더라도, 존재 가치가 없더라도, 존재
조차 의심스럽더라도…… 그만은, 나의 기억 속에만 있는 존
재이지 않기를, 강하게 기원했다.

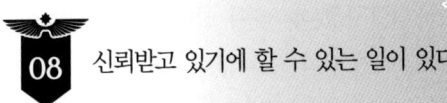

자넷은 한숨을 돌리고는 다시 컵 안의 차에 입을 댔다.

……굉장히, 무거운 이야기였다. 드문드문 생략되기도 했지만, 자넷이 체험한 일이 어떤 것인지도 알 수 있었다.

용케 이야기했다 싶다. 나라면 버틸 수 있었을까……. 아니, 그 이전에 뜻대로 조종당해서 빈스와 마찬가지로 소꿉친구의 이름조차 잊어버렸을 가능성도 충분하다. 그건 공포를 느끼는 이상으로 무서운 일이다…….

옆을 봤다. 함께 듣던 에미는— 자넷을 바라본 채 전혀 목소리를 내지 않고 조용히 울고 있었다. 그 모습을 본 자넷이 웃었다.

"에미. 그렇게 미안해할 건 없어."

"……그럴 수는 없어. 그치만, 남아있으면, 이렇게 될지도 모른다는 걸 알았는데……. 나는…… 나는 자넷이라면 괜찮을 거라고, 멋대로 판단하고, 떠넘겨서……"

에미는 일어나서 자넷 옆에 다시 앉고는 두 팔로 그녀를 끌어안았다.

"미안해……. 나, 나……"

"괜찮아. 애초에 나 자신이 나라면 괜찮을 거라고 믿고 있었으니까. 이건 나 자신의 실패야. 나의 실패는 나의 것이야. 설령 에미가 상대라도, 이건 넘겨줄 수 없어."

가볍게 말하지만, 그 말을 뒷받침하는 자넷의 『경험』이 가진 무게를 느끼지 않을 수 없다.

자신의 실패는 자신의 것. 다른 누구의 것도 아니다. 좋은 감정도, 싫은 감정도.

그래서 사람은, 그 모든 과거 위에 지금을 형성한다.

자넷은 자신을 형성하는 것이 붕괴하는 일을 경험했지만, 그것조차도 양식으로 삼으려는 거다.

"에미의 탓도 아니고, 하물며 러셀의 탓…… 물론 빈스의 탓도 아니야. 적을 잘못 봐서는 안 돼."

"……케이티, 인가."

내가 중얼거리자, 자넷은 에미의 등을 토닥토닥 두드리면서 조용히 중얼거렸다.

"악인이라는 증거는, 전혀 존재하지 않아. 내가 본 바로는, 『혼잣말』 말고는 이상한 부분이 무엇 하나 없어. ……하지만, 케이티는 정말로 수수께끼가 너무 많아. 의혹뿐이지만, 그래도 앞뒤가 맞지 않는 일이 너무 많아."

빈스 앞에 나타날 때까지 누구도 인식하지 못한 노출 과다의 미녀. 빈스와 만난 순간 세계에 인지된 듯한 여자. 어째서인지 나의 이름을 아는 여자.

"물론, 내가 이야기한 내용이 잘못되었을 가능성도 높아. 아리아가 존재한다는 보장은 나밖에 할 수 없으니까."

"문제없어. 잘못일 가능성은 고려하지만, 사전 정보가 없는 것보다는 낫다……였던가?"

"응. 선입관도 있으니까, 내 지식이 덮어씌워졌을 경우에는 미녀조차 아닐 가능성도 있어. 그런 것도 포함해서 가능성 중 하나로 가르쳐준 거야."

단호한, 의지가 깃든 눈. 논리적인 사고와 시빌라와 같은 현명한 자의 위기 회피 능력. 이 녀석이 우자라니 말도 안 된다.

돌아온 직후에 봤을 때 같은 위태로움은 이미 없어 보이지만……

나는 다시 자넷에게 처음에 했던 말을 확인했다.

"자넷은, 아직 나와 에미가 가짜일 가능성을 생각하고 있나?"

"물론."

그녀는 옆에 앉은 에미의 손을 잡으면서 다시 긍정했다.

"괜찮아. 너희가 진짜라도, 가짜라도 좋아. 나는 몇 번이든, 가능성의 끝까지 설명하겠어. 내가 이렇게나 말할 수 있던 건, 두 사람을 신뢰하고 있기 때문이야."

"신뢰하고 있다니?"

"즉, 내가 아무리 실례되는 말을 하더라도, 그 설명을 납득해 주니까 화내지 않는다는 신뢰. 이렇게나 황당무계하면서 무례한 말, 보통은 친구 사이라도 하지 않아. 하지만 두 사람은 소꿉친구이고, 절친이야. 그러니 나는 거리낌 없이, 너희의 승리를 위해 폭언이나 다름없는 말을 꺼낼 수 있어. 신뢰하고 있으니까."

아, 과연. 신뢰— 그게 없다면 보통 이 정도까지의 말을 꺼내지는 않고, 꺼내는 사람도 섣불리 말할 수 없다. 확실히 이건 신뢰의 증표다.

게다가 이 녀석이 이 정도로 인정해 준다는 것이 단순히 기쁘기도 하다.

"화내지 않아. 케이티라는 녀석이 너무나도 의심스럽다는 것 정도는, 아무리 나라도 진저리가 날 만큼 전해졌으니까. 그 여자가 어떤 녀석인지는 멀리서라도 보고 올 테니까, 그때의 정보를 조합해보고 다시 나를 진짜라고 생각하면 돼."

"응."

내 말에 에미도 뒤따랐다.

"나, 나도……! 어려워서 잘 모르는 부분도 있었지만, 나에게 자넷은 언제나 절친이니까!"

"……에미가 이렇게나 솔직하게 호의를 보내오는 아이였던가. 실은 가짜라거나?"

"자, 자넷~!"

"후후, 농담이야."

이런 상황인데도 불구하고 농담을 꺼낸 자넷은 무척이나 부드러워진 표정으로 에미의 등을 두드렸다.

……이제는 괜찮아 보이는군.

확실히 에미는 돌아오고 나서 몇 번이고 솔직하게 자넷에게 호의적인 말을 했었다. 그만큼 에미가 전하고 싶은 마음이 지금까지 중에서 가장 진심인 거겠지.

그 효과는 지금의 자넷을 보면 명확하게 알 수 있다.

이거야 원. 아무리 【성자】의 소양이 어쩌니 하는 말을 들어도, 역시 나는 마음을 치유하는 일에 관해서는 에미를 당해내지 못할 것 같다.

여러모로 엉켜있던 부분이 풀려가는 기분이다. 나도 조금은 안도하면서 다시 컵의 내용물을 입에 옮겼다.


―하지만, 그동안 계속.

시빌라는 입가에 손가락을 대고는 무표정하게 증기가 사라진 수면을 바라보고 있었다.


창밖을 보니 약간 해가 저물어가는 걸 확인할 수 있었다. 무척이나 오랫동안 이야기하고 있었던 모양이다.

"그럼 나는 잠시 밖으로 나가겠어. 시빌라는 어쩔 거지?"

"……"

"시빌라?"

내가 다시 묻자, 깜짝 놀라며 이쪽을 돌아봤다.

"왜 그래? 듣다가 지친 거냐?"

"……뭐, 그런 셈이야. 이런저런 이야기 고마워. 자넷."

"아뇨, 저도 이야기를 하니까 쌓여있던 걸 겨우 소화하게 된 기분이에요. 저희 내부의 무거운 이야기에 끌어들이고 말아서 죄송합니다."

"상관없어. 내부 이야기라고 단정할 수는 없고, 무엇보다 자넷이 러셀이나 에미의 동료라면 나도 당사자 같은 셈이잖아. 게다가 나는 자넷에게 흥미가 생겼으니까, 조금 더 이야기를 나누고 싶네. 괜찮을까?"

"저 말인가요?"

문득 뭔가 걸리는 점을 느꼈지만. 그보다도 시빌라가 자넷에게 흥미가 생겼다는 것에 의식을 돌렸다.

시빌라도 자넷도 머리 회전이 빠른 녀석이니, 두 사람은 과연 무슨 이야기를 할까?

"함께 이야기를 나눌 수 있는 곳이 있으면 좋겠어. 가능하면 단둘이서."

"아, 그거라면……."

자넷이 나를 힐끔 바라봤다.

과연. 비밀 대화를 한다면 그곳인가. 내가 자넷에게 고개를 끄덕여 주자, 그녀는 곧바로 긍정의 뜻으로 받아들여 끄덕이고는 시선을 떼어놨다.

"에미는 어쩔래?"

"바깥이지? 러셀과 같이 가도 돼?"

"상관없어."

"해냈다!"

자넷 옆에 있던 에미가 일어나서 내 옆으로 왔다.

반대로 내 옆에 있던 시빌라가 자넷 쪽으로 걸어갔다.

"프레데리카의 도우미도 자넷이 되었으니, 급하게 돌아오지 않아도 되겠어."

"응."

작게 대답한 자넷이 시빌라의 손을 당겼다.

두 사람의 키 차이가 크다 보니, 조금 모녀처럼 보이는군…….
말하면 혼나겠지만.

조금 싸늘한 바람을 맞으면서 마을의 공기를 크게 들이쉬었
다. 고아원은 결코 폐쇄감 있는 건물은 아니지만, 역시 밖으
로 나오면 다른 개방감이 있다.

"으응……!"

옆을 보니 에미도 팔을 크게 벌리며 기지개를 켜고 있다.
눈을 감고 목소리를 내면서 입꼬리를 드는 모습은 정말 기분
좋아 보인다.

"자넷은 그렇게 말했지만, 이제 괜찮아 보이더군."

"응! 우리한테 진짜가 아닐 가능성이 있다고 말했던 거, 나
는 잘 모르겠지만…… 그건 자넷 나름의 배려? 같은 거겠지?"

"배려라기보다는, 각오겠지. 잘 가르쳐줄 수 있을지는 모르
겠지만, 자넷은 몇 번이고 우리를 돕고 싶다는 의지를 보였어.
그야말로, 다시 절망하더라도 말이지."

"……굉장하네."

에미는 조금 앞을 걸으면서 하늘을 올려다봤다. 푸른 하늘
은 높아서, 손을 뻗어도 닿을 것 같지 않다.

"난 말이지. 자넷에게는 역시 조~금 열등감이 있었어."

빙글 돌아본 에미는 그늘 같은 건 없이 웃었다.

"가진 게 너무 많아서 부러웠거든. 그래도, 전부 자넷의 노력 덕분이잖아. 왠지 한때는 굉장히 지고 있다는 기분이 들었지만……."

"에미도 그랬었나. 나는 줄곧 함께 책을 읽고 있었는데, 돌이켜 보면 배우기만 했지 자넷에게 가르쳐준 적은 거의 없었어."

"러셀도 그랬구나. 굉장하네, 자넷."

자넷이 없는 곳에서 에미와 함께 그녀를 긍정하는 말을 나눴다.

자기보다 뛰어난 녀석은 아무래도 질투하게 되는 법이다. 그것은 사람이라면 어쩔 수 없는 부분일 거다.

그러나 자넷은 너무나도 멀고, 동시에 그걸 자랑하지 않는데다 우리를 줄곧 도와줬으니까, 다소 깔보는 정도로는 싫은 기분이 들지 않는다.

동시에 생각하게 된다.

자넷은 과묵하고 겸허하지만, 결코 겁이 많거나 무른 녀석은 아니다.

내가 가진 【성자】의 본질이 그 내면에 있다고 한다면…… 일반적인 마도사가 아니라 공격 속성의 【현자】를 받게 된 본질은, 자넷의 내면에 있다는 뜻이다.

마음이 꺾여서도 일어서는 의지. 마치 부러진 다리로 걷는 듯한, 상식을 일탈한 강인한 마음.

어느 의미로는, 나나 빈스보다도 훨씬 뜨거운 피가 흐르고 있다.

우리 중에서…… 아니, 전 세계의 현자를 대상으로 삼더라도 자넷 말고는 그 상황에서 정보를 가지고 돌아와 이렇게 이야기까지 하는 데까지 도달할 수는 없을 거다.

정말로 그 녀석이 아군이라 다행이다.

나조차도 새로운 한 걸음을 내디뎠다. 내가 존경하는 그 녀석은 분명 다시 일어날 수 있을 거다. 아무런 보증도 없지만, 자넷이라면 그럴 거라는 확신을 가질 수 있다.

푸른 하늘을 바라보며 그런 생각을 하다 보니, 자연스레 자넷이 우리에게 했던 말의 의미를 깊이 이해할 수 있게 되었다.

그런가— 이게 상대의 내면에 대한 『신뢰』인 건가.

자넷이 신뢰하는 내가, 자넷을 신뢰한다.

그 결과는, 분명 가장 좋은 것이 되겠지.

나의 이야기는 얼추 끝났다.

정말로, 몸 안에 쌓아두고 있던 걸 밖으로 토해낸 감각이랄까. 그저 정신적인 부분에 불과하지만, 신기하게도 몸 그 자체가 가벼워진 기분이 든다.

특히 이 시빌라라는 여성에게는 무척이나 무거운 이야기를 하고 말았다고 생각한다.

우리처럼 오랫동안 함께 자라온 것도 아닌데, 느닷없이 갈라선 이야기와 이상한 여자 이야기를 했다. 게다가 기억 착오의 가능성이 있다는 덤까지 붙었다. 무척 곤혹스럽겠지.

시빌라 씨는 어딘가 한 점을 바라보며 침묵하고 있다. ……아마 뭔가 고민하고 있겠지. 나도 고민할 때는 이런 일이 많으니까.

그녀는 다음으로 무슨 말을 할까.

"나는 자넷에게 흥미가 생겼으니까, 조금 더 이야기를 나누고 싶네."

그녀가 다음으로 흥미를 가진 건, 나였다.

"함께 이야기를 나눌 수 있는 곳이 있으면 좋겠어. 가능하면 단둘이서."

"아, 그거라면……."

……지하실이 제일 적합하다. 그렇게 말하기 전에 러셀을 봤다.

그는 고개를 끄덕였다. 응. 그럼 그곳으로 하자.

에미는 러셀과 밖으로 가려는 것 같다. 둘만 있게 된 것이 기뻐 보인다. 네 명이 언제나 함께 있으면 아무래도 특정한 누군가와 단둘이 있을 기회는 줄어드니까.

둘만의 시간을 마음껏 즐기고 와. 너에게는 그럴 권리가 있어.

두 사람을 배웅한 나는 시빌라 씨의 손을 당겼다.

잡지 않아도 와주기는 하겠지. 하지만 이 사람의 감촉을 조금 확인하고 싶었다.

시빌라 씨의 손은 조금 서늘했다. ……아니, 이 계절이라면 내 손이 따스할 뿐이겠지.

내 손을 마주 잡은 시빌라 씨는 즐거운 듯 웃으며 컵을 손에 들었다.


어제— 아니, 날짜상으로는 오늘 한번 들어왔었던 지하실.

"……이런 곳에 비밀 방이 있다니 신기하네."

"그렇겠죠. 저도 이 방은 누설하지 않았어요. 아마 외부인으로는 시빌라 씨가 처음일 거예요."

이 지하실의 책을 팔면 어느 정도 돈이 되리라는 것은 어린 시절의 나조차도 알 수 있었다. 동시에 이 책들을 한 번 팔아버리면 돌이킬 수 없어진다는 것도.

"오, 자넷도 나에게 완전히 마음을 터놓은 거야?"

"그 두 사람 정도는 아니지만, 마치 옛날부터 있던 친구처럼 느껴지네요. 마음을 터놓은 걸지도 몰라요."

"으음~, 귀엽네! 러셀과는 다르게!"

이 높은 텐션의 대화, 분명 러셀과도 하고 있겠지.

옛날의 러셀이라면 곤란한 듯 쓴웃음을 지을 거고, 지금의 러셀이라면 가차 없이 태클을 걸리라는 건 쉽게 상상이 간다. 만약 내가 그런 반응을 보이더라도 화내지 않을 분위기를 내는 것이 이 사람의 좋은 점이며, 러셀의 좋은 변화를 불러온 이유겠지.

그런 대화를 나누는 것도, 두 사람의 관계가 절대로 무너지지 않으리라는 걸 서로가 알고 있기 때문이다. 그건 다른 무엇보다도 『신뢰』라는 말과 잘 어울린다고 생각한다.

러셀의 파트너는 에미가 최고라고 생각했는데, 이런 타입이 나온 건……. 이건 강적이네, 에미. 무척이나 높은 벽이 되겠어.

그런 생각을 하면서 지하실 불을 켜고 방을 밝혔다.

태양광으로 변색되는 책은 기본적으로 그다지 바깥에 내보내지 않는다. 어린 시절에는 바깥으로 많이 가지고 나와서, 몇몇 책은 조금 열화되었을지도 모른다. 지금은 최대한 이곳의 책을 소중히 대하고 있다.

시빌라 씨는 지하실을 빙글 돌아보면서 한숨을 내쉬었다.

"하아~ 굉장하네. 조금 오래된 책이 어린이용으로 놓여있는 정도라고 생각했는데……. 작은 도서관 수준의 책장이 있잖아."

"저도 어른이 되고 나서 다시금 느꼈어요. 여기 있는 책들은, 하몬드의 서점에 가도 손에 들어오지 않을 정도의 정보가 있어요. 빈곤과 마주하고 있는 이 고아원에 어째서 이 정도의 책이 있을까요."

그렇다. 배를 곯는 아이들이 있는 시설은 보통 책 같은 걸 살 여유가 없다.

게다가 이곳의 책은 딱히 어린이용인 것도 아니다. 어른이 읽어도 쉽게 이해할 수 없는 책이 많이 있다.

"네 사람은, 언제나 함께였지?"

"저희 말인가요. 네. 이제는 세 살 이후부터의 기억밖에 없지만, 그때부터 이미 고아원에서 놀았다고 생각해요. 이 지하실은 러셀이 발견해서 저희에게 가르쳐줬어요. 에미와 빈스는 그다지 흥미가 없었지만, 러셀과 저는 여기에 끌렸죠."

러셀은 낮에는 밖에서 검을 휘두르고, 밤에는 이 지하실에 오게 되었다.

사실 단둘이라는 의미에서는 내가 러셀과 가장 단둘이 있던 시간이 길었다. 에미에게는 비밀로 해두고 싶다. 금방 불필요한 질투를 하니까.

러셀이 내게 흥미를 보이는 일은, 없을 거다. 그는 에미처럼 따스하다. 나처럼 그늘에 머무는 책벌레는 바닥 밑이 어울린다. 눈에 띄는 걸 좋아하지도 않는다.

"그렇구나. 자넷은 이 안에 있는 책을 어느 정도 읽었어?"

"훑어본 거라면 전부. 정독한 건 절반 정도일 거예요."

"이걸 전부?! 흐으응, 굉장하네……!"

시빌라 씨가 놀랐다. 뭐, 책장의 숫자만 봐도 정말 대단하기는 하니까.

지식과, 그에 의거한 판단. 모두의 도움이 될 수 있는 지식량이 나만의 자기 동일성이었다.
<small>아이덴티티</small>

……그 여자가 올 때까지는.

책에 없는 지식으로 넘쳐났던 케이티는 나에게는 자신의 기준을 뒤흔드는 존재였다. 자신을 형성하던 이 책들이, 갑자기 바래 보였다.

지금은 그렇게까지 생각하지는 않는다. 전혀 읽지 않는 것보다는 조금이라도 읽는 게 압도적으로 낫다. 그래도…… 이 서적 안에 존재하지 않는 지식은 내 안에는 없는 거다.

"……지식이라고 해도, 저는 책에 없는 건 몰라요. 그러니까―."

"그러니까, 케이티가 더 머리가 좋다. 그렇게 생각한 거네."

말을 먼저 맞추는 걸 보고 저도 모르게 숨을 삼켰다. 시빌라 씨는 컵의 내용물이 흐르지 않게 조심하면서 고개를 내저었다.

"그렇지는 않아. 케이티가 알고 네가 모르는 게 있다면, 그 반대도 있어. 뭐, 충격적인 지식이라면 그야 놀라기는 하겠지만."

나를 설득하려는 듯, 당연한 해설을…….

……지금, 뭐라고 했지?

**충격적인 지식**, 이라고 했나?

기억 조작 이야기가 아니라, 지식? 지금 이야기에서…… 어째서…….

"러셀은, 어쩌면 알아챘을지도 몰라. 에미는 알아채지 못했겠네."

뭐, 뭘…….

"나는, 확실하게 알아챘어."

가만히 나를 바라보는 시빌라 씨의 눈은, 지금까지 봤던 것 중에서 제일 진지했다.

시빌라 씨는 증기가 오르는 컵을 입에 댔다. 조용한 지하실에서는 그녀가 차를 조용히 홀짝이는 소리조차도 무척이나 크게 느껴진다.

조금 전까지의 밝고 편한 느낌은 들지 않는다.

이 사람도…… 분명 이 사람도, 나보다 위쪽 차원에 있는, 현명한 자다.

대체 뭘 알아챘다는…….

"……어?"

나는 그제야 시빌라 씨의 위화감을 알아챘다.

그 의미…… 그 행위.

그걸 나도 알 수 있게 보여준 이유.

나는, 그제야 『자신이 무엇을 보여주었는가?』라는 걸 깨달았다.

그렇다. 내가 먼저 한 일이 아닌가.

시빌라 씨는 내가 자연스레 한 행위의 위화감을 곧바로 알아챈 거다.

긴장감으로 손에 땀이 맺히는 가운데, 아름다운 은발 여자가 나의 마음을 달래주고자 후우, 하고 입가의 힘을 풀며 다정하게 중얼거렸다.

"금방 알아채다니 대단하네. ……아아, 기다려. 딱히 책망하는 건 아니야. 나는 두 사람의 절친인 자넷의 아군. 이건 절대적이거든."

다정한 말이 들려오자, 나의 몸에서 긴장감이 조금 풀렸다. 그녀는 이런 나를 빈번하게 배려해주고 있다.

상당히 까불거리는 사람이라는 게 첫인상이었는데, 사람의 감정에 날카로운 여성인 것 같다. 장난스러운 태도도, 상대를 배려한 결과인 걸지도 모른다.

사실 시빌라 씨 자신도 진심으로 즐기고 있는 것 같아서 그게 배려인지는 판단이 가지 않는다. ……그러나 두 사람이 마음을 터놓은 이유는 알게 된 것 같다.

많이 차분해지자, 이미 깨닫고 있을 그녀가 내게 해답을 확인했다.

"그러니까 들려줘. 자넷도 아까 허브티를 데웠지? ―『무영창』으로. 가르쳐준 건, 케이티가 맞을 거고?"

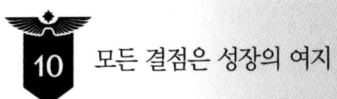

그 대화 이후, 한동안 평온한 시간을 보내자고 결심했다.

자넷의 상태는 안정되었다. 그래도 그 정도로 흐트러졌던 그녀에게 무리를 강요할 마음은 들지 않았다. 에미도 당연히 그걸 의식하고 있는지, 위험한 이야기는 꺼내지 않고 있다.

최대한 다치지 않게, 그러면서도 너무 종기처럼 대하지는 않게.

특정 화제를 건드리지만 않으면, 자넷은 여느 때처럼 우리의 믿음직한 자넷이다.

"—그래. 에미라면 방패를 들테니까, 예전에 이야기했던 발 기술을 좀 더 쓰는 게 좋을지도 몰라. 다리 걸기를 회피하려면 백스텝을 해야 하는데, 공중에서는 움직임이 일정해지니까. 그게 잠깐이라도, 지금의 에미라면 러셀의 움직임이 커다란 빈틈으로 느껴질 거야. 단, 추격하더라도 지금은 다치게 하지 않도록 주의해."

"알았어!"

"러셀은 움직임이 조금 조잡해지기 시작했어. 정신적으로 밀리고 있네. ……뭐, 지금의 에미 상대로 승률이 더 높다는 게 대단하지만. 반성하는 건 좋지만, 너무 오래 끌지는 마. 실패를 『성장할 수 있는 부분이 남아있다』라고 생각하며 기뻐하도록 해. 에미는 강하지만, 반대로 에미가 상대인데도 기술로 압도할 수 있다면 근력이 메인인 검사에게는 쉽게 지지 않을 거야."

"그래."

나와 에미의 검술을 보고 덤덤히 수정할 점을 이야기하고 있다.

가르침도 능숙하다. 추상적이지도 않고 구체적이며, 정신적인 부분까지 지도의 빈틈이 없다.

본인은 『그냥 책의 지식』이라고 말하지만, 애초에 검술을 쓰지도 않는 자넷이 책을 읽을 필요는 없다.

그런데도 나와 빈스보다 검술에 자세한 것이 정말이지 자넷답다.

"그럼 한 번 더 해보자."

"좋았어! 이번에는 안 질 거야!"

에미가 한 손에 검을 들었고, 나는 양손으로 목검을 꽉 쥐었다.

에미가 파고드는 소리를 들은 순간, 팔에 충격이 퍼졌다. 예전에는 힘의 우열이 반대였다. 역시 무겁지만, 나도 결코 약하지는 않다.

다음에 예정대로 다리걸기를 걸어온 순간, 나는— 에미의 허벅지에 올라탔다!

"에, 에엑?!"

역시 내가 올라탄 정도로는 휘청거리지도 않는 게 지금의 에미다. 당황하고 있을 때 머리에 가볍게 한 방.

"히약……. 아, 아앗~, 졌다~! 자넷, 져버렸어?!"

"지금 그건 움직임이 너무 뻔히 보여서 나라도 피할 수 있었을 것 같아……. 다리걸기를 공격에 끼워넣는 게 아니라, 다리걸기를 하는 게 목적이 되고 말았네."

"후에에…… 분해……."

뭐, 자넷도 그렇게 생각하겠지. 에미가 다리걸기 어드바이스를 받고 나면 무조건 다리걸기를 걸어온다는 걸.

아직은 유연성이 부족한 게 에미의 단점이고, 그 우직한 부분이 좋은 점이기도 하다. 하나의 기술만 놓고 보면, 에미는 연습을 열심히 하니까 움직임이 유려하다.

"전략의 하나로 넣을 수 있게, 쓰는 것에 익숙해져야 해. 러셀에게도 말했지만, 이건 『성장의 여지』니까. 게다가 실전이라면 굳이 다리를 걸지 않고 상대의 정강이를 걷어차기만 해도 지금의 에미는 이길 수 있어. 마물 상대라면 전략이 더 많아. 발가락만 짓밟는다거나."

"그, 그렇구나……. 공부가 되네."

자넷은 그런 에미에게 차례차례 싸우는 법을 가르쳤다.

발가락을 재빠르게 노린다면, 보고 피하는 건 곤란하기 그지없겠지. 진심으로 부상을 입힐 생각으로 한다면 역시 승률이 높지는 않을 거다.

그런 것도 포함해서, 서로에게 굉장히 좋은 훈련이 되고 있다.

자넷은 막대한 지식에서 나오는 필요 최소한의 요약된 정보를 이야기한다.

솔직히 내가 딱히 지식량으로 도전하려 들지 않는 건, 내가 책을 읽는 것보다 자넷에게 배우는 게 압도적으로 알기 편하기 때문이니까……

하늘을 바라보던 자넷이 문득 떠올랐다는 듯 중얼거렸다.

"……슬슬 시간이 됐나. 나는 시빌라 씨한테 가볼게."

"오늘도?"

"응."

자넷은 앉아있던 그루터기에서 일어나 가볍게 엉덩이의 먼지를 털고는 고아원으로 돌아갔다. 이걸로 며칠 연속일까.

"뭔가 자넷, 최근에는 시빌라 씨와 함께 있는 일이 많네."

"그래. 정말이지, 뭘 하고 있는 건지."

"시빌라 씨라면 괜찮아."

"시빌라이기에 불안한 건데……"

그 글러먹은 코미디언 여신이 이상한 걸 불어넣지 않을까, 불안해서 견딜 수가 없다. 나의 약점 같은 것도 캐묻지 않을까?

자넷이라면 입이 무겁겠지만, 동시에 자넷이라면 나 자신이 모르는 약점을 알고 있더라도 이상하지 않다.

하지만 그렇게까지 불안한 건 아니다. 아마 머리 회전이 빠른 두 사람이기에 할 수 있는 대화가 있겠지.

시빌라와 여행하면서 생각하는 것이, 그 머리 회전 속도와

특수한 지식량이다. 마왕에 관한 것이라면, 역시 인간인 우리로는 생각하는 게 한계가 있다.

자넷이 자신을 우자라고 말한 건 그저 자학이 아니다. 아직 자기보다 위가 있다는, 『성장할 여지가 있다』라는 걸 누구보다도 그녀 자신이 이해하고 있기에 나온 열등감이다. 그걸 시빌라가 느꼈더라도 이상하지는 않다.

두 사람이 대화 끝에 어떤 결론을 내릴지…… 그것은 상상이 가지 않지만, 분명 결과는 나쁘지 않겠지.

그나저나 자넷이 훈련을 봐주는 시간이 점점 줄어드는 것 같다.

내가 에미 쪽을 보자, 저쪽도 같은 생각을 했는지 자기 목검을 보면서 「으~음……」 하고 중얼거렸다.

"러셀과의 모의전은 즐겁지만, 역시 자넷이 봐주는 것과 그렇지 않은 건 전혀 다르네."

"그러게. 누군가 다른 사람이 봐주면 좋을 텐데."

나와 에미가 그루터기를 보며 신음하고 있는데, 뒤에서 그리운 소녀의 목소리가 들려왔다.

"러셀 씨!"

목소리가 들린 쪽을 돌아보자, 그곳에는 브렌다의 모습이 있었다. 나는 살짝 손을 들어서 대답하고는…… 문득, 예전에 신세를 겼을 때 봤던 정보를 떠올렸다.

자넷도 예전에 내 검술을 보고 「새로운 각도에서 어프로치하는 게 필요할지도 몰라」라고 말했다. 그렇다면 그 사람이야 말로 어울리지 않을까?

나는 확신에 가까운 것을 느끼면서, 브렌다를 흐뭇하게 지켜보던 빅토리아에게 검술 지도를 부탁했다.

"어머어머, 이런 아줌마를 지명해 주다니. 나라도 괜찮을까?"

빅토리아는 프레데리카와 그리 다르지 않은 젊은 모습으로 내게 의문을 던졌다. 젬마 할머니에게 콩주머니를 전달하고 돌아오는 길이었던 모양이다.

참고로 브렌다는 아이들한테 갔다.

"미안하군. 마을 사람들과는 교제가 적고, 남자를 포함해서도 싸울 수 있을 만한 녀석이 짐작이 안 가서."

"그런 거라면……"

내 말을 듣고 수긍한 빅토리아는 조금 전까지 자넷이 앉아 있던 그루터기에 앉았다. 그 모습을 보고 고개를 갸웃한 건 에미다.

"싸울 만한 녀석? 어, 러셀. 나 조금 어안이 벙벙한데, 저기~, 이 어머님? 강해?"

"예전에 돌봐줬달까, 신세를 졌달까……. 실력은 믿을 수 있어."

"후에…… 그렇구나?"

뭐, 사람은 외모만 보고 판단할 수 없다는 거다.

내가 다시 검을 들자, 에미도 의욕적으로 검을 들었다.

이번에는 깊이 파고들어서 크게 휘둘러 몸통을 노리는 공격. 과연, 그렇게 나왔나…… 그렇다면. 나는 그 움직임을 보면서 거기서 다시 에미 쪽으로 한 걸음 파고들었다.

"어?!"

백스텝으로는 피할 수 없다. 뛰어넘거나 수그리려고 해도 조금 어중간한 높이다. 그럼 어떻게 해야 하는가? 검의 간격보다 안쪽으로 들어가면 된다.

"아얏."

크게 휘두른 에미의 손을 후려치면서, 그녀의 몸과 충돌하는 형태로 부딪쳤다.

손에서 목검을 놓은 에미는 그대로 나의 양팔에 안긴 형태가 되었다.

내 품에서 에미가 신음했다.

"으으, 지금 이건 괜찮다고 생각했는데."

"날카로운 일격이었지만, 맞지 않으면 의미가 없으니까. 그리고 슬슬 떨어져줘."

"뭐~, 조금만 더…… 앗!"

에미가 펄쩍 뛰더니 시선을 내 뒤로 보내며 갈팡질팡했다. ……아, 그런가. 지금은 빅토리아가 보고 있으니까.

"어머어머, 우후후."

참으로 뭐라 형용할 수 없는 미소를 머금으면서 좌우로 몸을 흔들며 이쪽을 바라보는 어른 여성. 웃음도 분위기도 어딘가 기품이 있어서, 그다지 농가 사람이라는 이미지가 없다. 그러나 높은 레벨과 높은 신체 능력은 잘 알고 있다.

……보면 볼수록 평범한 사람이다. 그래서 더더욱 생각하게 된다.

어째서 【검사】인가? 어째서 지금은 농가에 있는가? ……브렌다의 아버지는 어디에 있는가?

모르는 건 많지만…… 저번에는 그냥 넘어가줬으면 하는 분위기였으니까 억지로 캐물을 필요는 없겠지.

그로부터 나와 에미는 일진일퇴의 공방전을 벌였다. 움직임이 날카로운 만큼, 에미의 공격은 처음에 피하지 못하면 2격이나 3격에서 내가 지는 경우도 있다.

내 승률이 더 높기는 하지만, 아무리 그래도 실력적으로는 꽤 힘들기도 하다. 뭔가 깨달았는지, 빅토리아가 일어나서 우리를 바라봤다.

"러셀이 【성자】고, 보아하니 에미는 전사계 직업인 거지?"

"앗, 네! 저는 어…… 어~, 엄청난 그거거든요. 【성기사】에요."

이봐, 지금 대놓고 【어스름의 기사】라고 말하려고 했지?

아니, 오히려 에미가 용케 거기서 멈췄다 싶다. 장하네.

"【성기사】! 강하다고 생각하긴 했는데, 신체 능력이 높을 만하네. ……아아, 그래도. 그렇다면 러셀과 막상막하인 건 전위로는 조금 미덥지 못할지도~."

"네에……."

최상위직에게는 당연한 지적을 하자, 에미는 시무룩해졌다. 빅토리아는 조금 조용히 고민에 잠긴 뒤, 손뼉을 치며 에미에게 미소를 보냈다.

"좋아. 떠올랐어. 그럼 러셀을 이길 수 있도록, 지금부터 내 비장의 기술을 가르쳐줄게."

그녀는 밝게 선언하고는 고아원 쪽으로 달려갔다. 나와 에미는 그 모습을 배웅한 뒤, 서로 얼굴을 마주 봤다.

잠시 기다리자, 그곳에는 한 손에 무언가를 든 빅토리아가 있었다.

저건 어디서 봤는데……. ……뭐지? 설마 냄비 뚜껑인가?

"에미가 성기사라면 방패를 들겠지?"

"네, 네에. 대방패에요."

"그건 좋네!"

빅토리아는 에미에게 목검을 받아서 오른손에 검, 왼손에 냄비 뚜껑이라는 독특한 모습이 되었다. 목검 끝으로 냄비 뚜껑 뒤를 몇 번 두드리고는 만족스럽게 끄덕였다.

"그럼 러셀. 지금부터는 내가 상대할게."

내 걱정은 제쳐놓은 채, 빅토리아는 왼손의 냄비 뚜껑을 가슴 높이까지 들었다. 그 표정은 자신감으로 넘쳐났다. ……농담 같았는데, 진심인 모양이다.

문자 그대로 너무 대충 가져온 것 같은 무구 대용품은 과연 괜찮은가 싶은데 말이지.

그러나…… 그녀는 신기하게도 나에게 진다는 건 전혀 생각하지 않는 모양이었다. 그만큼 자신의 전투에 자신이 있다는 건가.

내가 직접 지도자로 선택한, 수수께끼의 검사 빅토리아. 그

실력을 보는 건 처음이다.

"그럼, 시작하기로 할까."

빅토리아는 아무런 부담도 없다는 듯 선언하고는 냄비 뚜껑, 아니 방패를 앞으로 내밀며 춤추듯이 가벼운 스텝을 밟았다.

나는 양손으로 잡은 검으로 빅토리아의 빈틈을 엿봤다. 손이나, 혹은 가슴을 타격하기 위해 칼끝을 흔들고 있는데……

손에 강한 충격이 왔다.

빅토리아가 냄비 뚜껑을 써서 적극적으로 칼끝을 후려친 거다. 비교적 강한 힘이어서, 이쪽의 검이 밀렸다. 방심하면 저 방패 공격으로 검을 떨굴 수도 있겠다. 상대는 【검사】의 직업을 가진 자. 겉보기 이상의 힘이 있는 거겠지.

이번에는 이쪽에서도 한 발짝 내디디면서 한쪽 다리를 앞으로 내민 순간, 빅토리아는 지면을 미끄러지듯이 단번에 물러나서 허리를 낮추고, 방패를 얼굴 가까이 들었다.

—이 사람, 대인전에 상당히 익숙하군.

동작이 빠르고, 빈틈이 보이지 않는다. 공세에 들어가는 게 좋겠다고 판단한 나는 검을 놓치기 전에 빅토리아의 방패를 튕겨내려고 했다.

둘 다 목검이라는 대단치 않은 무기를 든 만큼, 상대도 냄비 뚜껑이라는 대단치 않은 방패다. 떨구는 건 불가능하지 않겠지.

내 첫 공격은 옆에서 후려치기. 강한 공격이었지만, 빅토리아는 그걸 위로 흘리려는 듯이 올려 쳤다. 순간적인 판단으로 한 발짝 물러났다. 정면을 보자, 빅토리아는 한쪽 발을 내디 딘 상태로 멈췄다. 보면 알 수 있다. 일격으로 끝내기 위한 자 세다.

"방금 곧바로 회피하려고 움직인 거, 대단하네. 좀처럼 할 수 있는 판단이 아니야."

"……그건 고맙군."

지금의 순간적인 판단을 하지 못했다면 확실하게 타격을 입 었다. ……이거야 원. 터무니없는 농가의 어머니로군. 본격적 으로 인식을 다잡을 필요가 있겠다.

그로부터 몇 번 검을 휘둘렀지만, 그녀는 전부 맞받아친다기 보다는 가볍게 흘려내 버렸다. 패리, 게다가 상당한 숙련도다.

"하지만, 이것만이면 에미의 참고가 되지 못할 테니까……."

거리를 어느 정도 벌리면서 공방을 펼치던 빅토리아가 움직 였다. 처음처럼 냄비 뚜껑으로 검을 강하게 튕겨내면서 크게 파고들었다!

한 발짝 물러나려고 생각한 직후, 냄비 뚜껑의 뒷면이 안면 을 덮쳐왔다. 방패로 후려치려는 건가!

공격의 의도를 이해했으니, 방패를 든 팔을 타격할 뿐이다. 이걸로 상대가 방패를 놓치면, 그걸로 내 승리다.

그러나…… 어째서인지 아무것도 맞지 않았다. 그보다 방패 로 얻어맞은 감각이 얼굴에 없다.

무슨 일이 일어났는지 이해하지 못한 상태에서, 냄비 뚜껑

뒷면이 오른쪽으로 틀어졌다. ……내가 검을 든 쪽으로 회피한 건가? 말도 안 되잖아.

시야가 트였고, 원인을 알아보고자 사고로 의식을 할애한 순간— 뒤통수에 날카로운 통증이 났다!

"아얏……!"

정신이 들자, 눈앞에는 놀란 에미의 얼굴. ……아니, 잠깐. 빅토리아는?!

"응응. 아직은 나도 쓸만하네~."

그리고 느긋한 목소리가 뒤에서 들렸다.

그곳에는 조금 전까지 나를 방패로 공격했던 빅토리아의 모습. 아니…… 지금 한순간에 뒤로 돌아간 건가. 전혀 눈으로 쫓을 수가 없었다고.

"버클러의 기본은 공격을 막는 것과 흘리는 것. 하지만, 이 다루기 편한 방패는 상대를 때리는 건 물론이거니와 시야를 막는 것도 유효한 전술이야. 이렇게 작은 냄비 뚜껑이라도, 눈앞까지 다가오면 거대한 벽이잖아?"

"놀랍군. 그 한순간에 옆으로 피한 건가."

"……아니, 틀렸어. 러셀."

빅토리아를 대신해서 에미가 대답했다.

그녀는 눈으로 본 것에 놀란 상태로 고개를 내젓고는, 경악할 만한 해답을 내놓았다.

"빅토리아 씨는 러셀의 눈앞에 냄비 뚜껑을 들이민 순간…… 러셀의 머리 위를 뛰어넘었어."

"―뭐?"

순간 무슨 말을 한 건지 이해할 수 없었다.

"그러니까, 뛰어넘었어. 머리 위를 뛰어넘으면서, 위쪽에서 방패를 위가 아니라 옆으로 틀어서 뺐어. 그래서 러셀의 공격은 맞지 않았던 거야."

에미가 봐서 그렇다는 건, 사실이겠지. 저 냄비 뚜껑으로 싸우던 건 전부 시야를 막기 위한 의식 유도였을지도 모른다.

하지만, 그런 고도의 기술을 가능케 하다니…… 역시 이 사람, 터무니없는 신체 능력이다.

확실히 에미라면 가능하겠지만, 반대로 말하면 에미와 빅토리아 말고는 아무런 참고도 되지 않는 싸움법이군…….

빅토리아의 진정한 힘에 감회를 느끼고 있는데, 손뼉을 치는 소리가 들려왔다.

"이야~, 언니 무지 세네! 얼레리꼴레리~, 러셀 졌대요~."

"아니, 너도 해보라고. 그건 피할 수 없었어."

아무래도 자넷과 시빌라가 보고 있었던 모양이다. 왁자지껄 떠들면서 다가왔고, 함께 온 브렌다가 빅토리아에게 달려왔다. 슬슬 적당한 시간인가.

"무리하게 부탁해서 미안하군. 좋은 연습이 됐어."

"그러니? 이런 아줌마라도 도움이 되어서 다행이네."

"아니, 충분하고도 남았을 정도야. 빈말이 아니라, 현역이라도 괜찮았을 정도인데."

말한 직후, 실언이라고 생각했다. 그다지 건드리길 바라지 않는 부분이었겠지.

"……그러고 보니, 러셀은 빈스의 파티에서 쫓겨났다고 했지? 아, 멋대로 이야기를 들어서 미안해."

"아니, 됐어. 애초에 누가 누설했는지는 알 수 있으니까."

단, 나중에 손날치기는 늘어난다.

"빈스는 어쩔 거니? 용서한다거나, 용서하지 못한다거나. 다시 동료가 된다거나, 뜨거운 맛을 보여준다거나……"

그걸 물어보는 빅토리아는 여느 때보다 더 진지했다.

"글쎄……. 모르겠다, 그런 말밖에 할 수 없어. 만났을 때 어떤 마음이 들지 전혀 상상이 가지 않으니까……."

기억을 잃었을 가능성이 높다는 건 덮어두자. 쓸데없는 걱정은 끼치고 싶지 않다.

"그렇구나. 그럼 연장자의 어드바이스. **후회하지 않을 선택**을 하렴."

"그건, 경험담인가?"

이번에 그녀는 막힘없이 끄덕였다.

"여러모로 생각하는 바는 있을 거야. 하지만, 돌이킬 수 없는 선택이라는 것도 있어. 나는 그걸 실수했으니까. 후회되는 기억은 말이지, 오~래도록 사라지지 않거든. ……즐거웠던 기억도 많이 있었을 텐데."

빅토리아는 흐릿해져 가는 기억을 더듬듯이 뜰에 있는 나무를 올려다보며 눈을 가늘게 떴다. 바람에 흔들리는 머리가 우두커니 선 그녀의 모습을 덧없이 보이게 했다.

돌이킬 수 없는 선택에 의한 후회인가.

그 기억이 어떤 것인지는 모르지만, 보기만 해도 상처의 깊이를 알 수 있는 얼굴이었다.

"……어머, 미안해. 젊은 아이에게는 할 말이 아니었네."

"아니, 오히려 감사를 표하겠어. 듣지 않고 후회하는 것보다는 들어두는 게 분명 나을 테니까."

나는 순간 자넷에게 시선을 돌렸다. 바로 얼마 전에도 있었던 일이니까.

자넷은 의도를 짐작했는지 쓴웃음을 지으며 어깨를 으쓱했다.

"게다가 후회하면서도 브렌다를 여기까지 기른 거잖아? 그렇다는 걸 모를 만큼 잘 자랐어. 이 녀석이 있다면, 금방 즐거운 기억으로 넘쳐나겠지."

내 말을 듣자, 빅토리아는 브렌다와 눈을 마주하고는…… 힘차게 안아 들었다.

갑자기 안아들자 놀라면서도 즐겁게 웃는 브렌다의 목소리가 고아원 뜰에 밝게 울렸다. 양팔로 안은 빅토리아의 표정은 무척이나 부드러웠다.

"그러게. 응. 즐거운 추억이 줄어들더라도, 계속해서 늘리면 되니까. ……후후. 왠지 반대로 위로를 받아버렸네. 이것도 성자님의 힘일까?"

"글쎄다."

정신의 상처는 【성자】의 마법으로도 치유할 수 없다. 그래도 나 같은 녀석의 말이 이 모녀의 도움이 되었다면 싫지는 않다.

아마 재회는 가깝다. 그때 내가 어떤 판단을 내릴까. 아직은 나 자신도 모른다. 자신을 제어할 수 있을지조차 알 수 없으니까.

그러나…… 그 순간.

빅토리아의 표정을 떠올리면, 어쩌면 다른 선택을 하게 될지도 모른다. 나는 분명 이 얼굴을 잊지 않겠지.


그로부터 한동안 시간이 지났다.

자넷의 상태도 꽤 안정을 찾은 기색이었고, 프레데리카의 부름을 받은 자넷이 함께 저녁 식사 준비를 한 뒤에 얼마 뒤 요리가 진열됐다.

예전에는 시빌라도 도와줬지만, 지금은 시빌라가 부엌에 들어온다면, 기운만이 장점인 개구쟁이 꼬마들이 좋아하는 그녀를 따라 부엌까지 들어오고 만다. 그래서 지금 시빌라의 일은 꼬마들과 놀아주는 거다.

친해진 건 좋지만, 아마 그 녀석들은 너를 똑같은 레벨의 존재라고 생각하고 있을걸.

"어머, 오늘은 무슨 이유로 시빌라에게 뜨거운 시선을 보내고 있을까?"

"꼬마들과 정신 연령이 똑같으니까 잘 따르는 게 아닌가 생각하고 있었지."

"언제까지고 젊은 시빌라는, 러셀처럼 정신 연령 할아버지와는 달리 언제나 파릇파릇하거든."

"파릇파릇하다는 말은 오랜만에 듣는군……."

여느 때처럼 대화를 나누면서 저녁 식사를 떠들썩하게 진행했다. 에미가 대화에 끼었고, 프레데리카나 젬마 할머니도 끼어들고, 자넷은 듣는 것에 전념했다.

시선을 들고 때때로 고개를 끄덕이고 있으니까, 이야기를 듣고 있다는 건 알겠다. ……이제는 괜찮은 것 같군.

식기 안을 전부 비웠을 때, 시빌라가 갑자기 이야기를 시작했다.

"러셀, 이쪽 준비는 끝났어."

"……무슨 화제인지 정도는 말해. 무슨 준비가 됐다는 건데?"

"뭐냐니, 하몬드로 가는 거지."

태연하게 말하는데…… 그건 즉, 시빌라는 그 케이티라는 여자가 있는 도시로 가겠다는 거다.

나 자신도 예전부터 시빌라에게 그 여자를 자기 눈으로 확인하고 싶다고 말했다.

줄곧 가족이자 형제자매처럼 자랐던 소꿉친구 4인조……. 결국 그중 세 명이 케이티라는 여자 한 명에게 너덜너덜하게 농락당했다는 게 된다.

나는 그런 녀석을 내버려둘 만큼 온화한 놈이 아니다.

"그래서, 너는 어떤데? 에미와 매일 사이좋게 하고 있는데, 느낌은 좀 있어?"

"그래, 뭐 그렇지. 에미도 상당히 강해졌어. 최근에는 지는 일도 늘어났지."

에미는 빅토리아의 어드바이스를 받아 모의전에서도 방패를 쓰게 되었다. 하긴. 원래부터 계속 방패를 써왔으니까 연습 중에도 방패를 사용해서 싸우는 게 자연스럽다.

기간트 플로어 보스전에서도 생각한 거지만, 에미의 신체 능력은 어마어마하게 높다. 대방패를 들어도 소방패처럼 재빠르게 움직일 수 있고, 대방패를 든 채로 도약도 할 수 있다.

물론 나와 연습하는 중에 부딪힐 일은 없지만, 빅토리아의 가르침대로 방패를 사용하면서 문자 그대로 종횡무진 날아다니는 싸움은 압권이다.

"말은 그렇게 하면서, 내가 위로 뛰어도 당연한 것처럼 눈으로 따라가며 대처한단 말이지, 러셀은……."

"몇 번이나 싸우는 와중에 동체 시력과 반사 신경이 단련됐으니까. 나도 강해졌다는 뜻이야."

내 대답을 들은 에미가 어째서인지 고개를 갸웃했다.

"동체……?"

"아, 동체 시력은…… 움직이는 걸 재빠르게 눈으로 쫓는 능력, 이라고 해야 할까?"

"흐응~."

고개를 갸웃한 이유는 내가 말한 내용을 파악하지 못했기 때문이었다.

그런가. 이런 건 에미에게 가르쳐주지 않았었나. 에미의 대답을 보아하니, 내일이면 잊어버릴 것 같은 느낌도 들지만.

"……러셀. 너는 그런 말도 자넷에게 배운 거야?"

"그렇지. 동체 시력, 반사 신경…… 다른 건 뭘 배웠더라."

시빌라에게 그런 말을 하는 사이, 자넷이 내 의문을 대답해 줬다.

"오감이라든가, 그런 거려나. 수용 감각 같은 건 생략했지만."

지식 공유를 하지 않으면, 아무래도 대화가 중간에서 걸려 버리니까.

시빌라는 자넷에게서 나온 단어에 놀라면서 질문을 던졌다.

"자넷. 전정 감각은 알아?"

"……중력이나 속도에 대한 육체 감각이네요. 시각 통합은 환각마법에 걸렸을 때 뭔가 도움이 된다고 생각해서 공부했어요. 수용 감각 이야기를 활용할 수 있는 건 혼란마법이겠지만, 아마 뇌 쪽의 정신 오염이 더 **빠를** 테니까 스스로 치료할 수 있을지는 몰라요."

"하아~. 정말 인재네. 이런 굉장한 아이가 있었다니……."

역시 자넷의 지식량은 시빌라도 놀라운 정도인 모양이다. 동시에 자넷에게 그런 질문을 던진다는 건, 시빌라의 지식도 그 영역에 있다는 뜻이다.

자넷을 칭찬하자 에미가 기쁜 표정을 짓고 있는데, 이건 나도 똑같은 감각이다. 이 녀석이 【현자】로서 가진 본질적인 굉장함은 좀 더 평가받아도 되는 부분이라고 느끼고 있다.

그나저나…… 지금 이야기로 짐작해보면, 환각마법으로 감각이 어긋날 경우 갑자기 바닥이 사라지는 감각에 겁을 먹기

전에 냉정하게 바로 치료마법을 쓰면 대처할 수 있다는 건가. 이걸 알고 있기만 해도 아슬아슬한 공방에서는 생사를 판가름하겠지.

또 하나 공부가 되었다……. 이러니까 자넷의 이야기는 들을 가치가 있다.

지금처럼 자넷은 어려운 지식을 간단히 요약하면서 유용한 국면도 함께 설명해준다. 하나하나는 사소한 거라도, 그 지식이 쌓이면 어떤 문제라도 대처할 수 있는 존재가 된다.

동시에 그 지식을 아낌없이 알려주는 것도 그녀의 인품이 나오는 부분이다. 나는 양쪽의 의미로 자넷에게 존경심을 품고 있다.

"잠시 이야기가 엇나갔는데……. 러셀은 어쩔래? 조금 더 에미와 모의전을 할래?"

"아니, 이제 됐어. 할 수 있는 건 다 했으니까."

이미 많이 익숙해져서, 커다란 변화를 느낄 정도는 아니게 되었다.

에미와의 싸움은 의미가 있었다. 빈스와 1승 1패를 연일 반복하며 강해졌던 그때와 같은 감각을, 지금 에미와 싸우는 나날에서도 느꼈다.

자넷과 빅토리아의 지도도 있어서 움직임도 현격히 좋아졌고, 공격 패턴도 복잡해졌다. 연일 싸워 보고 생각한 건데, 아마 기술적으로는 이쯤 해서 한계일 거다.

나 자신도 결국 빈스가 어떻게 되었는지, 지금 어떤 파티를 짜고 있는지 신경이 쓰인다. 언제까지 여기서 기다리고만 있을 수는 없다.

"하몬드로 가는 준비라면 나도 충분해. 언제라도 좋아."

"자, 그럼 에미는 어쩔래?"

시빌라가 다음으로 물어본 건 에미의 바침.

그래. 하몬드로 간다는 건, 당연히······.

"네. 전부터 줄곧 고민했었는데······ 역시 저는, 여기에 남기로 할게요."

역시나······.

에미가 머물겠다는 의지를 보인 이유. 그녀는 빈스의 파티를 아무런 연락도 없이 탈퇴했다. 그런 데다 케이티를 거북하게 생각하고 있다.

그러나 그것만으로는 대화로 끝날 거고, 내게서 굳이 떠날 이유는 없다.

최대의 이유는, 나다.

에미가 나와 함께 행동하고 있으면, 케이티는 『에미 옆에 있는 남자가 러셀』이라는 걸 단번에 알아채고 만다.

케이티가 어째서 나를 노리고 있는지, 어째서 영문 모를 혼 잣말을 중얼거리는지 이유는 알 수 없지만, 아마 좋은 일이 아니라는 것 정도는 나라도 예상할 수 있다.

그러나······ 에미는 역시 괴로워 보였다.

"미안, 러셀. 사실은 항상 곁에서 지키고 싶어. 그래도, 내가 함께 있으면 러셀이 가장 위험한 일을 당할 것 같으니까,

그건…… 그것만큼은, 정말로 싫으니까."

에미는 여신에게 【성기사】라는 최상위직을 받았다.

나를 지키겠다는 강한 의지로 이렇게나 강해졌고, 어떤 때라도 내 앞에 있어준다.

그러니 알 수 있다. 이 판단이 에미에게 얼마나 큰 이율배반인지.

그래도 에미는 약간의 불안 요소를 고려해서, 많은 걸 생각해줘서 몸을 뺀 거다.

"에미가 나를 생각해주고 있다는 건 잘 알고 있어. 뭐, 괜찮아. 나 혼자서 만나러 가는 건 아니야. 영악한 녀석도 따라오니까, 빈스 따위에게 추월당하지는 않아."

"몇 글자 정도 쓸데없지 않아?"

"그런가. 미안. 『녀석』을 『악녀』나 『사기꾼』으로 바꾸는 게 나았나."

"악화! 됐잖아! 나의 어디가 사기꾼이라는 거야!"

일반 모험가 같은 낯짝을 하고 접근해 놓고서 잘도 말하는군. 이 녀석, 내가 평범한 【신관】이었다면 회복마법을 전부 지우고 『어스름의 서약』을 할 생각이 넘쳐났으니까.

그렇게 여느 때처럼 농담을 늘어놓자, 에미는 키득키득 웃었다. 조금 전까지 침통한 표정에서는 많이 누그러진 분위기다.

"그러게. 시빌라 씨가 같이 가니까 안심이려나? 나로는 커버할 수 없는 부분, 전~부 잘 해결해 줄 것 같아."

"오, 어딘가의 무뚝뚝한 솔개 남자하고는 달리 에미는 잘 안다니까!"

"누가 솔개 남자냐."

"그 옷이 없었다면 까마귀 남자라고 불렀을 거야."

가는 말에 오는 말. 이 녀석과의 대화는 떠들썩하지만 정말 피곤하다. 역시 유년기에 시빌라가 소꿉친구인 게 아니라 다행이다. 떠들기만 해도 하루의 체력을 모조리 써버릴 것 같다.

"게다가 에미도 확실히 준비해놔야 하는 게 있어. 러셀의 도움이 되고 싶다면, 자넷과 함께 있을 것. 이 아이의 방패가 되어줘."

"앗, 물론이죠!"

그렇다. 여기에 남는 건 결코 나에게 나쁜 일이 아니다. 자넷은 여전히 공격마법을 쓰려는 모습을 보여주지 않고 있다. 아마 아직은 공포가 마음속에 남아있는 거겠지.

이런 때 뭔가 습격이 일어난다고 생각하면, 신경이 쓰여서 하몬드에서도 집중력이 떨어질 수 있다.

그러나 에미가 곁에 있다면 분명 괜찮을 거다. 에미는 상대를 날려버리는 【성기사】이며, 도망치는 상대를 끌어당기는 【어스름의 기사】이기도 하다.

용아의 대검과 용린 대방패를 가진 그녀는 문자 그대로 세계 최고봉의 수호자. 어지간한 마물로는 도저히 대적할 수 없다.

내 옆에 없더라도 나를 지켜준다. 그게 지금의 에미라는 존재가 가진 크기다.

"에미가 함께 있다면, 나도 안심하고 하몬드에서 활동할 수 있어. 자넷을 잘 부탁해."

"맡겨둬! 자넷과는 이제 떨어지지 않을 테니까!"

"왓……?! 아아, 정말. 에미는 별수 없네……."

말로는 이렇게 말하지만, 곤혹스러워하면서도 어딘가 기뻐 보이는 표정은 자넷이 이미 에미를 받아들이고 있다는 무엇보다 큰 증거다.

에미가 자넷을 신뢰하고, 자넷이 에미를 신뢰한다.

나는 이 두 사람의 굉장함을 신뢰하고 있다. ……정말로, 좋은 관계가 되었다.


다음 날 아침, 나는 준비를 마치고 젬마 할머니에게 예정을 이야기했다. 완전히 기운을 되찾은, 아니 예전보다 파워풀해진 것 같은 할머니는 내 등을 강하게 두드렸다.

"껄껄, 의리 있구나! 신경 쓰지 말고, 얼마든지 자유롭게 여행해도 괜찮아."

"말이야 그렇지만, 시빌라도 데려갈 테니까. 여기 꼬마들이 완전히 따르게 돼버렸어."

"그건 재능만이 아니라 경험이겠지. 상대가 좋아하는 걸 금세 판단하는 눈 때문이야. 확실히 무척이나 기운 넘치는 아이들을 상대하는 건 피곤하겠어."

그렇게 말하면서 피로 같은 건 느껴지지 않게 웃는 얼굴의 주름이 깊어졌다. 그 눈가에는 웃음 주름이 생겼고, 아이를 보는 입가에는 나이가 느껴지지 않는 건강한 이빨이 보였다.

이거야 원. 이 할머니도 이 기세로는 또 수명이 늘어날 것 같군.

"그럼 시빌라, 슬슬 가자."

"알았어. 아, 잠깐 기다려. ……자자, 으럇으럇~."

시빌라가 줄곧 구석에 있던 아이를 골라서 토닥토닥 두드려주고 옷을 마구마구 주무르더니, 자기 품으로 끌어당겨서 머리를 쓰다듬었다.

소극적인 녀석을 고르다니, 신경이 쓰였던 거겠지.

"모두와 사이좋게 지내주면 기쁠 거야."

"으…… 응. 노력할게…….'

"장하네! 노력한다고 말할 수 있는 아이는 그것만으로도 장해! 분명 너는 멋지게 자랄 거야. 다들 이 아이와 친하게 지내줘!"

마지막으로 그 녀석의 머리를 쓰다듬고는 내 쪽으로 왔다.

시빌라의 대응을 본 젬마 할머니도 아쉽다는 듯 중얼거렸다.

"너 같은 사람이 있어 준다면 이쪽도 큰 도움이 될 텐데 말이지."

"나는 러셀과 함께 있을 테니까, 러셀이 돌아올 때는 언제든 상대해줄 수 있어. 그때까지는 이 아이들을 부탁할게."

"원래 내 일이야. 맡겨두려무나."

끝으로 돌아오겠다고 약속한 뒤, 우리는 고아원을 나왔다.

……그나저나 이 녀석, 내가 이동하려고 하면 반드시 따라오기로 한 건가? 아니, 생각해보면 【어스름의 마경】과 함께 행동하는 게 목적이니까 이건 당연한 일인가.

할머니의 기대감 어린 시선이 급격하게 안타까워진 것 같다. 나 참, 곤란하군. 당장 할 일을 끝내고 무사히 돌아와야겠지.

햇살이 비치는 뜰에서는 자넷과 에미가 함께 책을 읽었다.
"아, 러셀. 가는 거야?"
"그래."
"그렇구나. 힘내."
에미와는 이미 많은 이야기를 나눴다. 마지막에 에미는 이제 뭔가 이야기하고 싶은데 뭘 이야기해야 할지 모르겠다는 기색이었으니까.
"작별 인사는 이쯤 하면 충분하겠지."
"러셀."
"음? 왜 그래? 자넷."
반면, 자넷의 말은 많았다.
"케이티가 누구인지는, 보면 바로 알 수 있어. 아리아와, 아마 또 한 명도 알 수 있을 거야. 접근한다면 반드시 거리를 벌려. ……냄새도 신경 쓰여. 포옹을 해온다면 치료마법을. 위험을 느끼면 항상 시빌라 씨에게 상담해."
"……그래. 알았어. 충고 고맙다."
"응."
자넷도 나를 걱정하고 있다. 짧지만, 도움이 되는 이야기다. 최종적으로는 시빌라에게 물어보라고 한다. 분명 자넷은 시빌라의 머리 회전 속도를 나 이상으로 잘 알고 있을 테니까.

이 두 사람은 케이티와 이미 아는 사이다. 그러니 데려갈 수는 없다. 그것에 일말의 쓸쓸함은 들지만, 사이 좋게 앉은 두 사람의 모습을 보니 잃어버린 시간을 되찾은 것 같은 평온한 마음이 든다.

……어린 시절에는 아직 키가 작았던 나무.

그게 완전히 자라나서, 두 사람이 책을 읽기 쉬운 커다란 그늘을 만들고 있다.

일찍이 어린 자넷이 혼자 앉아있던 곳.

검을 맞부딪치던 나날.

기억에서 흐릿해진 날도 있거니와, 빛바래지 않는 날도 있다.

너무나도 오랫동안 함께 있었으니까, 이런 과거의 일이 너무 많다.

그만큼 함께 있었다. 그게 당연했으니까.

—빈스. 너는 그걸 전부 잊어버린 건가.

아무리 자넷이 분석했다고는 해도, 아직 아무것도 모르는 거나 다름없는 상황. 에미와 자넷을 이렇게까지 붕괴시킨 상대.

케이티. 수수께끼의 여자.

어떤 상대인지는 알 수 없지만…… 적어도 간단히 마음을 터놓을 상대가 아니라는 것만큼은 알 수 있다.

내가 남았다면, 다른 미래가 있었을까? 지금보다도 안 좋은 결과였을까?

……아니, 과거를 돌아보는 건 끝내기로 하자. 지금부터 내

가 호전시키면 된다.

커다란 나무에서 시선을 떼자, 눈앞에는 완전히 익숙해진 여자의 얼굴. 이해할 수 없는 상대를 향해 이 여신이 꺼낸 한마디.

"어떤 낯짝을 하고 있는지 보러 가는 게 기대되네."

그런, 긴장감이 조금도 느껴지지 않는 말을 늘어놓았다. 그건 어느 의미로는 이 녀석다운 선언 같았다.

"그래. 그 정도로 마음 편히 준비할까."

지금부터 긴장해봤자 별수 없다.

빈스를 홀렸다는 미녀가 어떤 녀석인지 보러 가기로 하자.

다행인지 불행인지, 유감스러운 미녀는 이제 익숙하니까. 외모만 보고 간단히 넘어가지는 않으리라는 자신은 있다.

"일단 빈스가, 에미와 자넷을 저렇게 만들어 놓고서 태평하게 케이티를 거느리고 있다면."

나는 자기 손바닥에 주먹을 때려 박았다.

"한 방 정도 패버릴 권리는, 있겠지."

그런 나의 【성자】답지 않은 말을, 시빌라는 당연히 『여신』답지 않은 건방진 미소로 긍정했다.

# 제 2 장

일찍이, 우리의 미래는 빛나고 있었다.

최강의 힘, 마왕을 쓰러뜨릴 【용사】.

방어의 핵심, 모든 것을 수호하는 【성기사】.

모든 마법을 다루는 궁극의 마법직 【현자】.

이야기에서도 거의 등장하지 않는 남자 회복술사의 정점
【성자】.

고아원의 소꿉친구 4인조가 던전 공략 멤버를 단번에 갖춘
것이다. 순조롭게 갔다면 분명 이 세계를 대표할 최고의 용사
파티가 되었으리라.

그 이후부터의 인생은 너무나도 농밀해서, 지금까지의 나를
구성하는 모든 걸 뒤엎는 변화뿐이었다.

어둠마법에 의한 용 토벌, 마왕 토벌, 마신 토벌.

게다가 그것만이 아니다. 소생마법이나 치료마법에 의한 『성
녀 전설』의 재현도 했다.

작년의 나와 지금의 나는 이미 완전히 다른 사람이겠지.


분명 나에게 있어서 시작 시점은 두 개.

하나는, 시빌라와 『어스름의 서약』을 나눈 것.

또 하나는, 브렌다의 어머니 빅토리아를 치료한 것이다.

『흑연의 성자』. 나는 브렌다가 붙여준 이 이름이 마음에 든다.

정말로 여러 일이 있었다. 에미와도 재회했고, 그녀가 본래 가진 힘을 끌어냈다.

자넷에게서도, 줄곧 마음속에 담아두고 있던 걸 들었다.

그래도…… 줄곧 마음에 걸리는 점이 있었다.

남자라면 누구나 꿈꾸는, 가장 강한 자신.

꿈꾸는 아이라면 모를까, 그 힘을 실제로 손에 넣은 녀석이 있다.

나는 그 녀석을 절친이라고 생각했다.

그러나, 그 녀석에게 나는 어땠을까?


묻고 싶은 건 얼마든지 있다.

그 모든 것에 해답이 없더라도 좋다.

그러나…… 지금의 나에게는 힘이 있다.

겁먹고 사양하며 멈춰 서는 건 이제 끝이다.

—정체되어 있던 마지막 시곗바늘이, 움직인다.


도시 하몬드로 향하기 전에, 나는 아드리아의 한산한 모험가 길드로 왔다.

"생각해보면, 던전이 없는데 길드는 계속 여기에 있네."

"왕국의 모험가 길드니까. 평소에는 잡일을 받아주는 곳이지만, 이래 봬도 각 지방에는 반드시 설치하게 되어있고, 급

료도 꽤 나와."

이 접수대 남자도, 완전히 대화하기 쉬운 남자가 되었다.

"어디에도 모험가 길드가 있는 건, 야생 던전이 이유야. 던전 같은 건 전부 야생에 있지만, 도시에서 떨어진 곳에 나타나면 마물이 밖으로 넘쳐나게 되니까."

아, 그건 몇 번 들었다.

던전이 어떻게 지상에 나타나는가. 그건 마왕이 지상을 침략하려 하기 때문이며, 마물이 넘쳐나는 건 던전 안의 마물이 포화되기 때문이다.

즉…… 그건 꽤 위험한 상황인 거다.

"그걸 사전에 파악하거나, 토벌 의뢰를 내기 위해 왕국이 뭉뚱그려서 파악과 관리를 하는 거지."

"아, 하몬드로 가는 길에도 있었죠."

남자가 시빌라에게 말을 걸면서 종이 한 장을 테이블 위에 올려놨다.

"이건 자넷 씨의 보고로군요. 하몬드로 가는 길. 왕도에도 보고했습니다."

이곳과 하몬드 사이에 마물이 나온 건가. 전혀 몰랐지만, 그건 위험하군.

던전도 당연히 신경 쓰이지만, 빈스의 동향 정도까지는 아니다.

자넷이 돌아올 때 마물을 마주했다면, 던전 자체는 꽤 이전부터 있었을 거다.

가능하다면 에미도 데려가고 싶지만, 자넷도 있다.

"그나저나, 던전이라는 건 이렇게 빈번하게 발견되는 건가?"

"드물기는 하지만, 적은 건 아니야. 전 세계에 나타나니까, 최대한 넓은 범위를 커버하고 있는 거지. 가까운 지구에 있는 모험가에게 던전 마물의 숫자를 줄여달라고 하는 게 기본적인 방침. 넘쳐 나오는 마물은 기본적으로 상층이니까."

과연. 왕국의 모험가 길드도 이것저것 생각하며 운영하고 있나 보군.


아드라아의 문을 지나 하몬드로 향하는 길.

마을과 도시를 왕복하는 마차의 커다란 짐칸에 올라타서, 시빌라와 주변 경치를 바라봤다.

"이 숲 너머 어딘가에 던전이 있다는 거네."

"그렇겠지……."

길옆에는 울타리 같은 게 없고, 숲은 조금씩 언덕길처럼 펼쳐져서 그게 커다란 산이 되어있다.

자넷이 보고할 때까지 관측되지 않은 건, 마물의 서식지까지 어느 정도 거리가 있기 때문이겠지.

브렌다는 마차를 타는 사람에게 얼굴을 보여주는 걸 싫어해서 타지 않았지만, 지금 생각하면 그때는 발견할 수 있어서 다행이었다. 만약 사람의 눈을 피하려고 숲속을 걸었다면 분명 무사히 지나갈 수 없었을 거다.

"그러고 보니, 에미도 숲을 달렸다고 들었는데……."

"그랬었나. ……응? 그럼 에미는……."

시빌라는 어깨를 으쓱하고 쓴웃음을 지으면서 내 예상과 같은 해답을 말했다.

"마물을 마주쳤지만, 보고를 잊어버렸던 걸까."

그 얼빠진 점은 그야말로 에미답군…….

그렇지만, 그때는 정신적으로 위태로웠던 직후이기도 하니까.

"에미가 문제였다기보다는, 정신적으로 에미 이상으로 위태로웠으면서 제대로 보고해준 자넷이 굉장한 거야. 세상에 절망할 정도로 자포자기가 되었으면, 사람에 따라서는 『나와 마찬가지로 불행해져라』라는 생각에 빠져버릴 수도 있거든. 좀처럼 가능한 일이 아니야."

"그런가. 확실히 그렇게 생각하면 자넷은 장하네."

나도 고개를 끄덕이면서 시빌라의 생각에 동의했다.

일찍이 회복마법밖에 쓰지 못했던 나는 확실히 『어째서 나만……』이라는 사고에 빠지려던 적이 있다. 그래도 누군가를 도울 여유가 있었다.

자넷의 절망은 그런 미적지근한 레벨이 아니었다. 그러나 자넷은 세상에 화풀이를 하지는 않았다.

동시에 시빌라의 긍정적인 생각에도 감탄했다.

나는 어쩔 수 없다고는 해도, 순간적으로 에미가 얼빠졌다고 생각했다. 그것 자체는 틀리지 않았고, 원인의 일부가 나의 약함이기도 하기에 그걸 책망할 생각은 전혀 없다.

그러나, 그와 비교해서 자넷이 일반적이지 않고 뛰어났다는 생각은 무엇보다 그녀의 평가를 올리는 것으로 이어지는 데다, 결코 에미를 깔보는 것이 아니다.

같은 비교 조건이라면, 한쪽을 기준보다 내리는 것보다는 한쪽을 기준보다 높여서 평가하는 게 기분이 좋다.

게다가 이 이야기는 행동만이 아니라 능력에 관해서도 마찬가지다.

"두 가지를 비교하면서 이쪽이 잘못했다거나, 자기보다 못난 녀석을 찾는 것보다는…… 다른 한쪽이 굉장하다, 아직 자기보다 위가 있다고 생각하는 게 낫다는 건가."

시빌라는 내 대답을 듣고 조금 눈을 크게 뜨고는 기쁜 듯이 수긍했다.

"자신의 마음을 안심시키려고 『아래』를 쓰면 안 돼. 특히 비교하면서 아래쪽만 보게 되면, 나는 그나마 낫다는 변명이 최하위가 될 때까지 영원히 이어지거든. 항상 『위』로 눈을 놀리면 자연스레 자신이 그 세계에 다가가게 되는 거야. 내가 봐온 사람은 대부분 그랬어."

평범한 수명을 가진 인간보다 훨씬 많은 사람을 봐온 시빌라의 말이다. 그 경험에 의한 해답은 분명 올바르겠지.

통계적으로 이 녀석의 참고인 숫자에 이길 수 있는 녀석은 없을 테니까.

"그런가. 그럼, 항상 염두에 두기로 하겠어."

"이 천재적인 두뇌를 가진 시빌라밖에 낼 수 없는 해답에 러셀도 완전히 반해버렸나 보네!"

"노련하고 노회한 지식 부분이라면 반했지."

"미·소·녀!"

"하하하! 사이가 좋구나!"

두 사람의 목소리 음량이 올라가자, 짐마차를 끄는 마부의 웃음소리가 들려왔다.

"러브러브지!"

그것에 바로 우쭐해진 시빌라가 무책임하게 외쳐서, 나는 크게 한숨을 내쉬었다. 오랜만에 완전한 2인 파티로 돌아왔고, 무척이나 텐션이 높아진 글러먹은 여신의 기세를 흡수할 쿠션이 없다.

에미를 데려오지 않았던 건, 내 최대의 판단 실수였을지도 모른다……

하몬드에 도착해서 이미 은화를 건네줬던 마부에게 작별을 고하고 도시 내부로 들어왔다. 오랜만에 들어온 하몬드는 그날과 변함없이 활기로 넘쳐나는 아직 발전 중인 도시다.

조금 감회에 젖으면서 거리를 걸어서, 문득 교회 앞에 도착했다.

스테인드글라스는 그날과 변함없이 여신의 형상을 하고 교회에 빛을 드리우고 있다.

일찍이 내가 한번 끝났던 날과 전혀 변함없는 광경.

그러나 그때와 지금은 느낌이 완전히 다르다.

"빛이 있다면 어둠도 있다, 인가."

아무리 스테인드글라스의 빛이 구름 틈새에서 들어오는 태양의 여신이 발하는 광망처럼 교회를 비추고 있다지만, 지금 내가 서 있는 일광 바로 아래보다는 어둡다.

저게 밝게 보이는 건, 간단한 이야기다.

들어오는 빛이 빛나는 것처럼, 스테인드글라스 이외의 부분이 태양의 빛을 차단해서 어둡기 때문이다. 어둠도 태양의 빛이 없으면 형태를 만들 수가 없다.

나의 발밑에 있는 깜깜한 어둠도, 결국은 태양의 빛이 없으면 그림자라는 형태가 되지 못한다.

그렇게 생각하면서 옆에 있는 시빌라에게 시선을 돌렸다. 시빌라는 뭔가 진지하게 눈을 가늘게 뜨면서 그 스테인드글라스를 보고 있었다. 그 눈은 어딘가 적대적이고, 뭔가를 생각하는 것 같았다.

"……시빌라?"

태양의 여신. 적대하는 건 아니라고 예전에 말했었다.

그러나, 이 녀석에게도 뭔가 생각하는 바가 있는 걸지도 모른다.

세계의 신앙을 모으는 『태양의 여신』. 그늘에서 마왕을 토벌하는 『어스름의 여신』.

앞 무대에서 활약하는 【용사】, 공격에 관한 마법은 전혀 익힐 수 없는 【성자】.

그 대비는, 어딘가 비슷한 관계 같아서—

뭔가 해답을 얻었는지 색기있는 입술이 천천히 열렸고, 작은 한숨을 내쉰 뒤에 그 목이 목소리를 자아냈다.

"……역시 내가 더 미인이라고 생각한단 말이지."

무릎부터 힘이 빠지는 줄 알았다.

시빌라는 이런 때에도 시빌라라니까!

"당장 여관을 정하자."

이거야 원. 이렇게나 압도적으로 어처구니없을 만큼 자신만 만한 기질은 나에게 필요한데 말이지. 이미 손날치기를 날릴 기력도 잃어버린 나는 그렇게 선언하고 걸어갔다.

"러셀도 그렇게 생각하지 않아? 침묵? 그렇다는 건 긍정인 거지! 정말~, 쑥스럽네— 꺄앙?!"

희망하는 것 같았기에, 결국 한 방 날려줬다.


거리를 걷고 있는데, 어느 가게 앞에서 시빌라가 내 팔을 당 겼다.

"러셀. 잠깐 들러서 이거 사자."

그곳은 어딘가 마른풀이나 나뭇가지를 방불케 하는 색상을 가진 게 가게 앞에 진열되어 있었다. 우리 파티 중에서는 유일 하게 자넷이 쓰고 있던 것.

"모자를 쓰려는 건가?"

"응."

시빌라는 대답하자마자 곧바로 두 개 정하고는 한쪽을 내 머리 위에 올렸다. 약간 진한 갈색의 사냥 모자다.

"응응. 역시 내가 고른 만큼 잘 어울리네?"

만족스럽게 웃은 시빌라는 파란 모자를 썼다. 팔을 뒤로 넘겨 깍지를 끼고는 잠시 걸어가다가 몸을 빙글 돌려 이쪽을 바라봤다. 모자에 달린 하얀 리본이 은발보다 조금 늦게 흔들렸다.

주변을 걷는 통행인이 몇 명 돌아봤고, 한 명은 옆에 선 여자에게 팔을 꼬집혔다.

"어때, 어울려?"

열 받을 정도로 잘 어울린다. 애초에 이 녀석에게 어울리지 않는 게 있을까?

"부자연스럽지는 않네. 그런데, 어째서 이걸 샀는지 가르쳐줘."

시빌라는 고개를 끄덕이고는 거리 안쪽으로 발을 옮겼다. 나는 그 옆에 나란히 서서 한동안 묵묵히 걸었다.

사람의 숫자가 조금 줄어들었을까. 시빌라는 내 근처로 다가와서 팔짱을 꼈다.

"케이티, 이 도시에 있다면 최대한 흑발 모습을 감추고 싶거든."

"흑발을?"

"이름의 기억을 빼앗은 이상, 모습의 기억도 빼앗았을 가능성이 있어. 그래도 얼굴까지 상세하게 기억을 빼앗는 건 좀 어렵다고 생각하거든. 그 조건에서 너는, 언뜻 봐서는 러셀이라고 알기 어려운 특징을 가지고 있어."

알기 어려운 특징? 기억을 어렴풋이 빼앗았다고 치고, 내가 나라는 걸 알기 어렵게 하는 조건?

우선 흑발이 특징적인 건 알 수 있다. 만약 기억이 있다면,

빈스가 나를 보고 곧바로 나라는 걸 알 수 있는 특징.

시빌라에게 시선을 돌렸는데, 그보다 가깝다고! 목소리를 죽이고 있으니까 얼굴을 내민 건 알겠는데, 이렇게 팔짱까지 끼다니…… 아, 그런가.

"로브가 전혀 다르군."

"정답!"

【어스름의 마경】이 된 나에게 『흑연의 성자』라는 이름이 붙게 된 최대의 특징.

하얀색에서 흑연색으로 변한, 파이어 드래곤의 피로 물든 로브다.

"과연. 확실히 머리카락만 감추면 복장이 단서가 되지는 못하겠군."

내 대답에 만족한 시빌라는 팔짱을 풀고는 조금 앞을 걸었다.

"그런데 너는 어째서 모자를 샀지?"

"모르겠어?"

시빌라는 돌아보면서 모자의 챙에서 한쪽 눈을 내비치고는 이쪽을 엿보듯 바라봤다.

그 묘하게 어울리는 모습을 본 나는 어렴풋이 이것 때문이라는 해답을 얻었다.

"나만 새로운 모자를 쓰는 게 불만이라서 자기도 쓰고 싶어졌기 때문이겠지."

그 해답에 순간 눈을 크게 뜬 시빌라는 양손 검지로 자신의 손톱을 매만지면서 실로 즐거운 분위기로 웃었다.

뭐, 아무리 그래도 너에 대한 건 이제 그 정도는 알 수 있어.


자, 그럼. 우선 이 도시에서 할 일을 하기 전에 거점을 골라야만 한다.

"머물기에 좋은 여관은 어디일까?"

"나도 원래 살고 있었으니까 여관 위치는 잘 알아. 그래도 예전에 묵었던 곳은 안 되겠네."

"네가 예전에 어디에 묵었는지는 모르겠지만, 이유가 있는 건가?"

시빌라는 도시의 상징인 조각상이 있는 광장에서 동쪽을 바라보고는 조금 고민하다가 서쪽으로 걸어갔다. ……그쪽은 피하는 게 낫다는 건가.

"자넷에게 몇 가지 이야기를 들었어. 우선 여관은 러셀이 있던 시절과는 바뀌었어. 그것도 상당히 수준 높은 곳이야. 그게 동쪽의 약간 비싼 여관. 식사도 가까운 곳을 사용하고 있다니까, 만나려면 그쪽으로 가야겠네."

그런가. 시빌라는 자넷과 많은 이야기를 나눴는데, 그런 자잘한 정보를 이것저것 들었나 보군. 나도 빈스와 같은 여관에 묵는 건 무척 거북하다.

"그러니까 뭐, 이쪽이겠네."

시빌라가 향한 곳. 그건 일찍이 우리…… 마지막에 내가 묵던 여관이다.

"하필이면 여기로 올 줄이야."

"……아, 혹시 피하는 게 나은 곳이었어?"

"아니, 상관없어. 잘 아는 여관이야. 모르는 곳에서 헤매는 것보다는 낫겠지."

"으~음. 뭔가 미안."

"아니, 원래는 나도 생각해야 하는 부분이었는데 떠넘겨 버린 결과니까. 사과할 필요는 없어."

"그렇구나."

내 말을 듣고 살짝 웃은 시빌라는 그대로 여관을 정했다. 예전에 쓰던 곳은 아직 빈방이었지만, 굳이 같은 방을 고를 이유도 없기에 다른 방을 골랐다.

"그러고 보니."

문득 여관 접수대에 있는 중년 남자가 턱수염을 매만지며 위를 봤다.

"당신이 묵었다는 방, 뭔가 있었습니까?"

"뭔가 있냐니…… 딱히 아무것도 없었는데, 무슨 소리지?"

"아뇨, 빈번하게 보러 오는 사람이 있어서요. 마침 지금도 보는 중입니다."

그게 뭐지? 이상한 녀석이군.

"숙박 장소를 사전 답사하던 것 아닌가?"

"그럼 좋겠는데 말이죠. 하아~, 그런 미인이 묵는다면 우리 여관도 어느 정도 번성하지 않을까요? 아무리 지나도 전혀 정하려고 하지 않아서 청소하는 이쪽은 민폐란 말이죠."

그 말을 듣고, 어째서인지 시빌라가 내 소매를 당겼다.

내가 뭐냐고 묻기도 전에, 시빌라가 이야기를 매듭지으려는 듯 말을 걸었다.

"그럼 아저씨, 용건이 있으니까 나갈 건데, 금방 돌아올 거야. 돈은 줄게."

"네. 손님도 상당히 미인이시니까, 모처럼 오셨으니 아무쪼록 느긋하게 쉬어주세요."

"내 덕분에 손님이 늘어나겠는걸~."

당당하게 웃으며 대답한 시빌라는 내 팔을 쭉쭉 당겼다.

여관에서 나온 시빌라는…… 길로 향하려는 줄 알았는데, 여관 주변을 빙글 돌아보고는 건물 뒤에 몸을 숨겼다.

심상치 않은 기색이어서, 나도 뭔가 위화감을 느끼고 목소리를 줄였다.

"시빌라, 무슨 일이지?"

시빌라는 아까까지의 밝은 분위기가 거짓말인 것처럼 진지하게 그늘에서 문을 엿봤다.

"증거는 없지만…… 『무언가』 있어."

―『무언가』 있다.

시빌라는 확실히 그렇게 말했다.

조금 전까지 남자와 친근하게 대화하던 내용으로 추측하건대, 방을 보러 왔다는 미녀와 숙박객이 몇 명 있는 정도였다. 입구는 이곳 하나. 대체 뭐가 있다는 걸까.

시빌라가 한 발짝 물러났다. 건물 입구가 보이지 않을 만큼 안쪽으로 숨는 형태다.

"······목소리는 내지 마."

시빌라가 목소리를 완전히 죽이며 속삭였다. 내가 묵묵히 끄덕이자, 그녀는 건물의 문 주변을 가만히 바라봤다.

거리의 소음은 멀고, 바람이 가로수를 흔들며 마른 잎이 떨어지는 소리가 무척 크게 들린다.

우선은, 발소리. 그 소리는 곧바로 들리지 않게 되었고, 무슨 일인가 눈을 돌리고 싶어진다. 그러나 옆에서 시빌라가 고개를 가로저었다.

그로부터 몇 초 후······ 낙엽 밟는 소리가 들렸다. 아, 일단 멈춰 서서 소리가 안 났던 거군.

시빌라가 숨은 곳에서는 여관의 문만 보인다.

이윽고 그 뒷머리가 보였다. 하얀 후드가 달린 로브를 입은 뒷모습. 바람이 불면서 그 여성의 후드가 벗겨지며 머리가 크게 흔들렸다. 녹색의 긴 머리카락이다.

그 순간, 시빌라가 한층 건물에 등을 붙이며 몸을 숨겼다.

나도 그에 따라 여자가 보이지 않는 위치까지 숨었다.

"······."

그로부터 한동안 기다리자, 시빌라는 덤덤히 걸어가서 여관으로 돌아왔다.

"돌아왔어."

"어서 오세요. 이야~, 엇갈리셨네요. 역시 빌리지는 않고 나갔습니다."

"다음부터는, 돈을 낼 생각이 없으면 사절이라고 단호하게 말하는 게 좋아. 뭐니 뭐니 해도, 이 세계 제일의 미소녀 시빌라가 묵고 있으니까! 묵지도 않을 여자 같은 건 2급품 이하지!"

그 세계 제일을 자칭할 수 있는 자신감은 어디서 나오는 걸까. 정말로 신기해서 견딜 수가 없다.

"하하. 다른 손님이라면 몰라도 손님이라면 틀림없겠네요!"

어이없어하는 나를 제쳐놓은 채, 접수대 남자가 그렇게 말하자, 유감스러운 여신은 점점 우쭐대면서 받침대 위에서 춤췄다.

그리고 건방진 미소로 열쇠를 받아서 방으로 걸어갔다.

"형씨도 저런 예쁜 사람하고 있다니 여간내기가 아니네요."

"함께 지내다 보면 진심으로 체력, 아니 기력이 못 버텨……."

이거야 원. 옆에서 보면 재미있을지도 모르지만, 말려드는 당사자의 마음도 되어 봤으면 좋겠다.


시빌라가 잡은 방은 예전에 내가 묵던 방과는 다른 층에 있는, 여관 입구에서도 떨어진 곳.

그녀를 따라 방으로 들어가자, 방 내부는 거의 똑같은 구조였다.

"침대는 두 개, 책상은 하나, 마도구 램프 하나에 다른 가구는 없음. 좋은 방이네."

"그래. 최소한의 것만 놔뒀지만 쓰기가 편해. 방이 좁고 전체적으로 조금 낡은 것, 램프 교환을 자비로 해야 한다는 걸 제외하면 불편한 건 없어."

나는 이곳 위층에서 모두와 함께 방을 빌려서 살고 있었다.

적은 짐을 놓은 뒤, 시빌라는 재킷을 벗고 커튼을 닫았다.

상의를 벗기에는 조금 쌀쌀하게 느끼고 있지만, 곧바로 방이 따스해졌다. 시빌라가 마법을 무영창으로 썼군.

나는 검을 세워놓고, 나도 로브를 벗어서 행거에 걸었다. 짐도 적으니 할 일은 이것 정도다.

침대에 앉아서, 마찬가지로 정면 침대에 비스듬하게 앉은 시빌라를 봤다.

"자, 그럼 슬슬 아까 그 여자에 대해 가르쳐 주겠어?"

"그럴까. 하지만 러셀도 알아채지 않았어?"

"뭐, 그렇지."

시빌라가 경계한 여자. 굳이 내 방으로 왔던 수수께끼의 미녀. 머리색은 녹색 장발, 후드 차림. 전혀 들은 적 없는 용모다. 그러나, 그렇기에 누구인지도 짐작이 간다.

"케이티의, 세 번째 동료인가."

"응. 나도 그렇게 생각해."

역시 그런가. 예전에 하몬드에 살았을 때 저런 용모의 여자는 없었다. 우연히 마주치지 못했을 뿐일지도 모르지만……아니, 우연이 그리 몇 번이나 겹치지는 않겠지.

지인 사이인 케이티와 아리아가 우연히 누구에게도 알려지지 않은 것처럼.

"설마 러셀이 살던 방을 계속 보러 올 줄이야. 대체 뭘 조사하려는 건지는 모르겠지만, 그래도 알게 된 게 하나 있어."

"뭐지?"

시빌라는 한숨을 내쉬며 나를 바라봤다.

"너, 완전히 표적이네."

"······그런 모양이야."

대체 무슨 목적인지는 모르겠지만, 내 방에 온 이유는 틀림없이 나에 관한 무언가를 찾기 위해서겠지.

특히, 케이티는 어째서인지 내 이름을 알고 있다.

자넷의 이야기가 올바르다면, 기억을 빼앗으면서까지 에미의 소꿉친구 이름을 찾고 있었던 거다. 범상치 않은 집착이다. 일반적인 상대라고 생각하지 않는 게 좋다.

"그러고 보니 신경이 쓰이는데."

"뭔데?"

"여관에 잠복했을 때 『누군가 있다』가 아니라 『무언가 있다』라고 말한 이유는 뭐지?"

그건 시빌라의 발언 중에서 가장 신경 쓰였던 점이다.

정작 본인은 내 질문에······ 팔짱을 끼며 고개를 갸웃했다.

"동물이거나, 아니면 뭔가 다른 게 있었다는 느낌이 들었는데, 지금은 딱히 아무것도 느껴지지 않네. 지붕의 비둘기가 색적마법에 걸린 걸까?"

"그게 뭐야······."

긴장하던 몸에서 단번에 힘이 빠졌다. 지붕의 비둘기를 경계하며 도망치는 여신이 어디에 있다는 거냐. 여기에 있고, 시빌라라면 그 정도 얼빠진 짓을 하더라도 이상하지는 않지만.

"뭐긴~. 두뇌 명석한 나도 실패 정도는 하는 법이야."

"하긴. 고물딱지 여신이니까 실패 정도야 평범하게 하겠지."

"……그렇게 많이 실패하지는 않았다고 생각하는데~."

농담이 오가면서도, 조금 맥이 빠졌는지 여느 때의 날카로움이 없다. 텐션이 높은 것도 곤란하지만, 낮은 건 낮은 대로 어색하단 말이지. 여신이라기보다는 기분이 변덕스럽게 바뀌는 애완 고양이라고 해야 하나? 실제로는 그쪽에 더 가까운 것 같다. ……이거야 원. 어쩔 수 없지.

슬슬 배도 고프니까, 맛있는 가게라도 골라서 가보기로 할까.


오랜만이라고는 해도, 어느 정도 지내왔던 하몬드의 거리다. 기억을 더듬으며 목적지로 향했다.

옆에는…… 명백하게 『대응을 실수했다』라고 후회하고 있지만 이미 늦은, 정말 보기만 해도 들썩들썩한 기운이 옷을 입고 걸어다니는 것처럼 기쁘다는 걸 옆에서도 잘 알 수 있는 시빌라의 모습.

춤추듯이 걸어가면서 때때로 흘겨보며 히죽히죽 웃는 모습이 절묘하게 짜증 난다.

스쳐 지나가는 사람이 우리 두 사람의 모습을 보며 흐뭇하게 웃고 있다. 웃지 마.

"……눈에 띄니까 좀 더 평범하게 있으라고. 그보다 그렇게 기분이 풀리는 건 대체 뭐냐고."

"몰라? 모르는 거야~?"

솔직히 지금 당장 머리의 모자를 향해 한 방 때려주고 싶다. 그러나 그걸로 토라지면 귀찮으니까 턱짓으로 앞을 재촉했다. 우쭐대고 있는 지금의 시빌라는 나의 속마음 같은 건 모르는지, 아니면 신경 쓸 생각이 없는지 혀를 놀리면서 설명을 시작했다.

"잘 들어? 너는 세이리스에서 에미한테 선물을 줬는데, 하필이면 이 세계 제일의 미소녀인 시빌라한테는 선물을 주지 않았단 말이지. 세상의 손실이잖아? 그런 벽창호인 네가 밥을 사준다는 건, 완전히 나한테 반했다는 증거나 다름없다는 거야."

"너무나도 플러스 사고가 강해서 현기증이 나지만, 지금, 세이리스에서 선물을 사주지 않아서 다행이었다고 생각하던 참이야……."

이 녀석한테 보석 같은 걸 사줬다가는 100년은 소재로 써먹을 거다.

"애초에 밥 한 끼 정도는 별것도 아니잖아. 대단한 금액도 아니고."

"하아~. 너 말이야…… 전위에서 싸우는 여성도 늘어나는 요즘, 밥을 사준다는 건 그만큼 커다란 의미가 있어. 이건 말이지, 금액 문제가 아니야. 러셀은 머리는 좋아 보이면서 왜 그런 지식은 편중되어 있는 걸까……."

"너에게 편중되어 있다는 말을 듣는 건 무척이나 유감이야……."

이런저런 말을 나누면서도 대화 상대인 이 녀석이 즐거워하고 있는 건 침울한 것보다는 압도적으로 낫다. 거리낌 없이 말다툼할 수 있는 상대라는 건 마음이 편해서 좋으니까.

조금은 진정했으면 좋겠지만, 그건 이미 시빌라가 아니겠지.

이거야 원. 대체 어디에서 이렇게 겨울에 바깥에서 노는 아이들 수준으로 기운이 남아도는 건지.

……역시 두뇌도 육체도 어린이 아닌가?

"뭐라고 말했어?"

"아이와 사이좋게 지내는 건 정신 연령이 똑같기 때문이 아닌가 생각하던 참이야."

"보통은 『아니?』라고 반박해야 하는 국면인데 전부 말해버리네?!"

"안심해. 가시 돋친 말 정도라면 얼마든지 할 수 있을 정도의 사이는 너뿐이니까."

"사랑의 말을 건넬 때만 해줬으면 하는 대사!"

그래그래. 이 정도의 온도가 나와 시빌라에게는 여느 때 같은 느낌이다.

다소 피곤하지만, 이 추운 계절에 쌀쌀해지고 있을 수만은 없다. 아마 하몬드에서는 나 한 명의 머리로 이해할 수 있는 것만 있지 않을 테니까.

이후의 선행 투자라고 치고, 얌전히 휘둘려 주기로 할까.


큰길에서 떨어진 곳에 목적지인 가게가 있다.

내 눈앞에는 테이블 위에 올라간 하몬드 명물인 채소와 고기를 빵으로 끼운 요리. 자주 손에 들고 먹고 있는 평범한 요리다.

단, 이 가게의 요리는 손으로 들고 먹을 수 있는 게 아니다. 속재료 부분이 터무니없이 많기 때문이다. 구운 빵에 나이프를 대고, 포크를 써서 먹는 게 이 가게에서 먹는 법이다.

세련된 가게 내부와, 그 언밸런스한 모습에 사치스러운 식재료 사용 덕분에 남녀 모두에게 일약 인기를 끌게 된 것이 이 하몬드 카페의 비밀이다.

나의 정면에는 가게 분위기에 영향을 받았는지 높은 텐션을 유지하면서 우쭐대며 잔뜩 주문한 결과, 눈앞의 수많은 요리를 보고 식은땀을 흘리는 중인 글러먹은 고물딱지 여신.

"이…… 이건 예상 밖이네……."

"시빌라에게도 예상에서 빗나가는 게 있다는 걸 안 것만으로도 안심이야."

"나는 위장이 걱정돼서 전혀 안심할 수가 없는데……. 에미도 데려올 걸 그랬나."

마침 완전히 같은 생각을 하고 있었으니까, 웬일로 의견이 맞았다. 그러나 이렇게 되리라는 건 어렴풋이 예측하고 있었기에, 나의 요리는 이것 말고 없다.

"네가 주문하는 모습을 보고 짐작했으니까, 나는 이거 하나야. 절반 나눠 먹기로 할까."

"사랑의 칼질! 두 사람의 첫 작업이네!"

말한 걸 진심으로 후회했다.

뭐, 결국 놀림감이 되면서도 나눠 받기는 했기에, 요리를 전부 먹은 무렵에는 역시 나도 배가 꽉 차버렸다. 내가 그렇게 되었으니, 시빌라는 더 심하겠지.

완전히 의자 등받이에 기대서는 배를 누르면서 만족스럽게 웃고 있다.

"식후의 커피도 있구나. 좋은 가게야."

"그래. 식사량은 개성적이지만, 기본적으로는 쉬는 걸 중점으로 둔 가게야. 너무 오래 있는 건 민폐지만, 그것도 포함한 가격이겠지."

"잔고를 신경 쓰지 않고 빈둥거릴 수 있는 건 좋네~."

기분이 완전히 좋아진 시빌라를 보고 나도 저도 모르게 살짝 웃었다.

그때—.

"4인이다! 비어있나?"

—잊을 수 없는, 그리운 목소리가 들려왔다.

나는 가게 입구에서는 사각에 위치한 자리에서 묵묵히 모자를 썼다.

내 모습을 보고 뭔가 짐작했는지, 시빌라도 모자를 쓰고 커피를 입에 옮겼다.

마음의 준비가 되지는 않았지만, 같은 도시에 있으니 어디에서 만나더라도 이상하지는 않았다.

그것이 지금이었을 뿐이다.

타오르는 듯한 붉은색을 깔끔하게 정돈한 머리. 갑옷을 벗은 모습은 예전과 같은 복장.

당당한 모습에서는 이 세계의 당대 영웅이라는 자신감이 엿보인다. ……저 모습은 잘못 볼 리가 없다.

─【용사】 빈스.

소꿉친구 4인조의 중심인물이자, 제일가는 절친……이라고 생각했던 남자.

오랜만에 본 빈스는 익숙한 기색으로 요리를 주문하더니 뒤를 돌아봤다. ……그렇다. 이번에는 빈스를 신경 쓸 때가 아니다.

지금 상황을 만든 인간은, 틀림없이 빈스다. 그러나 내가 사

라지고 나서 붕괴한 건 아니다. 그 후에 찾아온 존재에게 에미도, 자넷도 그렇게까지 변해버리고 말았다.

기억 그대로인 빈스의 얼굴을 모자 밑에서 지켜보고 있는데, 자리에 앉은 주변 남녀가 차례차례 같은 곳으로 시선을 보내는 걸 알 수 있었다. 시선 너머, 건물 뒤편에서 한 인물이 나타났다.

요염한 다리. 드러난 가슴, 길고 가느다란 금발이 수많은 광택의 고리를 만들고 있다.

무엇보다— 남자의 시선을 빼앗는 미모.

저게 케이티다. 과연, 확실히 잘못 보는 건 불가능하고, 저런 인물이 지금까지 하몬드에 있었는데 아무도 알아채지 못했다는 건 있을 수 없다.

굳이 따지자면, 예를 들어 시빌라가 정오를 의인화한 듯한 여자라면, 케이티는 남자를 유혹하는 한밤중의 여자. 그렇게 표현할 수밖에 없는 색기를 이런 대낮부터 흩뿌리고 있다.

색기의 향수 때문에 코가 비뚤어질 것 같다. 에미나 자넷이 그 미모를 평가하면서도 거북해하던 것도 납득이 가는군…… 나도 굳이 따지자면 거북한 부류다.

다음으로 나타난 건 오렌지색 머리를 짧게 자른 덩치가 큰 여자. 그 용모 특징도 한마디로 표현하면, 그야말로 『자넷이 이야기했던 아리아라는 여자의 모습』이다.

즉…… 아무래도 자넷의 기억은 조작당하지 않은 모양이다. 우선 안심이다. 시빌라가 붙임성 좋은 고양이라면 저쪽은 오히려 교활한 너구리일까. 가느다란 눈과 입꼬리를 든 입가. 살짝 뜬 눈에서는 금색의 빛을 발하는 착각조차 느껴진다.

그 눈이 다시 후속 인물로 향했다.

"앗……!"

저도 모르게 목소리가 나올 뻔해서, 입가에 남은 커피를 조금 흘려 넣었다. 목을 지나는 약간 미지근한 액체의 씁쓸함으로 의식을 돌려서 마음을 진정시키며 기나긴 한숨을 한 번 내쉬었다.

마지막으로 나타난 건, 아침에 왔던 여자다.

하얀 로브에 달란 후드 틈새에서 녹색 머리가 조금 보인다. 얼굴은 다른 두 사람보다 조금 어린 정도일까. 감정은 그다지 엿보이지 않는다. 그저 자넷과는 다른, 마치 금속처럼 온도가 느껴지지 않는 금색 눈이다.

전신은 하얀 로브를 입고만 있고, 장갑을 끼고 있는 데다 다리는 바지다. 나의 원래 복장에 가깝지만, 나 이상으로 몸의 윤곽이 잘 보이지 않는다.

그런 세 번째 사람의 모습에서 알 수 있는 건, 언급하는 것조차 귀찮을 만큼 당연하다는 듯이 커다란 가슴뿐. ……이거야 원, 터무니없는 거유 미녀 하렘이로군.

빈스는 세 사람에게 둘러싸여서 싫지만은 않은 표정이다.

헤벌쭉하다기보다는, 자기는 이런 멤버들에게 둘러싸인 게 당연하다는 듯한 여유로운 웃음. 한 방 때려주고 싶군.

도중에 케이티가 가게 안을 빙글 돌아보다가, 순간 나와 눈이 마주쳤다. ……가능하면 시선을 돌리고 싶다. 그러나 저 여자에게 시선을 뗀다는 행위는 『부자연스러운 행위』로 보일 가능성이 높다. 다른 남자도 당연하다는 듯 케이티를 보고 있으니까.

케이티는 내 얼굴을 보고, 조금 시선을 내려서 복장을 보더니…… 곧바로 옆에 모자를 쓴 시빌라를 잠시 보고는 시선을 돌렸다. 내게서 흥미를 잃었다고 봐도 되겠지…… 긴장되는군.

문득 정면에 있는 시빌라에게 시선을 돌렸다. 무슨 생각인지는 모르겠지만, 그 얼굴에서는 아무런 감정도 읽을 수 없었다.

빈스는 가게 안을 돌아보면서 비어있는 테이블을 찾았다. ……비어있는 테이블은, 하필이면 시빌라의 대각선 뒤에 있다.

아리아로 보이는 여자가 그 테이블로 정해서 가장 근처 자리에 앉았다. 로브 여자가 맞은편에 앉았다. 케이티가 등을 돌려서 나와 가장 가까운 자리에 앉았고, 마지막에는 빈스가 맞은편의 빈자리에 앉았다.

—나와 빈스의 시선이 교차했다.

서로 눈이 마주쳤다는 건, 적어도 나의 눈 아래쪽 부분은 확실하게 상대의 시야에 들어갔다는 뜻이 된다.

이 정도로 얼굴을 봐놓고 상대의 얼굴을 인식하지 못하는 건 불가능하겠지.

나는 이 잠깐 사이 자넷과 나눈 대화를 떠올렸다.

빈스가 나를 기억하지 못한다는 이야기, 그 기억을 문자 그대로 빼앗겼을 가능성. ……그 사전 지식에서 예측할 수 있는, 눈이 마주친 순간의 반응.

나는, 알기 쉽게 자기 어깨를 가볍게 두드리면서 부자연스럽지 않게 한마디를 꺼냈다.

"어깨에 낙엽이 올라가 있어."

"우왓, 진짜냐."

빈스는 내가 가리킨 어깨를 —내 모습은 전혀 개의치 않고— 손으로 몇 번 털었다.

"떨어졌나?"

"그래."

"고마워."

어깨를 턴 빈스는 가볍게 대답하고는 그대로 의자에 앉았다.

위화감을 느낄 수 있는 사태를 상정해서, 그렇게 되지 않는 대화나 움직임을 몇 가지 생각했었다. 특히, 그걸로 케이티의 주의를 끄는 게 제일 위험하다. 그 녀석에 관한 건 모든 것이 미지수니까.

예상대로 진행되어서, 아무런 위화감 없이…… 나의 내면 말고는 아무런 풍파도 일지 않은 채 일련의 일이 끝났다. 끝나고 말았다.

—틀림없다. 이 녀석은, 내가 아는 빈스가 아니다.

모습도, 옷도, 목소리도. 모든 것이 빈스 그 자체이며 주변에 있는 사람도 이야기로 들은 그대로다. 그러나…… 나의 얼굴이나 목소리에 아무런 반응을 보이지 않는다.

혐오도, 경악도, 분노도. ……아무것도 없었다.

"……."

빈스와의 짧은 대화가 끝나고, 녀석이 앉은 한순간. 이쪽을 돌아본 케이티의 아름다운 입술이 호를 그리면서 호의를 보이려는 듯 눈을 가늘게 뜨면서 살짝 끄덕였다.

그 모든 것이 남자를 포로로 삼을 만큼 아름……답다기보다는, 비인간적인 색기로 넘쳤다.

다행히 케이티는 내게서 흥미를 잃은 듯 곧바로 점원에게 주문을 전달했다.

천이 얇은지, 묘하게 몸의 선이 또렷하게 보인다.

참고로 시빌라는 모자를 깊이 눌러쓰고는 팔을 베개 삼아 탁자에 엎어졌다.

"실례, 커피를 두 잔."

내가 점원에게 오래 있겠다는 의도를 전달하자, 엎드려 있던 시빌라의 팔이 올라와서 엄지를 들었다. 너는 무슨 죽어가는 언데드냐.

얻어먹을 생각이 넘쳐나는 태도지만, 말한 이상 어쩔 수 없다. 게다가— 무의미하게 엎어진 건 아니라는 것 정도는 아무리 나라도 알 수 있으니까.

다음 커피를 기다리면서 네 사람을 관찰했다.

원래 빤히 쳐다보면 의심을 사겠지만…… 어느 의미로는 이 여자 세 명의 이질적인 색기의 도움을 받은 부분도 있다.

주변 자리를 봤다. 힐끔힐끔 곁눈질하고 있는 게 뻔히 보이는 사람. 당당하게 케이티의 몸을 핥듯이 쳐다보는 사람. 그 밖에는…… 커플끼리 카페에 쉬러 찾아와서 여자에게 사과하는 남자. 진심으로 동정한다.

이러니 내가 빈스 쪽을 보더라도 그렇게까지 부자연스럽지는 않을 거다.

동시에, 다시금 당사자들을 보고 생각하는 게 있다.

나도 어느 정도 하몬드에서 활동한 시기가 있다. 모험가 길드에도 몇 번 갔다. 그동안 솔로로 활동했다던 이 여자가 그 길드의 아저씨들 사이에서 소문이 돌지 않았다니, 있을 수 없다. 어째서 아무도 그걸 신경 쓰지 않는 걸까.

이런저런 고민을 하는 사이, 빈스 일행이 있는 자리에 우리와 비슷한 수준의 커다란 요리가 나왔다. 케이티는 몸을 흔들면서 그 요리를 기쁜 듯이 잘라서 빈스에게 건넸다.

로브 차림의 여자는 아리아 쪽에 대부분의 요리를 넘겼다.

케이티. 옆에서 보니 색기도 넘치고, 밝기도 하고, 결점다운 결점을 찾는 게 곤란할 정도로 완벽한 미녀다. 이런데다가 【마도사】로도 우수하다고 하니까, 정말로 무결한 존재다.

그러나— 이 언뜻 무해해 보이는 여자에게 에미만이 아니라 자넷마저도, 결점다운 결점을 지적하지 못한 채 무너졌다.

그 원인이 명확하지 않은 만큼, 악의가 있는 강자보다 훨씬 무섭게 느껴진다. 빈스는 그런 케이티에 대한 건 아무것도 모른다는 듯 즐겁게 대화를 나누면서 먹고 있다.

이제 우리의 시선 같은 건 신경 쓰지 않는다는 건가.

"커피를 가져왔습니다."

나는 점원에게 커피를 받아서 입에 넣으며 빈스 쪽을 바라봤다. 도중에 몇 번 빈스 옆에 있는 아리아와 시선이 마주쳤지만, 신경 쓰는 기색은 없어 보인다.

빈스는 테이블에 나온 걸 다 먹고는 커피로 요리를 흘려 넣으면서 이야기를 시작했다.

"겨우 네 명이 되었네."

"네. 예전부터 넣고 싶었던 【신관】 분도 들어와줘서 다행이에요."

로브 차림의 여자를 말하는 거겠지. 저 녀석은 나와 같은 회복술사인 건가.

하지만……. 이 대화의 부자연스러운 부분은 뭐지? 위화감을 씻을 수가 없다.

"케이티가 골랐으니까 믿을 수 있어. 하층을 목표로 가자고."

"네! 후후…… 근사하네요……."

케이티가 자신의 육체를 부드럽게 누르면서 몸을 꿈틀댔다. ……하나하나 눈에 거슬리는 녀석이군.

문득 빈스 옆에 앉은 여자, 아리아의 눈이 살짝 뜨였다. 입술의 호가 옆으로 크게 당겨졌고, 기쁨이라 표현하기에는 어울리지 않을 만큼 호전적인 풍모가 되었다.

그러나 그것도 잠시였다.

곧바로 붙임성 있는 미소로 돌아오더니 대화에 끼기 시작했다.

**"—겨우, 라."**

떠들썩한 가게 안. 나 말고는 들리지 않는 목소리로 작은 속삭임이 들려왔다.

시빌라가 케이티에게는 뒷머리—라기보다는 모자—가 보이도록 창밖을 바라보면서 커피를 마시고 있다.

나는 시빌라가 이 타이밍에 중얼거린 말의 위화감을 겨우 깨달았다.

……겨우, 네 명이 되었다? 예전부터 【신관】을 넣지 않았다?

나를 기억하지 못한다. 그 시점에서 가능성에 넣어놨어야 했다.

—나 **이외**는?

빈스는 잊어버린 게 아닐까? 에미도, 자넷도.

"아아…… 어쩜 이리도 즐거운지……!"

색기에 채색된 아름다운 목소리가 귀에 끈적하게 달라붙었다. 옆에서 보면 모두가 부러워할 미녀들에게 둘러싸인 하렘 용사 파티다.

그러나 나에게는…… 빈스가 바닥이 보이지 않는 늪에 끌려들어가는 듯한, 그런 정체 모를 공포밖에 느껴지지 않았다.

아리아와 몇 번이고 눈을 마주치는 것도 약간 거북했기에, 맞은편의 여자에게 시선을 돌렸다. 【신관】인가.

회복술사가 필요 없다면서 나를 쫓아냈는데, 【성자】보다 하위인 【신관】을 고용해놓고 너는 아무런 의문도 가지지 않는 거냐.

아니, 외모로 골랐다면 불가능하지는 않겠지만…… 그렇다면 오히려 굳이 회복술사가 아니어도 된다. 아마 자넷과의 이야기에 나온 대로, 아리아와 마찬가지로『케이티가 고용했으니까』라는 이유로 채용했겠지.

이제 누가 리더인지도 모를 지경이다.

참고로 시빌라는 줄곧 창가를 보고 있다. 엿듣고는 있겠지.

빈스가 말을 이었다.

"……돈은, 변함없이 부족한가."

"네. 그 정도쯤 되는 거면, 중층 플로어 보스를 몇 번 쓰러뜨려야 할지 알 수 없어요."

"하층은 좀 더 벌 수 있겠지?"

"하층 플로어 보스는 피하기로 하죠. 그걸 상대하는 건, 장비를 갖춘 뒤에 하는 게 좋아요."

"과연. 그런가."

케이티의 말을 무척이나 믿고 있군.

뭐, 빈스는 자넷의 말도 전면적으로 믿었으니까, 원래 스스로 생각하는 타입은 아니지.

……하지만, 그렇군. 자넷의 말대로 중층 플로어 보스를 끝내고, 다음이 하층인가.

그렇다면 마왕까지도 얼마 남지 않은 셈이다.

나는 쓰러뜨렸어. 빈스.

너도 곧 어깨를 나란히 하러 온다고 생각하고 있고.

그러나 마신 토벌까지 가능할지는, 솔직히 모른다. 정말로『붉은 구제회』의 간부는 민폐이기 그지없는 놈들이었다. 그런 게 쥐도 새도 모르게 부활한다면 버틸 수가 없을 거다.

세상에는, 애슐리와 마이라 같은 사람도 적지 않을지도 모른다.

그 모든 이들을 구하겠다고 할 만큼 자만하지는 않지만, 내가 인식하는 범위라면 최대한 전원을 구하고 싶다.

"그나저나, 이대로 가면 언제가 될지 모르겠네."

"그에 관해서는 저에게 생각이 있어요."

"오, 돈을 벌 구석이라도 있는 건가?"

"네. 여기서는 좀 그러니까, 돌아갔을 때…… 후후……."

"그, 그래…… 헤헤, 이거 빨리 돌아가야겠어."

케이티의 웃음소리는, 듣고 있으면 내 가슴속에서까지 이상한 열기가 느껴진다.

'……저런 게 매력적으로 보이다니, 나도 빈스에게 뭐라고 따질 수가 없군……. 사실은 내 판단이 아니기라도 한 건가. 《큐어》를 써볼— 아니.'

그 마법은, 기분 전환 삼아 무영창으로 썼을 뿐이었다. 정말로, 줄곧 듣기만 해서 한가했으니까 썼다는 정도였다.

그러나, 내 몸에 일어난 이상한 감각은 확실하게 사라졌다.

'나았, 다고? 치료마법으로? 그렇다면…….'

나는 눈앞에 있는 시빌라에게 손을 뻗어서 커피를 막 놓아둔 손을 잡았다.

"……《큐어》."

작은 목소리로, 눈앞의 상대만 알 수 있게 치료마법을 사용했다.

시빌라가 창가를 바라본 채, 눈을 크게 뜨며 이쪽에 시선만 보냈다.

"……."

시빌라는 뭐라 말하고 싶은지 시선을 조금 이리저리 돌렸지만, 이윽고 고개를 살짝 끄덕이면서 창가를 바라봤다. ……그래. 지금은 섣불리 말하지 않는 게 좋겠지.

"케이티는 언제나 믿음직하다니까."

빠르게 식사를 마친 빈스는 자리에서 일어나더니 마지막으로 그렇게 말했다.

—우리가 언제나 의지하던 건, 자넷이잖아!

그 말로 나는 확신했다. 빈스는 이미 자넷의 기억도 잃었다.

역시 나를 알아보지 못한 건 연기도 아니거니와 눈치채지 못한 것도 아니다.

기억이, 없는 거다.

나는 네 사람이 떠나는 모습을 바라보면서 시빌라에게 눈짓을 줬다. 시빌라는 고개를 끄덕이고는 남은 커피를 단숨에 마시고 일어섰다.


여관으로 돌아가는 길, 시빌라는 묵묵히 가게를 나와 여관까지 일직선으로 걸었다.

나는 그 뒷모습을 말없이 따라갔다. 이럴 때는 섣불리 건드리지 않는 게 좋겠지. 대화가 없는 만큼, 눈앞에서 일어난 일을 이것저것 생각하게 된다.

정말로, 내가 누군지 전혀 알아보지 못했던 빈스.

유년기에 호의를 가지고 있었을 에미와 자넷에 대한 것도, 마치 처음부터 존재하지 않은 것처럼 대하고 있었다.

대체 뭐냐고? 우리 네 사람의 추억은, 그렇게 간단히 잊어버릴 수 있는 것이었나.

……아니, 그게 아니겠지. 그 자넷조차도 자기 기억을 의심할 정도로 공포에 질렸던 것이 그 영문 모를 기억 조작 능력이다.

저런 것까지 봤으니, 이제 자넷의 생뚱맞은 예측이라고 생각할 수는 없다.

케이티— 그 녀석은, 나의 적이다.

시빌라는 어떻게 생각하고 있을까. 그 등에서는 아무것도 알 수 없지만, 작은 중얼거림과 치료마법을 썼을 때의 반응. 좋은 감정은 없을 거다.


여관에 귀가를 알리고 방으로 들어갔다.

시빌라는 창문 잠금을 체크하고, 창문을 가리기 위해 커다란 커튼을 닫았다.

낮이라고는 해도, 방에 들어오는 빛이 없어지면 당연히 어두워진다. 누가 엿볼 일도 없다. 이런 건 여관도 신경을 쓰고 있는 거겠지.

다음으로 시빌라는 문의 자물쇠를 잠그고, 찰칵찰칵 소리를 내서 문이 열리지 않는지를 면밀하게 체크했다.

완전히 닫았다는 걸 확인하고, 어두워진 방에 램프를 켰다.

준비를 마친 시빌라는 겨우 나를 바라보더니, 열기가 담긴 목소리를 냈다.

"드디어 찾았어, 캐슬린……!"

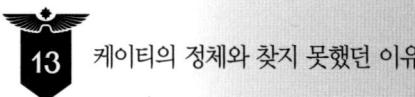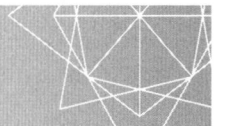

캐슬린. 대체 그 이름에 어떤 악연이 있는지는 모르겠지만, 중얼거린 순간 시빌라의 얼굴에는…… 공격적인 환희를 확실하게 엿볼 수 있었다.

"예상은 하고 있었어. 이후에는 확인할 뿐이었지. 틀림없어. 저건 캐슬린이야."

……단, 그 표정에는 초조함이랄까, 조급한 마음을 억누를 수 없는 기색도 엿보인다. 그나저나, 캐슬린이라는 이름은 들은 적이 있다.

"전에도 그 이름을 말했었지? 언제였더라?"

"아, 응. 그렇지……. 아마 무영창 때가 아니었을까? 만약 무영창을 아는 녀석이 있다면, 그건 캐슬린이라고."

아, 그때인가. 무영창을 아는 건 자신이거나 캐슬린이라고 했었다.

"그다지 신경 쓰지는 않았지만, 무영창을 아는 녀석으로 이름을 거론했다는 것과, 여신인 네가 처음부터 이름을 알고 있다는 걸로 짐작해 보면, 평범한 인간은 아니다……라고 인식해도 되겠지?"

"응. 캐슬린은 여신이야. ……그다지 놀라지 않는 얼굴이네."

"타당하기 그지없으니까……."

오히려 그게 일반인이었다면 그쪽이 더더욱 놀랐을 거다. 인지를 초월한 지식과 인류로는 도달할 수 없는 미모. 그런 존재인 거겠지.

"그러고 보니, 나머지 녀석은 알고 있나? 다른 두 명 말이야."

"음~, 어디서 본 것 같기도 하지만…… 자신은 없네. 사실 캐슬린도 조금 달랐으니까, 어쩌면 누군가가 변화한 걸지도."

변화한 건가. 확실히 이름이 다르고 외모도 다르다면 그건 누구인지 알아볼 수 없을 거다. 여신이 아닐 가능성도 충분히 있으니까, 섣불리 선입관을 가지지 않는 게 좋다. ……아니, 잠깐만.

"캐슬린도 다르다고? 저 외모가 변한 건가?"

"응. 그러면 캐슬린의 이야기를 자세히 해보기로 할까."

시빌라가 소파에 앉았기에, 나도 긴 이야기를 각오하고 근처 침대에 앉았다.

우선 시빌라가 내 질문에 대답했다.

"외모 이야기였지? 우선 대전제로, 금빛 머리를 가진 여신은 『태양의 여신』 샬럿뿐. 캐슬린의 머리는 핑크색이었을 거야. 얼굴은 그대로였지만."

과연. 그렇다는 건…….

"……적어도 태양의 여신은 아니라는 건가."

"응. 캐슬린은 『사랑의 여신』이었어."

사랑의 여신이라.

지금 봐서는 사랑이라기보다는 애욕이나 애증의 여신이라 표현하는 게 나은 듯한 느낌이다. 시빌라는 가게에서 본 케이티의 모습을 떠올리고 있는지, 고개를 내저으며 한숨을 내쉬었다.

　"하아~. ……불찰이었어. 이름이나 모습이 다를 가능성은 있다고 생각했지만, 꽤 아슬아슬한 모습으로 돌아다니고 있었네. 미묘하게 의식의 사각이라고나 할까, 맹점이라고나 할까."

　"그 기색을 봐서는 찾아다니고 있었나 보군."

　"응. 친한 녀석은 캐슬린(Catherine)을 캐시(Cathy)라고 불렀어. 그래서 캐시라든가, 전혀 다른 이름을 쓸 줄 알았는데……."

　시빌라가 손가락으로 글을 썼다.

　손가락을 빙글 움직인 뒤, 그 글을 부정하듯 휘둘렀다. 다음으로 그 손끝을 똑바로 내려서 멈췄고, 그 선이 직각으로 꺾이면서 옆으로 이어졌다.

　"설마 캐슬린(Kathleen)이라는 아슬아슬한 이름에, 그 약칭인 케이티(Katie)라는 이름을 대고 있었을 줄이야. 애초에 원래 이름은 굳이 따지자면 『캐서린』이니까, 오히려 이 개명은 들키기 쉬울 정도로 위험한 개명이야. 하지만…… 그래서 더더욱 들키지 않았던 거겠네."

　시빌라의 설명에서 나는 뭔가 기시감을 느꼈고, 그건 예전에 시빌라가 했던 말이었던 걸 깨달았다.

　수영복으로 갈아입었을 때, 태양의 여신교에게 모습이 들키지 않도록 최대한 숨어있어야 하는 『어스름의 여신』인 시빌라는 오히려 자기 모습을 대대적으로 과시하고 있었다.

즉, 그 여자는 캐슬린이라는 이름을 감추고자 일부러 『캐슬린』이라고 쓰고 있었던 거다.

"과연. 확실히 눈에 띄는 존재는 수상한 존재라고 의심하지 않게 되지."

시빌라는 눈시울을 누르면서 커다란 한숨을 내쉬며 말없이 수긍했다.

"자, 그럼. 이야기를 들은 즈음에서, 꼭 물어봐야 할 게 있어."

"……응."

"케이티가 대체 누구인가. 그 이상으로 신경 쓰이는 게 너야. 드디어 찾았다고 했었지? 시빌라, 너는 캐슬린을 쫓고 있었던 거냐?"

시빌라는 내 질문을 듣고 조금 말하기 힘들다는 듯 시선을 돌렸다. 비밀주의인 부분이기는 하지만, 나는 말할 수 없는 부분은 물론이거니와 말하고 싶지 않은 부분 역시 말하지 않아도 된다고 생각한다. 그러나, 그래도 시빌라의 이야기를 들으면서 분위기로 알게 된 것이 있다.

그건 시빌라가 그 케이티— 아니, 캐슬린이라는 여자에게 상당한 감정을 품고 추격해 왔다는 점이다.

"시빌라, 가르쳐줘. 네가 캐슬린을 찾던 이유를."

"그다지 나의 사정에 끌어들이고 싶지는 않은데……."

나는 그런 말을 늘어놓는 시빌라에게 진심을 담아 한숨을 내쉬었다.

보통 여기서 사양하나? 뭐, 이 녀석은 자기 일을 말해야 하면 사양하지 않을까 생각하기는 했지만. 그래서 나는 이 녀석에게 자신의 의지를 단호하게 전했다.

"새삼스러워. 이미 네 사정에 말려들었고, 빈스가 저렇게 되어버린 이상 나의 문제야. 애초에 마신 토벌에서는 내가 너를 끌어들인 셈이니까, 너도 조금은 억지로 끌어들여 주지 않으면 진정이 안 돼. 애초에 너에게 사양 같은 건 안 어울려. 됐으니까 포기하고 말해."

"그런 부분은 참 성자라니까."

시빌라는 눈을 감고는 크게 심호흡했고…… 다시 눈을 뜨더니 어깨를 으쓱하면서 웃었다.

그래그래. 너는 그런 얼굴인 게 나아.

"그러게. 새삼스러웠네. 하지만, 그렇게 말해주면 마음이 편해서 좋아. 마신 토벌은 정말로 죽을 뻔했으니까, 나의 문제도 단번에 해결해 달라고 해볼까."

이야기하기로 결심한 시빌라는 시선을 허공으로 보내면서 조용히 중얼거렸다.

"캐슬린은 말이지. ―나의 언니를 은퇴하게 만든 여신이야."

여기서 케이티와 시빌라의 언니 이야기로 이어지는 건가…….

"확실히 이름은…… 프리실라라고 했던가?"

"응."

"조금씩 약해졌다고 들었는데, 그 원인이 캐슬린에게 있었다는 건가."

시빌라는 묵묵히 수긍했다. ……아무래도 에미와 자넷이 상대하던 여자는 상상했던 것보다 훨씬 성가신 존재인 모양이다.

"무슨 경위로 그렇게 되었는지, 가르쳐주는 거겠지?"

"물론……이라고 말하고 싶지만."

시빌라는 눈을 감고 허파에 있던 공기를 힘차게 내뱉고는 고개를 가로저었다.

"똑같아."

"똑같다고?"

"에미와 자넷. 두 사람의 증언과 언니의 증언이 똑같아. 뭐, 그게 『케이티는 진짜로 캐슬린이 아닐까?』라고 생각한 몇 가지 이유 중 하나였지만."

시빌라의 대답으로 나도 어느 정도 짐작할 수 있었다. 그때 에미가 뭐라 말했던가. 자넷이 그 두뇌로 분석해서 어떤 결론을 내렸는가.

모두가 케이티를 명확하게 『악』이라고 단정하지 못했다. 그뿐만 아니라, 에미에 이르러서는 칭찬하는 언동 말고는 하지 않았을 거다.

자넷조차도 케이티가 뭘 저질렀는지 상황을 토대로 도출해 내는 게 고작이었다. ……아니, 오히려 여신을 함정에 빠뜨린 상대를 그렇게까지 분석할 수 있었던 거니까, 자넷 말고는 도저히 그 결론까지 도달하지 못했을 거다.

분명 캐슬린에 대한 감상은 시빌라의 언니라도 변함없었겠지.

"응? 잠깐 기다려. 지금 너는 『몇 가지 이유』라고 말했지? 그렇다면 그것 말고도 케이티가 수상하다고 판단한 이유가 있는 건가?"

"잠깐 기다려."

내 질문을 들은 시빌라는 그렇게 말하고는 방을 나가버렸다. 대체 뭐야……. 그렇게 생각하는 사이, 곧바로 문을 노크하는 소리가 들렸다.

내가 문을 열자, 음료수를 두 개 든 시빌라가 서 있었다. 발로 노크한 건가.

"이야기도 길 테니까, 조금 마시자."

"그래. ……아니, 잠깐만. 엄청 차가운 음료수를 골라왔잖아. 얼음도 떠 있고."

이런 쌀쌀한 계절에 이런 음료수를 가져오다니, 대체 무슨 판단이야…….

이런 것도 모르는 시빌라가 아니라고 생각하는데……. 이봐, 뭐 하는 거야?

시빌라가 내 컵에 손을 대자, 곧바로 얼음이 녹으면서 안에 든 차가 곧바로 증기를 내기 시작했다.

"데우는 마법을 무영창으로 쓴 건가."

"맞아."

굳이 얼음이 떠 있는 음료수를 시켜 놓고 그걸 다시 데우다니……. 아니, 잠깐만.

어째서 건네주고 나서 쓴 거지? 게다가 이 위화감…… 예전에도…….

"……자넷."

내 중얼거림을 듣자, 시빌라가 만족한 듯 끄덕였다. 그런가. 이 녀석은 그때 이미 그 위화감을 가장 먼저 깨닫고 자넷에게 확인을 했었다.

말하지 않았는가. 애초에 시빌라가 캐슬린의 이름을 꺼냈을 때의 소개가 『무영창을 가르쳐줄 수 있는 자』였다.

역산하면, 무영창을 사용한 녀석에게 그걸 가르친 상대가 캐슬린이라는 해답에 도달한다.

"시빌라는 이미 자넷과 케이티의 이야기를 하고 있었군."

"그런 거야. 그 아이가 무영창을 당연한 듯이 쓰고 있었으니까, 이건 확실히 만났다고 생각했어."

나와 에미가 목검으로 맞부딪치는 사이, 두 사람은 그런 대화를 나누고 있었나.

"그러고 보니 연일 자넷과 무슨 이야기를 나누던데, 뭔가 대책이라도 생각한 건가? 대화 내용은 가르쳐줄 수 있겠지?"

"음...... 비밀!"

얼버무렸다. 여기까지 와서 보통 그걸 비밀로 하나?! 아니, 이 녀석이라면 여자끼리의 대화라는 이유로 비밀로 삼는 정도는 있을 법하다. 시빌라니까!

"뭐, 대책 같은 건 세워놨어. 하지만 아까 그건 예상 밖이었어."

"그거?"

"네가 했잖아. 큐어 말이야."

아, 그러고 보니 그랬지.

"꺼림칙한 느낌이 들어서 써봤는데, 몸의 위화감이 나아서 놀랐어. 보아하니, 너에게도 뭔가 변화가 있었던 건가."

"응. 완전히 당했네…… 무영창일 테니까 뭘 했는지는 모르지만, 상태 이상계야. 자넷의 대화에서 나왔던 감각의 이상이라고 생각해."

그런가. 그건 역시 내면에서 나온 게 아니라 바깥에서 심은 것이었나.

"주변 녀석들은 어째서 알아채지 못했지?"

"반대로 묻고 싶은데, 러셀은 어째서 『꺼림칙한 느낌』이 들었다고 생각했어?"

그러고 보니…… 어째서일까. 그때 케이티의 목소리를 들으니 강렬한 위화감이…… 그 여자의 색기와 심장의 고동이 아무래도 나를 덮어씌우는 듯한…….

자신이, 자신이 아닌 누군가가 되어가는 느낌이 들었다고 해야 할까……?

"잘 표현할 수 없지만, **나답지 않다**고 생각했기 때문이었을까. 그런 타입은 거북할 텐데, 어딘가 매력을 느끼고 있는 자신에게 위화감을 느꼈던 걸지도 몰라."

내 애매한 대답을 들은 시빌라는 눈을 동그랗게 뜨더니…… 갑자기 웃음을 터뜨렸다.

"아하하! 뭐야 그거, 최고네! 넌 정말 재미있어!"

"이봐, 나에게는 꽤 위험한 감각이었어. 멍청하게 웃지 마, 때린다."

"아~, 미안미안! 뭐, 다시 말해서 케이티를 매력적으로 여기는 건 자신에게는 있을 수 없다고 생각한 거네."

"어폐가 있기는 한데……. 매력이 없다고는 생각하지 않지만, 보면서 『이렇게는 느끼지 않겠지』라고 생각했달까……."

프레데리카를 예쁜 누나 같은 사람이라고 생각한 적은 있지만, 색기를 느끼더라도 프레데리카를 충동적으로 덮치고 싶다거나 하는 일은 있을 수 없다. 좀 더 정신적인 부분에서, 가까운 사람이자 가족처럼 친하게 지내고 싶다고 생각하고 있으니까.

여성적인 매력이라면 에미에게도, 자넷에게도 느낀 적이 없는 건 아니다. 그러나…… 그건 오랜 세월 쌓아온 무게가 있고, 내면을 몇 번이나 봐왔기에 매력을 느낀 거다.

케이티처럼 처음에 본 인상 하나로 매력을 느끼는 건 나답지 않다.

"요컨대, 러셀은 저항한 거야. 너의 극도로 딱딱했던 과거가 케이티를 이긴 거지. 평범한 남자라면 『매력을 느끼는 게 당연하다』가 되어버리지만, 러셀은 그렇지 않았어. 정말 무척이나 순박하고 벽창호네— 꺄앙!"

마지막은 한 방 먹여줬다. 그건 명백하게 칭찬이 아니잖아.

"결국 너는 무슨 말을 하고 싶은 거냐."

"아야야……. 뭐, 요컨대."

시빌라는 일어나서 자신감 넘치는 표정으로 나를 척 가리켰다.

"매료가 상태 이상이라는 걸 밝혀낸 데다, 『사랑의 여신』이 상대라도 인간 남자는 저항할 수 있다는 것— 특히 러셀은 그 매료를 자기 힘으로 저항할 수 있는 데다 몇 번이나 치료마법을 쓸 수 있지! 이건 남자가 그 녀석을 상대할 때 가장 중요한 정보야!"

주먹을 움켜쥔 파트너 여신은, 나에게는 가장 믿음직한 말을 꺼냈다.

"—이길 가능성이 생기고 있네."

시빌라에게서 나온 그 한마디는, 이 상황에서 가장 든든한 선언이었다.

"좋아. 다음은 어떻게 움직이지?"

"그게 어렵단 말이야. 아무래도, 용사 빈스가 혼자 있는 순간은 도저히 상상이 안 가는걸."

"혼자 있는 순간? 빈스를 그 녀석들에게서 떼어내면 어떻게 되는 건가?"

자넷의 말에 따르면, 확실히 빈스는 기억을 빼앗겼을 거다. 그 녀석만 빼내더라도 어떻게 된다고 생각할 수는 없다.

내가 의문을 던지자, 시빌라는 잠시 고민하면서 대답했다.

"확률이 어느 정도나 될지는 모르겠지만…… 기억을 그대로 빼앗는 건 조금 어렵다고 생각하거든. 기억하는 건 간단하더라도, 잊을 수는 없으니까?"

"……그건 일반적으로 생각해서 반대 아닌가?"

우리 인간을 너처럼 뭐든지 팍팍 기억하는 머리 회전 빠른 여신과 같이 보지 말라고.

"아아, 아냐아냐. 공부 같은 것의 기억이 아니라 **일상**에 얽히는 거야……. 예를 들어 『이틀 전의 저녁 식사』 같은 건 금방 떠오르지 않지?"

"그건…… 그렇지."

수프 아니면 스테이크겠지만, 자신은 없다. 어제는 수프였다.

언제나 먹고 있는데, 이렇게나 떠오르지 않는다면 프레데리카……와 자넷에게도 미안한 마음이 든다.

"아아, 정말. 너는 금방 그런 표정을 짓네. 너무 신경 쓸 것 없어. 어제라면 몰라도 이틀 전은 의외로 다들 떠오르기 힘들어해. 이건 이야기의 본론이 아니야."

"그런 건가."

"응. 그럼 또 하나 질문하겠는데,『걷는 법』은 잊을 수 있을까?"

그건 무슨 소리지? 바보 취급하는 건가?

"달리는 법은? 하늘의 색은? 잊을 수 있을까?"

바보 취급하고 있군.

"화낸다."

시빌라는 내 대답을 듣자…… 오히려 진지한 얼굴로 답변했다.

"그래. 잊지 않아. 처음에는 러셀도 몇 번이나 무릎이 까였겠지만, 지금은 걸을 수 있어. 한 번 익힌 건 잊지 않아. 오랫동안 걷지 않더라도, 걷는 법을 잊는 일은 없어."

"……당연한 거잖아. 무슨 소리를 하는 거야?"

"그런 특정한 기억은 봉인하는 거라면 몰라도, 빼앗는 건 어렵다고 생각하거든.『걷는 법은 잊어버렸지만, 달릴 수는 있다』같은 셈이니까. 만약 기억을 모조리 빼앗는다면, 양쪽 모두 하지 못하게 하는 쪽이 간단할 거야."

……확실히. 걷는 법만 잊는다는 건 전혀 상상이 가지 않는다. 즉, 기억만을 빼앗는다는 건 그만큼 불가능에 가깝다는 거다.

시빌라는 주의점을 파악해 두려는 듯 손가락을 세웠다.

"그러니까…… 용사가 『러셀은 잊었는데 자넷은 기억한다』 같은 건 어려울 거야. 그런데 지금의 그는 모두를 잊어버렸어. 아마 한 명씩 기억을 빼앗았을 거야."

"……그렇다면."

"어쩌면 기억은 『복제해서 봉인한』 걸지도. 러셀의 기억을 봉인해서 오히려 의식하지 못하게 하고 있는 걸지도 몰라. 그래서 회복술사<sup>힐러</sup>를 고용했다고 생각하는 게 타당해."

그런가. 그렇다면 앞뒤가 맞는다.

빈스는 나를 추방한 뒤, 자넷에게 회복마법을 맡기고 있었다.

그래도 【신관】은 필요할 가능성이 높았다. 하지만 나를 쫓아낸 이상, 회복술사<sup>힐러</sup>를 고용하는 건 그 녀석의 자존심이 허락하지 않았을 거다.

그러나 나의 기억 그 자체가 없다면?

설령 자넷이 있었더라도, 케이티가 『신관이 필요』하다고 말한다면 빈스는 고용하겠다고 판단할 거다. 단, 자넷의 기억을 없앨 수는 없었다.

그것이 시빌라가 나의 기억만을 봉인했다고 분석한 이유.

빼앗긴 게 아니다. 이건 자넷이 말했던 수용 감각 이야기의 아종이다. 만약 육체가 아니라 정신에 작용하는 상태 이상이라면—

"―어쩌면 【성자】의 치료마법으로 치료할 수 있다?"

내가 그렇게 중얼거리자, 시빌라는 팔짱을 끼며 고개를 끄덕였다.

"물론 기억 복제 마법 같은 건 모르고, 내 예상도 정답이라고 단정할 수는 없어. 그래도."

"가능성은 얼마든지 예측해도 좋다, 그거겠지?"

나는 시빌라의 다음 말을 빼앗았다.

그녀는 순간 놀라며 맨얼굴을 보이더니, 곧바로 기쁜 듯이 고양이처럼 웃었다.

"그런 거야. 말이 술술 나오게 되었네."

이미 오래된 사이니까. 아니, 시간으로 치면 그렇게 오래되지는 않았나.

이 녀석과 말하다 보면 완전히 오랫동안 어울리던 상대라는 감각에 빠진단 말이지.

"자, 그럼! 그걸 모두 감안한 뒤에, 우리가 해야 할 일은 하나."

시빌라는 즐겁게 웃으면서 창문 커튼을 힘차게 열었다.

아직 밝은 오후의 태양이 어두운 방에 눈부신 빛을 가차 없이 쏟아붓고 있다.

순간적인 눈의 통증을 버티자, 그곳에는 모자를 쓰고 즐겁게 웃는 여신의 모습.

"자넷이 말했던 이야기의 확인도 겸해서, 정보 수집이야!"

역광이 비치는 어스름의 여신은 그 이름답지 않은 태양 같은 미소를 지으며 창밖에 엄지를 가리켰다.

시빌라는 모자챙을 손가락으로 즐겁게 튕기면서 하몬드를
돌아봤다.

"그 모자는 한동안 쓸 거냐?"

나는 내 머리에 쓴 것을 매만지면서 말했다.

"그야 그래야겠지. 러셀의 머리카락은 역시 이 주변에서는
드무니까, 눈에 띄거든."

"본심은?"

"가끔은 패션을 바꾸기도 해야지!"

뭐, 그런 거겠지. 그러나 내 머리색이 드물다는 건, 여전히
흑발의 인간과 마주친 적이 없다는 걸 보더라도 간단히 예상
된다.

"문득 생각한 건데, 케이티에게 내가 러셀이라는 걸 들키지
않았을까?"

"가능성의 승부라면 양자 반반의 싸움……이라고 생각하지
만, 아마 십중팔구는 모를 거야."

얼마나 경계하고 있나 했는데, 설마 하던 80% 이상 괜찮다
는 발언이 나왔다. 항상 위기감을 가지고 있는 이 녀석치고는
드문 일이다.

"근거는?"

"너를 꽤 이리저리 살펴보고 있었으니까. 시선이라는 건 본인이 알아채기 쉽거든. 그래, 예를 들면……."

시빌라는 이쪽을 바라보며 입을 다물었다.

대체 뭐지? 나를 보고는…… 시선을 조금 틀었다. 그리고 다시 내 쪽을 보더니 이번에는 완전히 똑같은 방향으로 돌렸다. 무척이나 신경 쓰이는데.

내가 오른쪽 어깨를 보자, 어째서인지 그곳에는 나비 한 마리가 올라가 있었다.

"벌레에게 사랑받다니 무척이나 소녀 같은 능력이네! 조만간 하늘하늘 포위당하겠어."

"어울리지 않는 것도 정도가 있잖아. 그만둬……."

어깨를 풀썩 떨구자, 말할 것도 없이 그 순간 나비는 내게서 날아올랐다.

"그런데, 나는 아까 너에게 벌레가 붙은 걸 『시선』으로 알렸어. 거기까지는 이해할 수 있지?"

"그래. 시선을 조금이라도 틀면 꽤 신경 쓰이더라."

아무리 잠깐의 시간이라도, 시선이라는 것의 힘은 상당히 강하다. 같은 방향으로 두 번이나 틀면 신경 쓰여서 견딜 수 없게 된다.

"그러니까 내가 보더라도 캐슬린…… 왠지 머리색도 있어서 복잡하니까 편의상 케이티라고 부를까. 케이티의 시선이 어떻게 움직였는지 알고 있는데."

시빌라는 손등으로 내 가슴을 살짝 두 번 두드렸다.

"너는 당연히, 어떤 시선을 받았는지 알아채고 있겠지?『흑연의 성자』님?"

"모습은 어렴풋이 일치하지만, 로브가 하얀색에서 흑연색이 된 나라는 건 눈치채지 못했겠지."

이런 모습으로 태양의 여신교 소속【성자】라는 건 좀처럼 생각하기 힘들 거다.

"그런 거야."

그래서 금방 흥미를 잃고 시선을 빈스 쪽으로 돌린 건가. 나를 보고『이 남자가 아니다』라고 생각했겠지.

"단."

시빌라는 만족스럽게 끄덕이고는, 검지를 내 눈앞에 세웠다.

"이건 지금 이야기하고는 조금 다르지만, 협공해서 상대의 배후를 점했을 때 정면에 있는 사람의 시선이 상대의 뒤로 두 번 이상 향하면, 금방 배후를 빼앗겼다는 게 들켜."

그건 그렇겠지. 나도 자신의 적이 아무것도 없는 공간을 신경 쓰고 있다면 그곳에 무엇이 있다고 생각하게 된다.

"이 시선이라는 것의 힘은 결코 근력이나 마력 같은 건 아니지만, 굉장히 커다란 힘을 가지고 있어. 그러니까 만약 한순간이라도 바라본다면, 일부러 다른 방향으로 시선을 돌리거나 너무 부자연스럽지 않게 상대에게 시선을 고정하는 걸 의식하도록 해."

"시선 유도도, 너무 노골적이면 오히려 노린다고 생각하게 된다는 건가."

"이해력이 빠르네. 상대의 머리가 좋다면 틀림없이 『처음에 시선을 돌리고, 그 이후 전혀 바라보지 않는다』라며 경계를 강화할 거야. 반대로 몇 번이나 바라본다면 페인트라고 느끼겠지."

······이거야 원. 어려운 주문이다. 그러나 이 지식도 아는 것과 모르는 건 커다란 차이를 만들겠지.

"아직 경계하지 않고 있을 때 모조리 조사하자."

그 말에 수긍한 뒤, 우리는 다음 목적지로 향했다.

시빌라가 선택한 곳은 하몬드의 유일한 모험가 길드. 아드리아의 작은 마을과는 비교도 되지 않을 만큼 크고, 사람이 많다.

시빌라는 옷과 같은 색상을 한, 입가를 가리는 마스크를 써서 얼굴을 가렸다.

"너, 그런 차림을 하고 있었던 거냐?"

"이렇게 있으면 눈에 띄지 않잖아? 【어새신】 같고."

확실히, 얼굴 대부분을 천으로 가리고 무기가 나이프인 쇼트 팬츠 여자. 뭐, 【마도사】로는 보이지 않는다.

케이티도 역시 변장하고 있던 게 아닐까? 그렇게 생각하고 있는데, 시빌라가 말을 걸어왔다.

"러셀은 일단 내게서 떨어져서 멀리서 엿듣고 있으면 돼."

"이야기하지 않는 게 나을까?"

"응. 앗, 귀여운 공주님 시빌라가 습격당할 것 같으면 도와

주러 오는 게 왕자님의 역할이니까 꼭 와야 해!"

"모자챙부터 신발 끝까지, 너에게는 공주님 느낌이 조금도 없으니까 안심해."

"부우~!"

시빌라는 뺨을 부풀리며 항의의 뜻을 내비치면서도 접수대 쪽으로 향했다.

그러고 보니 이 녀석도 원래는 이쪽에 있었던가. 줄곧 저 차림으로 활동했다고 생각하면 자연스럽다.

나는 근처 기둥에 기대서 시빌라와 접수대 남자의 대화를 엿들었다.

"오랜만이네."

"오오, 시빌라 씨 아닙까. 한동안 어디에 있으셨죠?"

"마을 쪽이 던전으로 넘쳐나는 것 같았으니까. 그거야. 던전 스칼렛."

"배트 말임까."

"응. 토벌이 끝났으니까, 한동안 다른 곳에서 일하다 돌아온 거야."

과연. 확실히 증언을 받을 수도 있고 거짓말은 하지 않았다.

"아드리아 쪽에서 들었는데, 산 쪽에서 넘친다고 하더라. 안 가는 거야?"

"우리 던전 상층 쪽이 편하니까요. 레서 타우로스에 익숙한 녀석들이라면 늑대는 무리죠."

레서 타우로스라는 건 하몬드 던전에서 처음에 적대하게

되는 마물.

특징은 소머리와 성인 남성 정도의 육체. 단, 아무튼 움직임이 느리고 곤봉을 휘둘러도 의미가 없을 만큼 약하다. 파티가 두 명 이상 된다면 질 일이 거의 없는 상대다.

그 던전이 상층에 펼쳐져 있다는 게, 하몬드라는 도시를 거점으로 삼은 이들에게 인기가 있는 비밀이다.

반면, 산에서 나오는 마물은 늑대 타입. 사족 동물 계열의 움직임은 재빠르고, 위험도 크다. 게다가 던전의 위치로 모른다.

"뭐, 이 도시라면 괜찮겠지. 그나저나……."

시빌라가 손에 올리고 있던 접수 테이블에서, 이번에는 팔꿈치를 올려 기대는 자세를 잡았다.

"용사 파티. 뭔가 단번에 모습이 변해버렸더라. 무슨 일 있었어?"

왔다. 본론으로 들어갔군. 접수대 남자도 시빌라에게 얼굴을 내밀더니 진지한 표정을 지었다.

"그 파티, 뭔가 탐색이라도 하려는 건가요?"

"무슨 소리야. 이 나잖아? 탐색 같은 건 언제든 할 수 있다고."

능숙하다. 의심을 사려고 할 때 부정하지 않고 당연하다는 듯이 이야기를 끌고 간다.

"아, 그래도 신관은 찾았으니까 이제 됐어."

"아…… 그러고 보니 그랬죠."

그리고 나를 찾기 이전, 【어스름의 마경】 후보인 회복술사<sup>힐러</sup>를 찾고 있던 시절 이야기를 꺼냈다. 이러면 케이티를 노리고 정보를 수집하고 있다고 생각하기도 힘들겠지.

접수대 남자는 경계를 풀고 시빌라의 이야기에 이끌렸다.

"용사 파티라면 정말로 그렇게 되었더라고요. 아니, 줄곧 혼자였는데 갑자기 여자를 거느리기 시작해서…… 당대의 용사는 글러먹었슴다."

……나는 접수대 남자가 꺼낸 말을 듣고 저도 모르게 모자로 얼굴을 가리면서 고개를 숙였다. 놀라움이 표정에 드러나지 않도록 하기 위해서다. 줄곧 혼자였다? 나와 빈스가 함께 있던 걸 네가 줄곧 상대해 왔었잖아……?

"그래서는 마왕 토벌 같은 건 무리지 않을까요?"

"흐응, 여자의 실력은 괜찮지 않아?"

"확실히 유능하기는 하죠. 그래도, 공격마법에 너무 의존한달까."

"네 명 다 그러니까."

"뭐야. 알고 계셨나요."

"던전에서 만났거든."

가볍게 대답한 직후, 시빌라는 뒤쪽을 슬쩍 돌아보면서 접수대에 말했다.

"슬슬 토벌에서 돌아온 사람들이 늘어날 시간이 되었으니까, 나는 이만 갈게."

"네. 잘 부탁드림다. 산 쪽, 가신다면 아무쪼록 무리하지 마세요."

시빌라는 마지막으로 손을 흔들며 대답하고는 내 쪽……은 보지 않고 그대로 밖으로 나갔다. 일행이라는 걸 들키지 않기 위해서겠지. 조금 기다리고 나서 길드를 나왔다.

 밖으로 나오자 문 바로 옆에 시빌라가 팔짱을 끼고 벽에 기대었다. 나를 알아채고 눈을 맞춘 직후에 그 자리를 나왔기에 나도 뒤를 따라갔다.

 결국 여관 근처까지 돌아온 이후, 시빌라가 겨우 이쪽에 말을 걸어왔다.

 "어떻게 생각해?"

 "언제나 뜬금없다고 따지고 싶지만……."

 어떻게 생각하냐는 말을 듣고 떠오르는 건 하나밖에 없다.

 "무언가를 당했군. 시빌라의 예상이 올바르다면, 기억의 봉인인 건가."

 기억을 빼앗겼다면 나를 기억하지 못하는 것도 이해가 된다. 그러나 단계적이고 자잘하게 에미와 자넷의 기억도 잊어버린 데다 다른 인간도 우리의 기억이 없다.

 "그것도 있지만, 또 하나 눈치채지 못했어?"

 "……뭐지?"

 그 접수대에서의 대화에서 또 부자연스러운 점이 있었나?

 "빈스와 케이티의 대화, 기억해? 그 녹색 여자를 뭐라고 소개했는지."

 "회복술사<sup>힐러</sup>잖아?"

 "맞아."

대체 그게 지금 대화와…… 아니, 잠깐만.

공격마법에 너무 의존하고 있다? 시빌라는 그때―.

"블러프를 걸어봤는데, 무사히 끄집어낼 수 있었네."

―네 명 다 그렇다고 말했었다. 그럼 그때의 대화에 나온 정보가 거짓말이라는 뜻이 된다.

"빈스는 아무래도 케이티를 완전히 믿고 있어서, 파티 합류 접수도 맡기고 있는 것 같아. 태그도 안 봤을 거야."

그 케이티가 데려온 멤버. 시빌라는 잔혹하게 단언했다.

"자넷을 재운 시점에서 생각하고 있었고, 식사 중의 대화로 확신했어. 마지막 여자가 회복술사로 활약하고 있다면, 정신에 작용하는 최면마법을 사용한 시점에서 【현자】야. 케이티는 빈스를 신뢰하는 것 같지만, 진실을 가르쳐주지는 않고 있어."

나는 시빌라의 말을 듣고 진심으로 무섭다는 느낌이 들었다.

기억을 빼앗은 이유. 동료를 자신들 패거리로만 굳힌 이유. 여전히 모르는 것이 많지만, 그래도 지금의 나조차도 확실하게 알 수 있는 게 있다.

케이티는 뭔가 목적이 있어서 빈스를 속이고 있다. 그것도, 누구나 좋아할법한 태양의 여신 같은 미모와 웃음을 흩뿌리면서, 미안한 시늉조차 없이.


시빌라가 다음으로 향한 곳은 점심을 먹었던 곳 근처. 자넷의 이야기에 따르면, 이 근처의 비싼 고액 여관에 묵고 있다는 모양이다.

나와 함께 있을 때는 싸구려 여관이었으면서, 내게 돈을 쓸 필요가 없어진 지금은 케이티를 파티에 넣어서 비싼 여관에 들어온 건가? 무척이나 건방진 짓을 하고 있군.

이건 에미와 자넷이 함께 있을 때부터니까, 기억이 어쩌니 하는 것과는 상관없다. 에미의 이야기에 따르면, 처음에는 나를 기억하고 있었다고 하니까.

역시 돌아온다면 한 방 두들겨 팰까.

"그럼, 이곳에 뭐가 있는 거지?"

"실제로 케이티를 어떻게 인식하고 있는지 조금 더 확인해 보고 싶어. 남자 상대라면 내가 움직이는 것보다 엉큼한 네가 움직이는 게 나아 보이네."

"그게 뭐야……."

"그치만, 이렇게나 귀여운 시빌라를 덮치고 싶어서 참지 못하는 늑대가 무관심한 척을 할 수 있을 리가 없잖아!"

변함없이 과대 해석이 엄청나다. 사람이 왕래하는 길에서 할 말이 아니다.

"요컨대, 케이티에 대해 묻고 다니면 되는 거겠지?"

하고 싶은 말은 이해한다. 여자의 정보를 여자가 캐묻는 것도 이상하니까, 남자인 내가 흥미를 보이는 편이 부자연스럽지 않겠지.

"뭐, 그런 거야. 남자에게 묻는다면 남자, 여자에게 묻는다면 여자니까."

나에게 설명을 마친 시빌라는 주변을 빙글 돌아봤다. 나도 시선을 움직이자, 시간을 때울 만한 서점이 있었다. 결국 들어간 적은 없었던가.

"이정표라면 저 건물이 좋지 않을까?"

"그러게. 평가를 가볍게 듣고 나서 여기에 모이자."

나는 시빌라와 이야기를 끝내고 서로 다른 곳으로 걸어갔다.


무척이나 비싸 보이는 여관에는, 의외로 같은 길드에서 본 적이 있는 얼굴이 있었다.

그래. 상층에 연일 어슬렁거리는 것만이 아니라 중층 근처까지 들어갈 랭크에 있는 녀석이라면 이런 여관은 여유롭게 묵을 수 있겠지.

나는 여관 근처 벤치에 앉은 한 파티에게 말을 걸었다. 길드에서 본 적이 있는 이야기 좋아하는 녀석들인데…… 아마 이 녀석들도…….

"이봐, 묻고 싶은 게 있는데 괜찮을까?"

"뭔데?"

남자들은 순간 눈을 마주쳤고, 그중 한 명이 대답했다.

"이 주변에 유명한 용사 파티가 있지? 이야기를 듣고 싶어져서."

남자 한 명이 나에게 흥미가 생긴 듯 움직였다.

"혹시 그 케이티 씨에 대한 것 아냐?"

그 말에 주변 사람들도 일제히 움직였다.

이름도 알고 있다는 건, 숨기거나 하는 건 아니라는 뜻인가.

"그래. 좋다고? 이야~, 그건 굉장하지."

굉장하다는 게 어디에 해당하는지 모르겠지만…… 물어볼까.

"실제로 싸우는 모습을 본 적은 있나?"

"던전 안에서? 있지. 용사라는 녀석이 강한 거야 당연하지만, 다른 여자들도 굉장하다고. 아마 우리보다 강할걸."

과연……. 이 주변에 살고 있다는 건, 이 녀석들도 결코 약하지는 않다. 하지만, 그래도 평가할 수밖에 없을 만큼 강하다는 거다.

"나는 다른 두 사람은 잘 몰라. 뭔가 알고 있나?"

"그래그래, 좋다고. 케이티는 공격마법이 굉장하잖아? 그건 【마경】이라는 녀석 아닐까? 그게 아니라면 상당히 고레벨이라고."

"아리아도 좋은 여자야. 그래 봬도 움직임이 빨라."

"나는 마델린이 제일! 회복술사 여자아이라니 좋단 말이지~. 게다가 조용하고 무척 귀엽다니까."

남은 한 명의 이름, 마델린이라고 하나.

그나저나 조용하다……라. 그 여자가 싸구려 여관에 몇 번이고 발을 옮기고, 모습을 드러내지 않은 채 자넷을 연일 재우고 있었다는 걸 몰랐다면 확실히 아름다운 외모이긴 하다.

유감스럽게도 나에게는 차가운 눈을 가진 무서운 여자라는 인식밖에 들지 않는다.

"아~. 용사는 그런 좋은 여자를 끌어들일 수 있으니까 부럽단 말이야."

"어이어이, 여신의 직업에 불평했다가는 직업을 빼앗긴다고."

"농담이야 농담. 뭐, 직업을 빼앗기지는 않더라도 용사에게 얻어맞을 테니까 어지간한 건 말하지 않을 거라고."

"그러게."

여신의 선정식에서 나온 직업^집을 비관하거나 하는 것은 명확하게 금지되어 있다.

그러나 나는 태양의 여신이 선정한 직업에 진심으로 납득이 가지 않지만 말이지.

빈스를 용사로 삼을 이유가 있었는지 전혀 모르겠다.

"용사는 줄곧 그 세 명과 함께하고 있었나?"

"그랬……었나? 으~음, 모르겠네. 뭐, 함께하고 있지 않았을까?"

"한 명이었다면 나와 함께 하자고 다들 몰려들었을 테니까."

"그야 그렇겠지!"

하하하, 하고 다들 활기차게 웃었다. 남자 세 명, 꽤 좋은 파티인 것 같다. 그러나…… 역시 기억은 애매한 모양이다. 내가 이 녀석들이 이야기를 좋아한다는 걸 아는 이유. 그건 이 녀석들이 두 번 정도 말을 걸어온 적이 있었기 때문이다.

길드에서는 종종 얼굴을 마주했는데, 내 얼굴을 전혀 모르는 기색이다. 정보 수집에는 편리하지만…… 나를 기억하는 사람이 없다는 건 형용할 수 없는 허망함이 느껴지는군…….

"보아하니 너도 솔로인가? 여자아이를 노린다면 용사 쪽 이외로 하라고. 아무래도 그 용사는 여자 독점욕이 있어 보이니까."

그건 누구보다도 잘 알고 있다. 그래도 처음 들은 것처럼 대응하는 게 좋겠지.

"충고 고맙다. 소문 자자한 파티를 알아두고 싶다고 생각해서 말이지. 갑자기 말을 걸어서 미안하군."

"괜찮아! 너, 보는 눈이 있다고. 우리는 이야기를 좋아하거든."

"이야기를 좋아하는 건 네가 아니라 나야."

"아니, 나거든."

무척이나 싹싹한 녀석들이다. 이야기를 좋아하는 수준으로 서로 다투는 건 처음 봤다.

"맞다. 겸사겸사 들어두고 싶은데, 산의 이야기는 들었나?"

"정보만이라면."

그 이야기가 나온 순간, 세 사람은 낄낄 웃었던 게 거짓말인 것처럼 바로 진지한 표정이 되었다. ……이 녀석들도 이곳에서 지내는 베테랑이다. 그 사실을 피부로 느낀다.

"누군가가 줄였는지 최근에는 전혀 못 봤다고 들었지만, 섣불리 접근하지는 않는 게 좋아."

"녀석들은 소머리보다 작기는 하지만, 압도적으로 상대하기 힘들어. 방심하면 죽으니까."

그런가……. 마물은 이미 여기까지 넘쳐나고 있을지도 모르는 건가.

"나쁜 말은 하지 않겠어. 수수께끼의 토벌자에게 감사하고 하몬드 던전에 가는 게 좋다고."

"알았다. 정보 고맙다."

나는 세 사람에게 동화를 건네주고 서점까지 돌아왔다.

시빌라는 아직 안 온 모양이다. ……서점이라.

나는 문득 신경이 쓰여서 진열된 책을 들고 내용을 읽어보기로 했다. 커다란 글자로 적힌 그림책은 간결한 그림이 그려져 있고, 용사가 던전에서 싸우는 모습을 표현하고 있다.

마물은 검고 부푼 형태다. 하층 마물이라고 치고 그린 거겠지.

용사에게는 동료가 있다. 성녀와, 검성과, 마경 세 사람. 검성과 마경은 남자다.

네 사람은 그대로 마왕을 쓰러뜨리고 이야기가 끝난다.

책을 닫았다. ……현실은, 이렇게까지 인간관계가 부드럽게 진행되지 않는다. 나는 말없이 책장에 책을 넣었다.

몇 권의 처음 부분을 가볍게 읽었다. 내용은 비슷한 이야기가 몇 개와 단순한 산수 이야기. 그밖에는 기본적인 직업 이야기, 그리고 가장 많은 건 물론 태양의 여신교 관련 책이다.

교리의 기본이 되는 책과 교리를 알기 쉽게 풀어 쓴 책. 대다수가 그것이고, 내가 있는 동안 두 명이 후자를 구입했다.

그나저나…… 이곳의 책은 모두 본 적이 없다. 그러나 굳이 따지자면, 귀중하고 진귀하다기보다는 간단한 내용인 것 같다.

이 세계의 구조에 관한 책도 있었지만, 솔직히 자넷에게 배운 이야기와 비교하면 단순한 것이라는 인상을 씻을 수 없다.

……어린 시절부터 있던 고아원 지하실. 비밀 문처럼 된 지면에 서점을 뛰어넘는 양과 내용이 들어가 있다. 책의 내용은 서점을 능가할 만큼 복잡하고 난해한 것.

어린 시절이라서 굉장하다는 생각밖에 하지 않았다. 기껏해야 나와 자넷의 비밀 장소 정도였다. 그러나 철이 들고 나서 다시금 이렇게 서점을 보니 생각하게 된다.

고아원에 어째서 그렇게 대량의 책이 있는 거지? 그 내용은 어린이는 물론이거니와 어른조차도 난해한 것이다. 그야말로 자넷 정도 말고는 이해할 수 없을 만큼.

어디에서 들여온 거지? 그 지하실은 애초에 뭐지—?

"—윽!"

갑자기 목덜미에 이상한 감각이 들어서 돌아봤다.

바라보니, 그곳에는 시빌라가 컵을 두 개 들고 있었다.

"『윽!』이라니! 너도 그런 재미있는 소리를 낼 수 있네!"

"진짜로 그만둬. 위험하잖아."

"너야말로 아까부터 서점에서 책도 들지 않고 멍하니 있는 건 시간이 아깝잖아?"

아, 그런가……. 고아원 일로 너무 생각에 잠겨있었던 모양이다. 서점에서 책도 읽지 않고 우두커니 서 있다니, 다른 손님에게도 민폐였겠지.

"일단, 자."

시빌라는 한쪽 컵을 내밀었다.

안에는 증기가 솟아오르는 음료수가 들어있다. 옆에 있는 찻집에서 산 거겠지.

"저기서 샀어. 잠시 앉아서 이야기하자."

아, 나를 신경 써주고 있는 건가. 곤란한데…… 마음을 다 잡아야겠어.

컵의 내용물을 입에 가져가자, 상쾌한 꽃향기가 퍼졌다. 기분도 진정된다.

"후우……. 미안해. 조금 고민하고 있었어."

"보면 알거든. 서점이라는 건, 고아원 지하실에 대한 거지?"

용케 알아챘군……. 아니, 이런 건 금방 알아채는 녀석이었다. 내가 긍정의 뜻을 보이며 끄덕이자, 시빌라도 「그렇겠지」라고 중얼거리면서 팔짱을 꼈다.

"그곳은 어지간해서는 생길 수 있는 곳이 아니야. 그곳 말고는 평범한데, 그 지하실만 이상해."

"시빌라가 봐도 그런가."

"응. 아드리아, 하몬드, 세이리스, 마델라……. 어느 도시에도 그런 난이도의 책은 없어. 조금 더 왕도에 가까운 곳이거나, 다른 나라에서 만든 게 아닐까?"

그렇게 멀리서, 그 정도의 책이 온 건가. 젬마 할머니나 누군가의 취미인 걸까. 당연하지만, 할머니도 젊은 시절에 뭔가 해오기는 했겠지.

"아마 그 고아원 자체에 뭔가 비밀이 있을지도 몰라."

나는 고개를 끄덕이고는 이야기를 본론으로 바꿨다.

"그나저나 케이티 말인데."

"그래. 너는 어떻게 생각해?"

"마지막 한 명은 『마델린』이라는 이름이라는 것과, 그리고 다른 모험가들도 나를 기억하지 못한다는 걸 알았어."

"좋네. 내 쪽에서도 용사 파티는 처음부터 한 명이라는 느낌인 것 같아. 조금 애매해 보였지만."

"그렇더군. 내 쪽도 단호하게 한 명이라고 하기보다는, 그다지 기억나지 않는 것 같았어."

시빌라와 서로 고개를 끄덕인 뒤, 나는 거기서 그 녀석들에게 들은 산의 던전 이야기를 꺼냈다.

늑대 마물. 시빌라는 내 이야기를 듣더니 컵의 내용물을 단번에 들이켰다.

"밖에서 울프와 뒤엉켜서 싸우는 건 피하고 싶었으니까 고맙네."

"바깥이면 얼마나 문제인 거지?"

"우선 대전제로, 그 숲속에서 불마법은 엄금이야. 그러니 나의 마법은 절반 정도 봉인하고 싸워야만 해. 과거에 산불을 일으킨 모험가의 벌금이 어마어마했거든~."

그건 봐줬으면 좋겠군…… 확실히 불마법을 쓰지 못한다면, 던전 밖으로 나온 마물이라는 것만으로도 일부 마도사는 활약하지 못하게 된다.

"또 하나는, 전방위가 열려있잖아. 던전 내부처럼 앞이나 뒤로 나뉘어 있으면 일대일로 끌고 들어가기 쉬워. 기본적으로 넓은 환경일수록 숫자가 많은 편이, 좁은 환경일수록 소수 정예가 유리하게 움직일 수 있어. 조금 이야기를 바꾸면 높은 곳이라든가 건물 안이라든가, 그런 환경을 선택하는 게 유리해지지."

"농성전인가. 확실히 세 배 정도 인원이 많지 않으면 대책을 세울 수 없다……였던가?"

"넌 정말 지식의 천장이 무너졌네……. 일단 묻겠는데, 성 아랫마을조차도 본 적 없지?"

"그래. 지식은 전부 자넷에게 배웠어."

"자넷 무섭네~. 귀여운 시빌라가 활약할 기회를 빼앗길 것 같아서 무서워~. 세상의 손실이야~."

자기 평가가 천원돌파한 여신이 호들갑스럽게 몸짓 손짓을 섞어가며 떠들어댔다.

"일단 산의 던전은 누군가가 이미 대응하고 있으니까 괜찮아 보이네. 우리는 용사 파티에 집중하자."

"그럴까."

우리는 어디의 누구인지도 모를 근면한 사람에게 마음속으로 감사하면서 향후 방침을 정했다.


그로부터 저녁을 사달라고 조르는 시빌라를 살짝 찔러주고, 반반씩 내서 먹은 뒤 여관으로 돌아오는 도중.

"정말이지~ 뭐냐고~ 돈에 여유는 있잖아~?"

"당연한 듯이 사준다는 전제로 움직이지 마."

"하아~. ……남자에게 디너 대접을 받을 기회였는데……."

조금 다정하게 해주면 금방 기고만장하는 게 그야말로 시빌라답다는 느낌이군.

뭐, 일 하나를 끝낸 뒤라면 생각해 줄 수도 있다. 결국 돌아가는 길은 줄곧 시빌라가 투덜대는 걸 흘려버리면서, 어느 정도 도구를 고른 뒤에 빠르게 여관에서 취침하게 되었다.

　시빌라에게서 의식을 돌리고 드러누웠다. 하몬드 여관의 깜깜한 방에서도 달빛으로 인해 어렴풋이 보이는 익숙한 천장. 하필이면 또 여기로 돌아오게 될 줄은 몰랐다.

　그러나, 그 시절과 똑같지는 않다.

　의지할 수 있는 파트너와 둘만의 파티가 이렇게나 마음이 편할 줄이야…….

　그러고 보니 에미와 자넷은 괜찮을까? 내가 걱정할 일은 없겠지만, 자넷에 관해서는 아무래도 신경이 쓰인다.

　……조금, 잠이 안 오는군.

　나는 방을 나와 여관 바깥의 공기라도 쐬고 오기로 했다. 목을 지나는 청량한 바람. 오히려 눈이 밝게 뜨일 것만 같다.

　여관에 묵는 손님이라면 어느 정도 자유롭게 움직일 수 있지만, 당연히 여관에 묵지 않는 손님은 자유롭게 출입할 수 없다.

　그래서 여관을 둘러싼 담장을 막기 위해, 낮에는 없었던 커다란 문이 닫혀있다.

　겨자 모양으로 된 문에서는 바깥의 낌새가 보인다.

　—여자가 있다.

　그것이 그 여자, 마델린이라는 건 금방 알 수 있었다.

　금색의 눈이 빛난다. 나는 여관을 나가는 걸 그만두고 문 틈새에서 낌새를 엿봤다. 여자는 여관 2층 부분을 올려다보고는 조용히 돌아갔다.

……아침도 그렇고, 이렇게나 집요하게 올 필요가 있나? 목적을 전혀 읽을 수가 없는데…… 방심할 수는 없겠다.


결국 그로부터 이런저런 신경을 쓰느라 그다지 잠들 수가 없었다.

'《큐어》. 다소 개운해지는군.'

그러나, 잠기운이나 피로가 완전히 해소될 정도는 아니다.

……잠깐.

피로라고 한다면…….

'《엑스트라 힐》.'

문득 떠올라서 회복마법을 사용하자, 완전하지는 않아도 피로가 가시는 감각이 들었다.

상시로 사용하는 건 그리 좋지는 않겠지만, 이런 사용법도 기억해두면 손해는 없겠지.

"여어."

시빌라가 기다렸다는 듯이 타이밍 좋게 이불 속에서 싹싹한 인사를 날렸다.

"설마 내가 일어날 때까지 기다린 거냐?"

"건방짐 전성기인 벽창호도, 자고 있을 때는 어린이처럼 평온한 표정을 지으니까 잠든 모습은 좋단 말이지."

"하긴, 평소에는 시끄럽게 떠드는 글러먹은 여신도 자고 있을 때는 어스름의 여신답게 청초하게 있으니까, 잠든 모습은 좋단 말이지."

우리는 동시에 모포를 걷고 침대 위에서 하품하며 일어났다.

"러셀 주제에 시빌라의 잠든 얼굴을 엿보다니 엉큼해! 좋은 아침!"

"자빠뜨린다, 이 입만 살아서 동동 뜨는 여신. 좋은 아침."

뭐, 시빌라가 잠든 모습은 본 적이 없긴 하지만.

그야말로 우리다운 인사를 마친 뒤, 신발을 신고 장비를 체크했다. 아, 그러고 보니 어제 일을 말해둬야겠지.

"어제 조금 잠이 안 와서 말이야. 밤에 여관 문까지 갔었는데, 마델린이 왔더군. 얼굴은 들키지 않았을 거야."

이 정보에는 시빌라도 놀랐다. 그러나 불쾌한 기분으로 표정을 흐린 나와는 달리, 시빌라는 여유롭게 코웃음 쳤다.

"흐~응. 빈도가 장난 아니네. 대체 뭐가 그렇게 초조한 걸까?"

"초조하다고?"

"예를 들어, 중요한 편지가 오는 게 오늘이라는 걸 안다고 쳐봐. 러셀이라면 어쩔래? 아마도 밖으로 나와서 누가 오지 않나 빈번하게 확인하지 않을까?"

"그 마음은 이해하지."

그렇게 움직여봤자 편지가 빨리 오는 건 아닌데, 몇 번이나 확인하는 건 드물지 않다. 나중에 생각해보면, 똑같은 걸 대체 몇 번이나 하는 건가 싶기는 하지만.

"그것과 똑같아. 마델린도 초조한 거야."

"초조한 이유의 예상은 가는 건가?"

"당연히. 보통 예상하지."

너의 보통을 나와 동일시하지 말아줘.

"이유 중 하나가 러셀, 너를 찾고 있다는 것. 하지만 가능성으로는 자넷을 찾고 있다는 게 확률이 높아."

"자넷을? 근거는?"

불길한 예감이 들어 미간에 주름을 잡은 내가 질문하자, 시빌라는 심플하게 해답을 냈다.

"자넷이 없어진 건 정말로 예상 밖이었을 거야. 특히 러셀과는 달리 『적대했다』라고 명확하게 이해하고 있을 테니까. 그아이, 머리가 좋거든. 그리고 머리가 좋은 케이티는 자넷의 머리가 좋다는 걸 모를 리가 없어. 만약 암습을 당한다면, 노골적으로 공격했던 마델린이 처음 표적이겠지?"

······과연. 납득이 가는 해답이다.

자넷은 마델린이 최면마법을 썼다는 걸 알아챘다. 동시에 마델린도 자넷이 자신의 존재를 알아챘다는 걸 알고 있다.

특히 시빌라는 그녀가 자넷과 같은 【현자】라고 예상했다. 적대 의식이 강하겠지.

자넷은 아드리아에 있으니 불안하지는 않지만, 염두에 두는 게 좋겠군.

"뭐, 그쪽은 나중에 생각하기로 하고. 아무것도 얻을 수 없을지도 모르지만, 일단 오늘도 정보 수집을 해보자."

"알았어. 그렇게 할까."

그로부터 하루 동안 거리를 어슬렁거렸지만, 눈에 띄는 정보는 입수할 수 없었다. 시빌라가 수시로 『내일 하몬드 던전에 들어가지 않을래?』라고 물어본 정도다.

여관으로 돌아올 무렵에는 저녁해도 완전히 저물어서 어두워졌다.

옆에서 나란히 걷는 시빌라를 바라보자, 손을 허리에 대고 말없이 자랑스럽게 가슴을 펴고 있다. 모자챙 밑에는 묘하게 도발하는 듯한 유감스러운 미인의 의기양양한 얼굴이 보인다.

그래그래. 지금은 어스름이야. 잘됐네.

……나도 이 포즈만으로 어스름의 시간이라는 걸 이해할 수 있게 되었으니까, 이 녀석과의 관계도 무척이나 길게 이어졌다 싶다.

"이야~, 정말로 늦지 않아서 다행이네요!"

내가 멍하니 시빌라에 대해 생각하고 있는데, 근처에서 귀에 익은 목소리가 들려왔다.

목소리가 들린 방향을 돌아보자, 가장 먼저 빈스의 모습이 눈에 들어왔다. 그렇다면 아리아군.

"그래. 케이티가 준비해줘서 살았어."

"후후, 물론이죠!"

빈스는 언뜻 봐서는 거리를 돌아다니기 위한 간소한 복장을 향해 주먹을 몇 번 두드렸다.

천으로 감싸고 있는데, 뭔가 단단한 것을 두드리는 소리가 났다.

저 소리의 느낌과 대화의 내용. 상황으로 추측하건대, 어쩌면—.

"파이어 드래곤의 내갑. 빈스도 입수했나."

내가 입었을 때도 로브 속에 있는 그걸 두드린 적이 있으니까 알 수 있다. 빅토리아가 하몬드 방면에서 돌아왔을 때를 생각하면, 그 드워프 장인은 이곳에 있다. 그 소재로 만든 특산품이 이곳 하몬드에 있더라도 이상하지는 않다.

"……나의 불마법으로는 조금 힘들지도 모르겠네. 상당한 가격일 텐데, 케이티도 참 용케도 돈을 모았어."

시빌라가 벌레 씹은 표정으로 중얼거렸다. 이쪽이 움직이는 사이에, 상대도 움직이고 있다. 그러나 케이티의 움직임을 시빌라도 전혀 읽을 수 없다는 건 성가시다.

나와 시빌라는 들키지 않게 네 사람의 뒤쪽을 천천히 돌아갔다.

"어떻게든 사람이 없는 곳에서 저 파티와 만난다면 좋을 텐데."

"그러게. 사람의 눈이 있는 곳에서 뭔가 하려고 한다면, 주변 녀석들에게 뭘 할지 알 수가 없어."

"주변 녀석들이 뭘 할지도 알 수 없어."

나는 주변 사람들을 인질로 잡히는 걸 생각했지만, 시빌라는 주변 남자가 케이티의 아군이 되는 걸 생각한 건가. 어느 쪽이든 최악이군…….

시빌라의 웃을 수 없는 이야기에 한숨을 내쉬고, 녀석들과 어딘가에서 만날 기회를 탐색해 보자는 방침을 정했다.

타이밍 좋게도, 그 기회는 금방 찾아왔다.

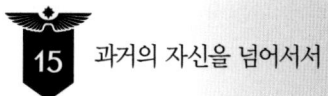

"그 녀석들이 지금 하몬드 던전에?"

내가 다음 날 시빌라에게 들은 건 빈스 일행의 동향이었다.

정보 수집을 위해 모자를 쓰고 길드로 나간 시빌라는 떠들썩하게 이야기를 나누는 녀석들과 접수대 남자에게 같은 정보를 들었다고 한다.

"응. 장비가 갖춰진 거겠지. 하층 플로어 보스를 쓰러뜨린다고 호언장담을 했다더라."

과연. 그렇다면 오늘의 행선지는 하몬드 던전인가. 명확하게 다른 파티를 제외하고 빈스 일행과 우리만 남게 되는 기회가 있다면, 중층보다 아래다.

하몬드 던전. 나에게는 어느 의미로는 모든 운명이 뒤바뀐 곳이다.

상층에는 약한 고블린과 레서 타우로스밖에 없는 던전은, 중층에 들어간 순간 상황이 크게 달라진다.

중층부터 나오는 새로운 마물. 그 이름은 블러드 타우로스.

상층의 레서 타우로스와 비슷한 형상이지만, 검붉은 육체가 그 어떤 성인 남성보다 커다란 소머리 마물.

그러나 블러드 타우로스의 특징은 그 색상과 크기만이 아니다. 방심하면 팔 같은 건 간단히 날려버릴 수 있는 완력과 민첩성이다.

상층과는 모습이 비슷해도 완전히 다른 마물이기에, 모험가가 중층 이하로 도전하는 것은 추천하지 않는다.

아직 스킬 사용법을 익히지 못했던 에미는 나를 몇 번이나 지켰다.

그때마다 미안한 마음이 들었고, 공격을 언제 받는지는 당연히 나보다 에미가 잘 파악하고 있기에, 나의 회복마법이 에미의 회복마법보다 빠를 일은 없었다.

지금 생각하면, 빈스도 자넷도 에미의 위태로운 방어에 조마조마했을 거다. 당시에 나는 정말로 중층 아래에서 도움이 되지 못했다.

……옛날 일을 생각해봤자 별수 없겠지. 즉, 나는 그 용사 파티 신인 네 명이 공략하는 중층에 술사 두 명으로 맞서는 셈이다.

평범한 회복술사로는 이기지 못했던 상대. 게다가 그 시절과 비교하면 인원도 적고, 모두 후위직이다.

―그러나, 나에게는 지금 힘이 있다.

그늘 속의 마왕 토벌자인 【어스름의 마경】이라는 직업. 현재 세계에서 나밖에 가지고 있지 않을, 마물을 멸하는 특별한 힘이다.

게다가, 다른 건 나만이 아니다.

"시빌라. 아마 괜찮겠지만, 위험하다고 생각하면 도우러 가줘.

중층 마물 정도라면 시빌라 혼자라도 쓰러뜨릴 수 있겠지?"

옆에 있는 건 시빌라다. 그 강함과 대응력, 무엇보다 콤비를 맺었을 때 얼마나 싸우기 편한지는 줄곧 함께 싸워온 내가 가장 잘 알고 있다.

나는 이제 누군가를 의지하는 걸 꺼림칙하게 생각하지 않는다. 두 사람이 있으니까, 이 파트너와 가장 좋은 결과를 추구하는 게 제일 좋다.

나의 대답을 들은 시빌라는 기쁜 듯 웃었다.

"그렇지! 러셀은 시빌라 누나가 없으면 던전에 못 들어가니까!"

"……그냥 가겠어."

"아앗, 기다리라니까!"

이후는 뭐, 의지하면 금방 기고만장하니까 뿌리치는 것에도 익숙해졌다.

하몬드 던전은 도시 북쪽 끝에 있고, 도시를 덮은 외벽 일부를 연장해서 산맥 일부까지 연결되어 있다. 근처에는 열린 문이 있으며, 길드 태그를 가진 자 말고는 들어갈 수 없다.

"두 명, 들어갈게~."

시빌라는 문지기에게 익숙한 기색으로 태그를 보여줬고, 나도 옆에 섰다.

"알고는 있겠지만, 검을 쓰도록 해. 부여도 안 돼."

"말하지 않아도 알아."

상층은 사람이 많고, 던전 내부의 범위도 넓다. 어둠마법은 그저 드문 수준이 아니라 존재 자체가 전혀 알려지지 않았으니까 옆에서 보면 수상하기 그지없다.

—이 마법이 공공연하게 드러나는 날이 찾아올까?

게다가, 『어스름의 여신』이라는 인류를 그늘에서 지켜온 존재에 대한 것도.

나는 문득 그런 생각을 했지만, 지금 생각할 일이 아니기에 고개를 내저어서 생각을 떨쳐내고는 던전으로 들어갔다.


하몬드 던전 상층에 발을 들였다.

동굴 안이면서도 밝은 던전이고, 더욱이 던전에서 새어 나오는 마력을 그대로 이용한 램프가 늘어서 있어서 대낮처럼……이라고는 말할 수 없지만 꽤 밝은 빛이 정비된 던전 내부를 비추고 있다.

출구를 알리는 간판이 세워진 넓은 공간을 몇 분 정도 걷자, 곧바로 전방에 파티가 보였다.

인원은 세 명이지만, 상대 고블린은 네 명. 약간의 인원차 때문에 고생하고 있는 것 같다.

"젠장~. 아직 1층인데 뭉쳐있다니 말이 되냐고~."

"칫, 운이 없네."

아무래도 고전하는 것 같다고 판단한 나는 곧바로 말을 걸었다.

사냥감 가로채기는 그리 좋은 행위가 아니지만, 방치도 좋은 건 아니다. 우선 말을 걸어서 서로 돕는 것은 모험가 길드 내부에서 정한 룰이다.

"도움이 필요한가?"

"어! 앗, 부탁합니다!"

대답을 듣자마자 나는 앞으로 나와 남은 한 마리에 대처했다.

고블린의 연계를 무너뜨리지 못해서 고생하고 있었다. 숫자가 줄어들면 이제 괜찮겠지.

검은 고블린과 비교하면 명백하게 움직임이 완만하고 힘이 약한 보라색 고블린. 한 마리를 어렵지 않게 쓰러뜨리자, 나머지 세 마리도 3인조가 금방 처리했다.

조금 키가 작은 전사가 앞으로 나와 내게 고개를 숙였다.

"저기, 감사합니다!"

"상관없어. 오늘 상층(이곳)에는 한동안 있을 건가?"

"네. 아직 레서 타우로스는 자신이 없어서……."

"그런가. 그럼 용사 파티가 지나갔는지 보지 못했나? 남자 한 명에 여자 세 명인데."

청년은 뒤에 있는 단창을 든 남자와 검을 든 여자에게 확인하려는 듯 돌아봤다. 두 사람도 고개를 내젓자, 곧바로 나를 다시 돌아봤다.

"붉은 머리 말이죠? 저희는 못 봤습니다."

"흠……. 알았다. 정보 고맙다."

나는 세 사람에게 작별을 고하고는 손을 흔들며 세 사람에게 인사하는 시빌라와 함께 안으로 나아갔다.

"아직 들어오지 않았나 보군."

"음~, 접수원의 정보가 잘못됐다고는 생각하기 힘드니

까…… 스쳐 지나갔더냐, 혹은 나중에 들어오려는 건가. 뭐, 내 생각이 맞다면 어차피 유리할 거야. 기대하라고."

그 녀석들이 먼저 들어오든 나중에 들어오든 유리하다고?

잘 모르겠지만, 뭐 시빌라가 그렇게 말한다면 그렇겠지.

"그럼 계속해서 가보자."

기운차게 던전을 나아가는 시빌라에게 어깨를 으쓱하면서 나도 나란히 섰다.

제1층은 꽤 넓다.

기본적으로 나오는 건, 마치 연습용으로 만든 것 같은 보라색 고블린뿐.

던전의 출현 이유 —인간 도시를 향한 마왕군의 침공 준비—를 고려하면 아마 일제히 대규모 침공을 하기 위해 던전을 넓히려는 거겠지.

단번에 대량으로 만들어서, 단번에 범람시킬 생각으로 만든 거다. 그런데 이렇게 인간의 성장을 위해 마음대로 이용당하게 되었으니까 얄궂은 일이다.

넓은 플로어는 인간이 완전히 정비하고 있고, 마물과 싸우면서 지은 간판을 통해 제1층까지의 길도 누구나 알 수 있게 되어있다.

모험가 몇 팀과 스쳐 지나가고, 때로는 협력하면서 나아가자 곧바로 제2층으로 가는 간판과 레서 타우로스 주의서가 눈에 들어왔다.

"처음에는 이 녀석을 상대하는 것도 무서웠는데 말이지."

"초심자에게는 강한 힘이 무엇보다도 큰 공포의 대상이니까. 그래도 금세 속도야말로 가장 성가신 거라는 걸 알게 돼."

시빌라의 말에 말없이 수긍한 나는 계단을 내려갔다.

제2층으로 내려오고 몇 분 뒤. 레서 타우로스가 나타났다. 상층의 적이자, 내가 지팡이로 후려쳐도 쓰러뜨릴 수 있을 만큼 잡기 쉬운 상대다.

"너는 예전 시점에서부터 내 상대가 아니야. 지나가겠어."

레서 타우로스가 곤봉을 천천히 들고 휘두르기 전에 내가 한발 먼저 목을 찔렀다. 그걸로 끝.

쓰러뜨린 감촉은, 역시 검이 쓰기 편하다는 정도다.

……그 시절에는 아직 나도 괜찮지 않을까 생각하고 있었다. 충분히 세 사람의 도움이 될 수 있다고.

"달리겠어. 색적은 맡겨도 될까?"

"물론. 옆길에서 나오는 마물은 내가 잽싸게 쓰러뜨릴게."

"그래."

이 녀석들 상대는 시빌라 혼자라도 충분하겠지.

나는 시빌라와 나란히 서서 상층 플로어 보스까지 빠르게 나아갔다.

상층 플로어 보스는 붉은 레서 타우로스.

움직임이 다소 빠르고, 힘이 다소 강하고, 체력만 막대하게 높다. 그 정도의 플로어 보스다. 나는 아무도 없는 걸 확인하고는 천천히 걷는 상대를 향해 마법을 날렸다.

"《어비스 네일》."

검은 마력의 손톱— 마왕조차 쓰러뜨린 어둠마법의 일격은 플로어 보스의 체력을 송두리째 빼앗았다. 플로어 보스는 앞으로 기울어지며 지면에 쓰러졌다.

감각이 완전히 마비되어 버렸지만…… 플로어 보스를 일격에 쓰러뜨리는 마법인가. 처음에는 시간을 들여서 쓰러뜨렸다는 걸 생각하면, 새삼스레 자신이 가진 힘을 실감하게 된다…….

예전에는 확실히 자넷이 지시를 내렸었지.

우선 나에게 앞으로 나오지 말라고 지시하고, 에미에게 받아낼 수 있는지 물었다.

에미가 무겁다고 말한 직후, 빈스가 에미의 대각선 방향, 자넷이 반대쪽으로 가서 마법 집중 공격을 교차로 때려 박아서 플로어 보스를 쓰러뜨렸다.

에미가 받아내지 못한 공격을 내가 일격이라도 맞았다면 위험했겠지. 그 시절부터 자넷에게는 도움만 받았다.

어제 시빌라와 던전에 들어올 때 문득 머리 한구석에서 생각했다. 만약 자넷과 함께할 수 있다면 얼마나 든든했을까.

시빌라와 자넷이 상담하면서 세우는 작전. 그런 걸 상상하고 만다.

……그런 믿음직한 그 녀석의 마음을 꺾은 존재.

우리가 싸우는 건, 그런 녀석이다.

"다음으로 가자."

"응."

나는 플로어 보스를 지나쳐서 중층으로 가는 계단을 내려갔다.

중층인 제6층으로 내려가자, 곧바로 던전의 분위기가 달라졌다.

지금까지의 분위기와는 달리, 벽이 전부 파랗다. 급격한 변화여서, 처음에 내려섰을 때는 정말로 긴장했었다.

그때처럼 마물을 공격할 용사도 현자도 없거니와, 나를 지킬 성기사도 없다.

그 대신 옆에는【마도사】와— 그 녀석이 준 나만의 어둠마법.

"러셀. 있어."

그 말을 듣자마자 나는 바로 검을 들었다.

던전 안쪽에서, 일찍이 나를 괴롭혔던 실루엣이 보였다.


이곳, 하몬드 던전에 들어올 때 반드시 주의를 주는 일이 있다.

—상층과 중층은 완전히 다른 던전이라고 생각해라.

하몬드 상층은 심플해서, 수많은 던전 가운데서도 특히 간단한 것으로 유명하다.

혼자 갈 때는 주의하기도 하지만, 기본적으로 2인 이상이라면 조금 전 제1층에서 만난 초심자라도 전혀 문제없이 무사히 돌아올 수 있다. 이 느슨한 난이도가 플로어 보스까지 이어진다. 방심도 하게 되겠지.

섣부르게 『플로어 보스를 그렇게 간단히 쓰러뜨렸으니까』라며 중층으로 내려온 녀석은 이 하몬드 던전이 중층부터 완전히 다른 세계가 된다는 걸 깨닫게 된다.

블러드 타우로스. 모습은 조금 전 플로어 보스와 큰 차이가 없다.

크기가 다르다. 색이 다르다. 그 정도다.

그러나, 이 녀석의 최대 차이점은 그 내실에 있다.

"……좋아."

나는 오른손에 든 검의 무게와 자신의 최상위직 두 개의 레벨이 가산된 육체 감각을 재인식했다. 또 하나, 에미와 맞부딪쳤던 최근의 감각을 떠올리면서 검을 들었다.

"《인챈트 다크》."

검은 검신이 더욱 짙은 검은색, 어둠의 색을 발하기 시작했다.

빈스보다 커다란 키를 가진 블러드 타우로스가 허리를 숙였다. 온다ㅡ!

블러드 타우로스는 모으던 힘을 개방하듯이 양손으로 움켜쥔 소형 할버드를 들고 이쪽을 향해 단번에 파고들었다!

"흡!"

살짝 기합을 넣으며 블러드 타우로스의 공격을 옆으로 피하면서 이쪽도 파고들어 그 팔을 잘라냈다.

반격이나 도주를 허용하지 않기 위해, 검을 다시 전환해서 무기가 사라진 마물을 대각선으로 베었다!

어둠의 마력을 두른 검은 검붉은 마물의 육체를 일도양단했다.

나는 시간차로 소리를 내며 쓰러진 시체를 어딘가 남 일처럼 바라봤다.

'……쓰러뜨렸군.'

일찍이 용사 파티가 중층으로 내려가게 된 것은, 어느 정도 익숙해진 뒤였다. 빈스가 『우리는 이 정도에서 만족해서는 안 돼』라고 말했고, 자넷이 수긍했다.

그때는 에미도 나도 그렇다고 생각했고, 무엇보다 마물을 조금 얕보던 부분도 있었다. ……어쩌면 자넷만큼은 알고 있었을지도 모른다.

보다시피, 블러드 타우로스의 최대의 특이점은 풍부한 움직임과 민첩함이다.

인간 정도의 반사 신경은 없지만, 조금 전의 레서 타우로스처럼 『움직임을 보면서 피한다』라는 얕보는 싸움 방식은 중층에서 할 수 없다.

그렇기에 처음에 탐색하러 온 모험가는 여기서 목숨을 잃었다고 한다.

이후, 이곳은 하몬드의 모험가들에게 반드시 경고하는 곳이 되었다.

우리도 예외는 아니어서 처음에는 곤혹스러웠다. 그러나 그 블러드 타우로스의 공격을 에미가 막고, 빈스가 쓰러뜨렸다. 그래서 갈 수 있다고 판단했다.

원래는 나도 활약할 수 있었겠지만, 자넷이 힐을 익혀서 나는 싸움에 참가하지 못했고…… 그대로 아무런 변화도 없이 내가 쫓겨나는 날을 맞이했다.

"……."

나는 다시 블러드 타우로스의 얼굴을 봤다.

몇 번이고 꿈에서 봤던, 중층의 강적. 중급자 킬러이자 하몬드 최대의 벽.

"어린 시절에는 어떤 것도 크게 보여."

당연히 시빌라가 말을 시작했다.

"순조롭게 진행될 때일수록 한 번의 좌절이 크게 느껴지는 법이야. 그게 절대로 넘을 수 없다, 터무니없이 높은 벽이라고 느껴지거든."

시빌라는 살짝 튀어나온 뿔을 잘라냈다.

"하지만, 너는 넘어섰어. 커다란 남자가 되어 돌아왔지. 일찍이 자신을 가로막은 높은 성벽이었던 블러드 타우로스라는 벽은, 파이어 드래곤을 쓰러뜨린 너에게는 보폭을 크게 잡으면 넘을 수 있는 나무뿌리 정도의 크기가 된 거야."

말 마지막에…… 토벌 보수인 그것을 놀랍게도 뒤로 버려버렸다.

시빌라는 허리에 손을 대고는 나를 향해 우쭐대며 웃었다.

"이런 시시한 싸구려, 이제 회수할 의미도 없어. 일찍이 용사 파티가 고전했던 던전도, 지금의 러셀에게는 통과점에 불과하니까. 너는 어린이에서 어른이 된 거야."

나는 그 말을 듣고 그때의 고아원 방을 떠올렸다.

그렇다. 나는 줄곧 그 방에서 빈스와 검을 맞부딪쳤다. 몸이 커지면서, 그 방이 무척이나 작은 곳이라고 느끼게 되었던 것은 과연 언제부터였을까.

어린이에서 어른으로. 나의 힘은 그 정도로 변한 것이다.

내가 아는 세계는, 일찍이 올려다보던 세계를 내려다볼 수 있을 만큼 넓어졌다.

"러셀! 이런 대단지도 않은 곳은 당장 통과하고, 최하층으로 가자!"

"그래!"

나는 시빌라에게 힘차게 대답하고는 그 뒤를 따라 달려갔다.


문득 뒤를 돌아봤다.

─이 도시에서 유일한 흑발. 하얀 로브. 아무런 희망도 보이지 않는, 어두운 눈동자를 한 남자.

내 마음속에 남아있던 마지막 족쇄.

"이젠, 괜찮아."

그 청년에게 말을 걸었다.

"말이야 이렇지만, 뭐라 말해야 이해해줄까. 이럴 때 딱 좋은 말이 있었을 텐데. 자넷이 뭐라고 했더라……. 아, 떠올랐다."

그 비유와 지금 상황이 너무나도 일치해서, 저도 모르게 뿜어버렸다.

"─버리는 신이 있다면 줍는 신도 있다더군. 크큭."

겁만 먹고 있던 나의 환영은, 이제 사라졌다.


하몬드 던전 중층을 공략했다.

일찍이 나를 괴롭히던 블러드 타우로스는 역시 방심해도 되는 상대는 아니다. 원래는 술사가 검으로 싸우는 건 말이 안 되고, 혼자서 상대하는 것도 짐이 무겁다.

그러나 그것들을 감안하고도, 내가 고전할 일은 없었다.

"《다크 스피어》."

나는 이미 검을 집어넣었다.

처음에 검을 사용했던 건, 어느 의미로는 오기 같은 셈이었다.

근접전으로 싸우던 빈스나 에미가 이 녀석들을 일상적으로 상대했는데 내가 쓰러뜨리지 못한다면 말이 안 된다. 게다가 【성기사】에미가 전력을 다해준 모의전의 나날을 거듭한 지금, 이런 녀석에게 겁먹는 건 있을 수 없다고 생각했다.

지금 어둠마법을 사용하는 이유. 그건 지극히 단순하게, 내가 어둠마법을 쓸 수 있기 때문이다.

처음에 아드리아 던전에 들어갔을 때, 시빌라는 『마도사여도 검이 더 강하다면 검을 쓴다, 마도구가 더 강하다면 마법은 온존한다』 같은 말을 했었다.

그걸 감안하고, 자신의 검술이 통한다는 걸 알게 되기도 했으니, 거침없이 효율적으로 적을 쓰러뜨릴 수 있는 어둠마법을 쓰고 있는 거다.

트라우마도 아니거니와 오기도 아니다. 지금의 나는 『공략하기 위해 공략하고 있는』 거다.


도중에 베테랑 모험가들과도 만났다. 그때 마델린의 이름을 나에게 가르쳐줬던 3인조다. 웬일인가 해서 말을 걸었는데, 「돈이 없어서」라며 말을 흐렸다.

베테랑 모험가는 단순히 강하기만 한 게 아니라, 시빌라풍으로 말하면 『물러날 때를 아는』 이들이다. 그렇기에 어지간한 상위직이나 던전 공략을 목적으로 삼은 이들 말고는 중층 이하까지 내려오는 일은 드물다.

시간이 있다면 얼마든지 벌 수 있으니까.

"흐~응. 여자들을 끼고 놀았다거나."

시빌라가 뜬금없이 실례되는 말을 꺼냈는데, 남자들이 발언을 부정하지 않고 시선을 돌렸다. ……어이, 진짜냐.

나에게 경고해 놓고 자기들은 무리를 해버렸다면, 이것도 반면교사라는 거겠군. 현재 나에게는 인연이 없는 이야기지만…….

가르침의 내용은 믿을 수 있지만, 이 녀석들 본인은 조금 믿을 수가 없어 보인다.

나는 최선을 다해서 실패하지 않게 조심하기로 할까.


최근 나는 에미와 매일 검을 마주했었다. 그때 에미에게 한 번 물어봤는데, 중층 플로어 보스를 쓰러뜨린 뒤에는 보물상자를 회수해서 바로 돌아왔고, 그 직후에 탈퇴했다고 한다.

플로어 보스 이야기는 『뭔가 좀 커다란 블러드 타우로스』라는, 실로 에미다운 대답을 들었다. 참고가 되는 건지, 안 되는 건지…….

시빌라는 줄곧 자넷을 신경 쓰던 기색이었다. 처음에는 마음의 케어가 아닌가 생각했지만……

"뭔가 사전에 준비하고 있었나? 너와 자넷이 모였는데, 그저 매일 쓸데없는 잡담만 하면서 보냈다고는 도저히 생각할 수 없는데."

아무래도, 그 시빌라와 그 자넷이니까.

나와 에미가 검을 마주하기 시작한 시점에서 이미 자넷은 재기해서 앞으로 나가고 있었다. 그걸 나조차도 느꼈는데, 시빌라가 알아채지 못했을 리가 없다.

그럼 뭘 했는가? 『지식』의 공유, 그것 말고는 있을 수 없다. 이 녀석은 언제나 그렇게 움직여 왔으니까.

내 질문을 들은 시빌라는 시선을 돌리면서 머리카락을 꼬기 시작했다.

"뭐, 뭐어, 그 정도는 당연하지? 너에게 던전을 통째로 맡길 생각이었으니까, 이 정도는 도움이 되어주지 않으면 전 세계 수백억 명의 시빌라 팬이 『시빌라를 좀 더 보고 싶어~!』라며 슬퍼할 테니까?"

"세상에는 그렇게나 인간이 많았나?"

"……없겠지! 혼신의 개그 포인트였는데, 태클은 지식을 공유하지 않으면 못한다는 걸 잊고 있었어."

없는 거냐고!

바다의 넓이를 가르쳐줬을 때처럼 새로운 견지의 이야기인 줄 알았는데, 설마 개그였다니.

"뭐, 그만큼 세상이 시빌라의 활약을 바라고 있다는 거야!

너도 나를 의지하는 모양이니까?"

"지금 단번에 불안감이 더 강해졌는데……."

중요할 때 미묘한 대답을 들은 것 같아서 불안해졌다.

이렇게 말하면서도 나보다 훨씬 많은 지식을 가지고 있겠지만.

"일단 바로 아래층으로 가자."

"응! 진흙배에 탄 셈 치라고!"

"개그가 너무 노골적이야. 감점이군."

"싫다~, 언제나 그렇지만 엄하네! 러브러브 사랑의 채찍이야!"

이렇게 말하면 저렇게 말하는군. 뭐, 지루하지는 않다.


"역시 좀 깊어졌으니까, 소라도 먹으면서 기분 전환하자~."

시빌라가 도중에 그렇게 말하자마자 재빨리 블러드 타우로스의 팔을 절단해서 굽기 시작했다.

"그거, 구울 수 있는 건가?"

"너도 평소……라고 할 정도는 아니지만, 소고기 정도는 먹어봤잖아?"

먹은 적이 없지는 않지만, 상상이 가지 않는군.

시빌라는 그런 나를 제쳐놓은 채, 팔을 썰어서 꼬치에 꽂았다. 저 꼬치는 돌마법인가.

지면에 그것들을 늘어놓고는 말없이 불을 피워서 굽기 시작했다.

마물을 나이프로 썰고 책상다리로 앉아서 고기를 굽는 여자. 이걸 여신이라고 말한다면 교황이 거품을 물고 쓰러지겠군. 그러나 유감스럽지만, 진짜 여신이다.

"자, 구워졌어."

표면에 구운 색이 드러난 정도가 되자 소금을 적당히 뿌리고는 꼬치를 하나 내밀었다.

"좀 더 불로 굽는 게 낫지 않나?"

"소머리 계열은 절반이 날것이라도 표면을 불로 구웠으면 괜찮아. 멧돼지라면 조금 위험하겠지만."

그 지식도 판단도 실로 여신답지 않고 어울리기 쉽다.

……아아, 그런가.

이런 녀석이 곁에 있으니까, 나는 던전 탐색을 계속할 수 있는 건가.

정신적인 피로라는 건 마물과의 싸움에 의한 긴장감 부분이 크다. 그러나 그 이상으로, 이 하늘이 보이지 않는 우울한 환경에서 계속 싸우다 보면 원래 정신적으로 피폐해진다.

그래도 마음이 울적해지지 않는 건, 이런 집중력이 끊어지는 타이밍에 휴식을 취하는 판단을 내리는 이 녀석이 곁에 있기 때문이다.

지금도 나는 『시빌라가 휴식하겠다고 했으니, 마물은 주변에 없다』라고 생각하면서 판단을 전부 맡기고 있다. 그걸 확인할 필요도 느끼지 않는다.

이게 신뢰인 거겠지.

"타우로스는 역시 괜찮네~. 러셀, 하나 더 먹을래?"

"그래. 먹기로 할까."

활력을 충전한다. 참 그럴싸하군. 그야말로 지금의 우리에게는 딱 들어맞는 말이다.

딱히 공복으로 괴로운 건 아니었는데, 다 먹은 뒤에는 여유가 생겼다는 걸 확실하게 실감할 수 있었다.

"좋아. 가자. 중층 플로어 보스는 에미에게도 들었지만, 까놓고 말해서 해설은 좀 그랬으니까 내가 자넷한테 들은 상대의 움직임을 이야기할게."

시빌라에게서 자넷이 말해준 내용을 듣고, 중층 플로어 보스가 있는 곳의 문을 열었다. ……참고로 그 설명을 들은 뒤에 생각해보니, 에미의 플로어 보스 해설은 정말로 대충이었다.

눈앞에 나타난 중층 플로어 보스는, 언뜻 보면 지금까지 싸운 블러드 타우로스의 강화판 정도로밖에 보이지 않았다. 그러나 차분히 관찰한 자넷이 발견한 특징이 하나 있다.

그것은 『페인트를 사용한다』라는 것이다.

힘으로만 밀어붙이는 상층과 그 움직임이 세련되어진 중층. 자넷의 말에 따르면, 하층 마물은 모두 『머리를 쓴다』라고 한다.

그러나, 그렇다면 오히려 괜찮다.

《인챈트 다크》."

나는 어둠마법의 빛을 상대에게 보여줬다. 머리를 쓰는 마물이라면 나의 검도 알 수 있을 거다.

"파고들어 보라고. 그 순간 베어주마."

플로어 보스는 지금까지의 적과는 달리 양손으로 도끼를 든 채 슬금슬금 다가왔다.

나는 그 녀석에게 검을 보여주면서— 오른손을 앞으로 내밀었다.

"《어비스 네일》!"

검은 손톱이 지면에서 나타나 경계하던 플로어 보스를 단번에 꿰뚫었다!

"미안하군. 이런 곳에서 시간을 들일 생각은 없어."

플로어 보스는 나의 마법을 맞고 휘청거리면서도 원거리로 대응하는 건 악수라고 판단했는지 한 걸음을 내디뎠다. 역시 일격으로는 쓰러지지 않나.

단, 녀석이 한 걸음 내디딘 순간, 지면에서 다시 검은 빛이 솟구쳤다.

2단으로 깐 《어비스 트랩》이다.

공격을 연속으로 맞아서 초조했는지, 모처럼 정돈되었던 움직임이 거칠어졌다. 이거야 원. 두뇌를 써서 움직인다는 것도 생각해 볼 문제군.

나는 이판사판이라는 듯 도끼를 휘두르려던 잠깐의 빈틈을 찔러서 그 양팔을 썰어버렸다.

그리고 검을 휘두른 기세를 실어서 회전하고는, 이어서 플로어 보스의 허벅지에 깊은 상처를 남겼다.


……에미는 내가 다치길 원하지 않았기에 【성기사】가 되었다고 했다.

그것 자체는 기쁜 일이고, 조금은 쑥스러움도 있다.

그러나 나도 에미가 아프기를 바라지는 않고, 지켜주고 싶은 마음이 없는 건 아니다. 모두가 다치는 것에 아무런 생각도 들지 않는다면 【성자】가 되지도 않았겠지.

그 『지킨다』라는 방향성 강한 마음이, 에미가 나에게 보이는 것과 비교해서 압도적으로 밀렸던 게 아닐까?

자넷의 말에 따르면 에미는 방패를 들 수도 없을 만큼, 들어본 적도 없는 안타까운 비명을 질렀다고 한다.

"소꿉친구가 무척 신세를 졌다더군. 그 답례다─《다크 스플래시》!"

무릎을 꿇은 플로어 보스에게 지근거리에서 2중 영창을 건 어둠의 물보라를 전부 명중시켰다. 고순도의 방어 무시 마법에 의한 폭력적이기까지 한 압도적인 대미지. 플로어 보스는 순간 경련하더니 그대로 천천히 앞으로 쓰러졌다.

……뭐, 이 녀석이 에미를 직접 다치게 만든 건 아니지만, 그래도 화가 난 만큼 화풀이는 해도 되겠지.

보스의 시체를 보면서 고민에 잠겨있는데, 시빌라가 손뼉을 치면서 다가왔다.

"이렇게나 내 도움이 필요 없다니, 좋네 좋아. 그럼…… 플로어 보스는 상층이라면 금방 부활하지만, 중층 이하는 원래 최소한 하루 이상 걸리지 않으면 돌아오지 않아. 즉, 빈스 일행은 아래에 없어. 어쩔래? 여기서 기다릴까?"

"내가 기다릴 것 같아?"

나의 대답을 예상했는지, 딱히 놀란 기색도 없이 어깨를 으쓱하며 웃은 시빌라는 플로어 보스의 뿔을 자르기 시작했다.

신체적으로는 물론이거니와, 마력도 당연한 듯 남아있다.

이 두 가지는, 내가 가진 능력에 의한 것이다.

그러나 특히 중요한 것이 정신적인 부분이 전혀 피폐하지 않다는 것이다. 오히려 고양감조차 느껴진다. 아직 레벨은 오르지 않았다……. 그렇지만, 아마 하층을 나아간다면 축적된 것까지 포함해서 확실히 오를 거다.

그렇다면, 할 일은 하나.

"좀 더 위를 노리자."

"실제로 가는 건 아래지만 말이지."

나와 시빌라는 하층 직전이라고는 생각할 수 없을 만큼 긴장감 없는 대화를 나누며 가볍게 웃고는 다음 계단으로 시선을 돌렸다.


눈이 따가워지는 붉은 벽. 나와 시빌라는 크게 펼쳐진 통로 중심에 서 있다.

사실 이미 상당수의 마물을 쓰러뜨렸다. 게다가 딱히 고생하지도 않고.

"의외로 쉬운데…… 어째서지?"

"앗. 러셀이 『응? 이 정도는 간단하잖아?』 놀이를 하고 있네! 와~아, 비아냥거리고 있어~!"

"때린다."

이런 던전 하층 한가운데에서도 고아원의 건방진 꼬마들을 상대할 때와 똑같은 레벨인 시빌라를 보니 힘이 빠진다.

애초에 그 들어본 적도 없는 놀이는 대체 뭐야? 신의 세계에서 유행하는 건가?

"하층이 간단하다고 말하는 게 아니야. 중층보다 간단하다는 걸 이해할 수 없는 거야. 이것도 상성 문제라는 건가?"

내 의문을 듣자, (아마 처음부터 알고 있었을) 시빌라는 해설을 시작했다.

"너, 상대 마물의 행동을 보고 검으로 대처할지 마법으로 싸울지 정하고 있지?"

"뭐, 그렇지."

시빌라에게 적의 위치까지는 듣는다. 그러나 그 적을 어둠 마법으로 완전히 쓰러뜨릴 수 없을 때는 당연히 공격해 온다. 그때는 검으로 대처하는 게 안전하니까, 어느 쪽이든 상대할 수 있도록 대비하고 있다.

중층에서는 마법을 쓰기 전에 이리로 달려오는 적도 많아서, 검을 쓸 때도 많았다. 그러나 지금은 만나자마자 마법을 쏘고 있다.

"그거야. 보통 마법이라는 건 검이나 창과 같은 선상에서 생각하는 게 아니라, 기본적으로는 『온존하는』 법이야. 이건 회복마법이라도 그래."

"뭐, 그렇긴 하지만……. 즉, 마법을 절약할 때는 하층이 더 어렵다는 건가?"

"맞아. 기본적으로 마물의 강함이란 『단순하게 능력이 높다』라는 것하고 『대처하기 힘들다』라는 요소가 있어. 뭐, 대체로는 전자가 후자를 겸하지만, 후자뿐인 요소도 있거든. 예를 들어 상층에서 『마법 말고는 아무것도 통하지 않는 마물』 같은 게 나타나면 성가시겠지?"

그런 마물이 있다면 파티 자체를 재구축해야 한다. 상층이나 중층에서 만났던 녀석들은 애초에 던전에 들어오지조차 못하겠군……

"그러니까, 마법을 쓰는 것. 그 **소모야말로 최대의 적**이야. 공격마법도 회복마법도 온존이 기본이거든."

마법으로 대처하던 파티가 중층에서 마력 고갈을 일으킨다면 인생 자체가 끝장날 수 있다. 마력의 잔고는 생명줄이다.

게다가 하층으로 가려고 한다면, 중층에서 마법을 쓰지 않으면 않을수록 좋다.

시빌라는 이어서 하층에 있는 마물의 특징을 설명하기 시작했다.

"하층의 타우로스는 검으로 싸우면 강해. 그 대신 경계심이 강하니까, 느닷없이 덮쳐오거나 하지 않아. 마법으로 쓰러뜨리거나, 다치면서 회복마법으로 싸우며 검으로 쓰러뜨려야 해. 하지만 하층 마물이니까 일반적인 마법은 잘 통하지 않아. 결과적으로 플로어 보스까지 가다가 마력과 매직 포션이 떨어진 시점에서 돌아갈 수밖에 없는 거지."

과연. 그야 보통은 그렇게 되겠군.

나의 싸움법은 마력 소모를 생각하지 않는 싸움이다. 마법을 쓰면 유리하게 진행되는 상대일수록 쓰러뜨리기 쉬워지는 건 당연하다는 건가.

……새삼스럽지만, 아드리아 마을에 나타난 던전 하층에 있던 전신 금속의 리빙 아머 집단이 얼마나 성가셨는지 이해할 수 있군…….

둔기로밖에 쓰러뜨릴 수 없는 괴력의 갑옷이 크로스보우 부대를 짜서 5계층에 걸쳐 대량 발생한다면, 일반적인 파티는 도저히 대처할 수 없을 거다.

정말로 던전 메이크 초반에 공략해서 다행이다.

"이대로 하층 플로어 보스를 쓰러뜨리겠어. 방심하지 말고 전력으로 가자."

"좋아! 나도 협력할게."

"그래, 부탁해."

어스름의 마경. 던전 공략을 위한 직업인 동시에 공략하는 것에 모든 것을 거는 직업. 나는 이 직업을 얻었을 때부터 지금까지 줄곧 보호받고 있다.

차례차례 나타나는 소머리 마물을 어둠마법으로 압도하면서 크게 숨을 들이쉬었다.

―힘이 차오르는 걸 느낀다.

나는 이 힘을 준 또 하나의 소꿉친구에게 감사하면서, 언젠가 함께 싸우게 될 날을 바라며 아래로 향했다.

하층 플로어 보스.

준비도 충분히 마친 나는 시빌라에게 고개를 끄덕이며 문을 열었다.

눈앞에 나타난 것은, 직선 복도. 그 너머에 약 2층 분량은 되는 절벽. 그곳에서 좌우로 긴 원형 계단이 붉은 원형 투기장에 펼쳐져 있다.

마치 홀로 내려가는 듯한 설계다. 형상은 다르지만, 그리운 강적이 떠오르는 구성이군.

물론 방 중심에는 플로어 보스가 묵직하게 서 있지만…….

"……이건, 괜찮은 건가?"

"아하하하, 진짜 웃기네. 뭐야 이거. 이곳의 던전 메이커는 센스가 있네!"

시빌라가 상대의 모습을 보고 들키든 말든 상관없이 웃음소리를 냈다.

솔직히 나도 웃음이 나올 것 같다. 프레데리카가 물 없이 끓인 철냄비 정도의 습도라고 해야 할까.

방 중심에 있는 건, 소 **가면**을 쓴 갑옷 거인이었다.

"타우로스도 뭐도 아니잖아……."

내 중얼거림은, 긴장감이 전혀 없는 여신의 웃음소리에 지워졌다.

시빌라는 유유히 플로어 보스를 시야에 넣으면서 계단을 내려갔다. ……아니, 잠깐 기다려.

"왜 계단을 내려가는 거야? 위에서 마법을 쏘는 게 유리할 것 같은데."

내 생각과는 달리, 시빌라는 부정하듯 고개를 내저었다.

"아드리아에서는 이런 느낌이 아니라 긴 직선 계단이었지만, 그때 만약 계단 위에서 공격했다면 그 갑옷은 어떻게 했을 것 같아?"

"그 높이 뛸 수 있는 금속 갑옷 말인가. 그 녀석이라면 틀림없이 도약했겠지. ……설마."

시빌라는 갑옷을 가만히 바라봤다.

소머리 철가면을 쓴 플로어 보스는 나보다 머리 세 개 분량은 크고, 무기는 그 키에 걸맞은 커다란 검……으로 보이지만, 날이 무딘 둔기 같은 막대기를 들고 있다.

"이 플로어 보스, 도약할 수 있을 거 같아. 그러니까 보란 듯이 절벽이 있는 거지. 방심하면 저 좁은 테라스 같은 곳에서 몸통박치기를 당해서 문 근처의 좁은 통로로 몰리게 될 거야. 그러면 이제 나갈 수도 없고 피할 곳도 없는 막다른 길에서 거인 플로어 보스와 힘겨루기를 하게 되겠지."

"상상하고 싶지도 않군……."

"대등하게 싸우려면, 이 인간 4인분은 되는 높은 절벽을 우리도 뛰어넘는 게 조건이야."

아무리 그래도 그 정도의 신체 능력은 없다.

과연. 정공법으로 쓰러뜨릴 수밖에 없다는 건가.

시빌라는 계단 한가운데 정도에서 멈췄다.

"나는 여기서 대처할게. 잽싸게 해치우고 와."

"그래. 맡겨둬."

나는 계단을 내려가서 갑옷 거인 플로어 보스와 대치했다.

지면에 다리를 붙이게 되자, 무기를 허리 높이로 든 플로어 보스가 나를 바라봤다.

느긋한 발걸음이지만, 검을 든 자세는 타우로스와는 다르다.

이 녀석은 평범한 리빙 아머군……. 오히려 아드리아 플로어 보스보다 그쪽에 어울리는 타입의 보스다.

"상대해주마. 덤벼라."

내 말을 이해했는지, 거인이 검이 흔들렸다. ―전투 개시다.


대검을 한 손으로 가볍게 든 거인은, 그 검을 높이 들자마자 곧바로 지면에 후려쳤다. 빠르다! 그러나 나는 물론 그 예비 동작을 보고 회피했다.

"《다크 스플래시》!"

거리는 있지만, 명중한다면 이것이겠지.

낌새를 보면서 마법을 날려 상대의 움직임을 봤다. 그때의 플로어 보스 정도는 아니지만, 이 플로어 보스도 크게 백스텝하면서 커다란 검을 방패로 삼았다.

회피 직후, 다시 이쪽으로 발을 돌렸다.

"다리 움직임은 느린 편인 줄 알았는데, 회피는 빠르군."

싸움법을 이해한 나는 검을 들었다.

이 녀석은 강하다. 특히 인간다운 움직임을 보이는 게 나쁘지 않다. 하층의 타우로스는 경계임이 너무 강해서 지루했다. 여기서 검 연습을 하도록 하자.

플로어 보스가 검을 양손으로 들고 파고들어 찌르기 공격을 날렸다. 좋은 움직임이다. 맞으면 한 방에 벽까지 날아가겠군. 하지만, 움직임은 에미 이상으로 단순하다.

상대의 찌르기로 몰아치는 풍압을 뺨에 느끼면서 이쪽도 상대에게 파고들어 검을 휘둘렀다. 이미 어둠의 빛을 두른 나의 검은 상대 갑옷의 방어를 관통해서 내부에 직접 대미지를 가했다.

『……!』

내 무기의 특성을 깨달았는지, 녀석은 검을 다시 잡으며 한 걸음 물러섰다.

다음으로 상대는, 놀라운 행동에 나섰다.

"그런 것도 가능한 건가. 던전의 주인이 아군이라는 건 참 편리하군."

갑옷 거인이 왼손을 아래로 내린 순간, 놀랍게도 던전 바닥에서 방패가 나타났다.

내 몸 크기 정도는 되는 커다란 방패. 그 방패에 묘하게 낯익은 검은 안개가 감돌고 있다. 나의 공격을 맞고 그걸 꺼냈다는 건.

……좋다. 재정비하자.

"에미와의 모의전을 복습해볼까. 네가 그 녀석보다 강한지 아닌지 평가해주마."

『—!』

내 갑옷에서 소리 없는 대답이 들려온 것 같았다.

거인은 방패를 전면에 들고 나를 향해 파고들었다.

"느려."

나는 방패로 후려칠 생각이 넘쳐나는 상대를 도발하면서 회피하고는 그 팔을 향해 검을 휘둘렀다.

절단까지는 하지 못했지만, 핏줄기 같은 것이 크게 치솟았다.

플로어 보스는 곧장 방패를 이쪽으로 돌리 동시에 대검을 들어 나를 뭉개버리려는 듯 후려쳤다. 빠른 움직임이지만─어디까지나 그 정도다.

나는 이어서 상대의 오른쪽, 검을 든 방향으로 돌아 들어가서 팔을 베었다.

칼날이 통과한 감촉은 나지만, 기묘하게도 절단까지는 하지 못했다. 이건 하층 플로어 보스의 체력 때문이라고 해야 할까.

과연. 시빌라가 말했던 『재빠른 적은』 어쩌고 하는 이야기가 떠오르는군. 그건 반대로 말하면, **재빠르지 않은 적은 튼튼한 게 당연하다**는 거다.

다음에도 내가 공격을 맞추자, 플로어 보스는 이번에는 검을 들어 올렸다.

검은 오라가 나오더니…… 놀랍게도 지면에서 블러드 타우로스가 두 명 나타났다. 부하도 붙다니, 정말로 내구력에 모든 걸 쏟아부은 녀석이군.

"그래그래. 너희는 이쪽이야~. 일대일에서 촌스러운 짓은 하지 말라고~."

그걸, 시빌라가 마치 꼬마들이라도 상대하는 듯한 가벼운 목소리로 차례차례 불태웠다. 변함없이 특기인 불마법과 높은 레벨에 의한 공격은 압권이다.

게다가 시빌라는 플로어 보스와 블러드 타우로스 사이에 돌벽을 놓아서 싸움에 참가하지 못하게 유도하고 있다. 숫자에서 부족할 때의 기본 전술. 이런 사소한 배려가 고맙다.

소머리 가면의 갑옷 거인…… 확실히 너는 강하겠지.

여기에 올 때까지 숙련된 타우로스를 그렇게나 상대해왔으니까. 마력 고갈 상태에서 너와 싸우는 건 무척이나 버거운 일이었을 거다.

어지간한 중전사 수준의 검술과 칼날이 통하지 않는 방패. 높은 체력과 파티를 분단하는 부하 소환.

하층 플로어 보스다운 힘은 충분하고도 남을 만큼 있다.

"하지만, 에미 정도는 아니야."

여기에 올 때까지 에미와 모의전을 수없이 반복해왔다.

그건 약간이라도 떨어져 있던 시간을 되찾기 위한 에미의 소원이 들리는 것 같아서, 연습 내용도 농도 짙고 복잡해졌다.

특히 방패를 사용한 싸움에 관해서는 압도적이어서, 행동 패턴이 매일매일 늘어나는 모습은 나 이상의 성장을 보였다. 그런 에미의 패턴 전부를 한 번 이상 대처했다.

그렇게 서로 강해져 온 거다.

"너에게는 그게 없어. 위기에 빠지자마자 부하를 소환하는 녀석에게 이 이상은 있을 수 없지. 끝이다. ─와라, 어비스 새틀라이트!"

나는 마신전에서 위력을 보여준 공격마법을 문 너머에서 불렀다.

이번에는 사양하지 않는다. 플로어 보스가 숫자의 불리함을 느끼고는 검을 휘두르는 걸 멈추고 블러드 타우로스를 다시 소환했지만, 지면에서 그 모습을 드러내는 도중에 시빌라가 불태웠다.

"아~, 정말! 정말 글러먹었네! 이럴 때 몸을 버려서라도 이 판사판의 『공세』에 나서지 않는 시점에서 이 소가면은 전형적인 겁쟁이야. 마물의 두목인 주제에 위축되지 말라고 바~보. 자, 맛있게 구웠습니다~!"

플로어 보스는 어비스 새틀라이트의 공격을 받으면서도 시빌라의 도발에 반응했다.

커다란 검을 떨어뜨리고, 방패를 떨어뜨리고…… 그럼에도 시빌라 쪽으로 소가면을 돌리고는, 증오스럽다는 듯 노려봤다.

이 녀석, 뭐지? 말싸움이 통하는 건가? 통하는 것 같군.

"어둠마법을 쓰는 건 러셀 쪽인데, 이쪽을 신경 쓰다니 도발 내성 제로! 몸을 단련하기 전에 정신을 단련해야겠네. 아니, 마물이 정신을 단련할 수 있을까?"

마이페이스한 의문을 던지면서 자연스럽게 도발을 이어가는 사이…… 플로어 보스는 허망하게 무릎을 꿇었다.

―【어스름의 마경】레벨 15 《섀도 스텝》―.

오랜만에 목소리를 들었다.

뭔가 전혀 다른 타입의 마법을 익힌 것 같은데…….

내가 뭔가 생각하기 전에 시빌라가 근처까지 와서 어깨를 으쓱했다.

"……너. 점점 하층 플로어 보스에게 여유를 드러내고 있지 않아?"

"상성이 좋았을 뿐이지. 우연이야, 우연."

이번에도 하층 플로어 보스까지 무사히 쓰러뜨릴 수 있었다. 상층과 중층이 전혀 다르듯이, 중층과 하층도 커다란 구분이 있다는 걸 느낄 수 있었다.

평범하게 도전했다면, 하층 타우로스가 소환되는 상황은 대체 얼마나 절망적이었을까.

"뭐, 실제로 상성이 굉장히 좋긴 했지!"

시빌라에게 들은 해답에 나도 수긍했다.

아마 원래대로라면, 『아무리 싸워도 끝나지 않는』 감각을 계속 맛볼 수 있는 플로어 보스였을 거다.

언제나 잘 풀린다고 장담할 수는 없다. 너무 방심하지 않게 마음을 다잡아야겠지.

문득 바라보니, 시빌라가 장갑을 벗고 한 손을 들었다.

알고 있어. 하면 되잖아. 나도 장갑을 벗고 시빌라의 손등을 가볍게 치듯이 두드렸다. 대단한 소리는 나오지 않았지만, 아무리 그래도 몇 번이나 얼빠진 짓을 하고 싶지는 않으니까.

─게다가, 아마 진짜는 지금부터일 거다.

시빌라는 쓰러져서 움직이지 못하게 된 플로어 보스에게 다가가서 그 소머리를 본뜬 뿔을 쥐고 힘껏 들어 올렸다!

가면 속에서 나타난 얼굴은, 예상했던 것보다 의외였다.

"타우로스……인가."

그랬다. 갑옷 안에 들어있던 건 명백하게 타우로스였다.

소머리 마물이, 같은 모양의 철가면을 쓰고 싸우고 있었던 거다.

"타우로스인 줄 알았는데 타우로스가 아니었다, 라고 생각해서 조사해 봤더니 놀랍게도 타우로스였다! 였던 거지. 정말이지 취향 한번 끝내주네."

"어째서 이런 짓을……?"

"그야 방어력이 올라가잖아."

듣고 보니 당연한 이야기인가. 소 형태의 얼굴이 들어가는 인간용 철가면 같은 건 없으니까.

시빌라는 여느 때와 다름없이 그 뿔을 자르기 시작했다.

부위가 있다면 추가 보수를 받을 수 있다고는 하지만, 파이어 드래곤의 수익도 아직 남아있는데 탐욕스럽군. 이게 여신의 행동이냐고 묻는다면 의문이 떠오르지만, 이게 시빌라의 행동이라고 하면 납득할 수밖에 없다. ……아니, 어쩌면 신들도 이쪽이 평범한 건가?

시빌라 이외의 여신이라면 캐슬린, 아니 케이티밖에 모르는 몸인지라, 시빌라 이외의 신이 어떤 성격일지 점점 걱정되는데…….

"하층 플로어 보스, 보수도 잔뜩 받을 수 있으니 짭짤하네. 아~, 여기가 제국이라면 신나게 놀 수 있을 텐데."

……역시 시빌라 이외의 여신이 시빌라와 같은 성격이라는 건 만에 하나도 없겠군.

애초에 이런 성격을 가진 녀석이 10명, 20명이나 모여있는데 그런 교리서가 나오는 건 말도 안 된다.

"왜 그래? 러셀, 걱정하지 않아도 네 몫의 보수도 줄 거야."

"나는 도박 취미는 없고, 대전제로 여기에 포커를 하는 가게는 없어."

"괜찮아. 다음에는 룰렛을 할 거니까."

전혀 괜찮지 않아서 메마른 웃음이 나왔다.

"그보다도, 다른 이야기가 있어. 레벨 15, 마법도 익혔다고. 확실히……."

"—잠깐."

시빌라의 분위기가 급격하게 변했다.

플로어 안에 있는 계단 위, 우리가 처음에 있던 절벽 위를 노려보면서 몇 걸음 물러났다.

손은, 자루에 대고 있다.

"《윈드 배리어》."

그 모습을 보고 시빌라의 옆에 서서 방어마법을 사용했다. 그리고 플로어 보스를 쓰러뜨린 내 검을 뽑아서 같은 방향을 봤다.


절벽에서 나타난 것은, 색칠된 동굴 내부라고는 믿기지 않을 만큼 반짝이는 금색 머리.

모든 남자가 돌아볼 만한 미모가 뺨에 양손을 대며 황홀한 미소를 지으면서 나를 보고 있다.

"아아, 역시 틀림없어……. 후후, 마침내 찾았네요……!"

케이티가 마침내 우리 앞에 나타났다.

당연하게도, 나도 시빌라도 모자는 여관에 두고 왔다.

케이티의, 태양의 빛이 닿지 않는 던전 안이라고는 믿을 수 없을 만큼 반짝 빛나는 금색 눈동자가 명확히 이쪽을 보고 있다.

의심할 것 없이, 확실히 나를 보고 있다. 보고 있는 것만이 아니다. 저 여자는 『틀림없다』라고 말했다. 그건 내가 러셀이라는 걸 명확하게 알고 있다는 증거.

상대에게 들키지 않게 움직였지만, 마침내 케이티가 나를 완전히 인식하게 된 거다.

케이티. 에미를 그렇게까지 몰아넣은 여자.

자넷을 그렇게까지 몰아넣은 여자.

빈스의 기억을 빼앗은 것으로 보이는 여자.

……시빌라의 언니 프리실라를 재기 불능으로 만든, 사랑의 여신.

상대가 무슨 생각을 하는지는 모르겠지만, 너무 침묵하고 있는 것도 부자연스럽나.

"……이런 하층에, 혼자서?"

"아뇨아뇨. 제대로 파티로 왔답니다~."

케이티가 뒤를 돌아봤다. 순간, 시빌라가 내게 다가와서 작은 목소리로 전달했다.

"어둠마법 15, 회피 마법. 그거, 옆으로도 앞으로도 갈 수 있으니까, 너라면 능숙하게—."

시빌라가 중얼거리는 도중에 플로어 입구 쪽에서 「기다려 달라고」라는 목소리가 들려왔다. ……귀에 익은 목소리다.

"갑자기 마물을 내팽개치고 달리지 마. ……응? 뭐지?"

안쪽에서 나타난 것은 붉은 머리의 남자. 그때와 전혀 변함없는 빈스의 모습.

"너는……. 아, 예전에 만난 적이 있는데. 이런 곳까지 공략할 수 있는 녀석인 줄은 몰랐다고."

그러나— 내면은 모든 것이 달라지고 말았다.

그 사람과의 관계를 형성하는 것이 기억이라면, 지금 눈앞에 있는 건 과연 빈스라 부를 수 있을까? 모르겠다…… 모르겠지만.

"어이어이, 무시야? 아니, 안 들리는 건가. 내려가자."

적어도, 빈스라고 생각하며 대할 수는 없겠지.

어느새 빈스의 옆에 있던 아리아와 케이티가 벽을 따라 난 계단을 타고 아래로 내려왔다. 조금 전까지 케이티가 있던 곳에는 마델린이 대기하고 있다.

……내려오지 않나. 그게 의미하는 것은―.

"후후…… 후후후……!"

생각하기 전에 세 사람이 내려왔고, 갑자기 케이티가 의미심장한 미소를 지었다. 그 시선은…… 시빌라를 보고 있다.

"혹시나 했지만…… 설마 시빌라 쪽에 있다니, 놀랐네."

케이티는 기쁜 목소리로 눈을 살짝 뜨면서 시빌라를 끈적하게 바라봤다.

반면 시빌라는 나이프를 한 손에 든 채 내 옆에서 차가운 표정을 짓고 있다.

"놀란 건 이쪽이야. 캐슬린. 아, 지금은 케이티라고 부르는 게 나으려나?"

"어머어머…… 정말이지 애쓰기는. 프리실라가 **각오한 건가** 해서 초조했는데 괜찮아 보이고, 설마 **남겨놓고** 있었다니 기쁘네……!"

대화 속에 들어있는 정보가 너무 많아서, 듣고는 있는데 무슨 소리인지 드문드문 이해할 수가 없다. ……하지만, 그래도 서로의 감정이 단추를 잘못 채운 것처럼 엇갈려 있다는 건 어렴풋이 알 수 있다.

물론, 이 두 사람의 대화를 이해하지 못한 건 나만이 아니다.

"이봐, 케이티. 저기 있는 여자하고도 아는 사이야?"

"응. 친구의 여동생이야. 순진하고 귀여운 아이지."

"그런가. 케이티는 정말로 지인이 많네."

빈스의 질문에 케이티가 긍정을 표했다.

"대체 언제 이야기인지."

언뜻 따스해 보이는 잡담 같은 내용이지만, 시빌라가 나에게밖에 들리지 않는 목소리로 혀를 차면서 어이없다는 듯 중얼거렸다. 그러나 지금의 말에 『모멸』이 들어가 있다는 건 알 수 있다.

웃으면서 태연하게 빈정거리는 말을 날리는…… 거북한 타입이군.

아마 케이티의 머릿속에서 시빌라는 상당히 격이 낮은 상대겠지. 내가 아는 한, 시빌라는 간단히 얕봐도 되는 녀석은 아니지만…… 상대가 같은 여신이라면— 하물며 시빌라의 언니를 뛰어넘었을 가능성이 있는 녀석이라면— 과연 어떨까.

"얘, 까치발을 들고 있던 시빌라. 자신이 노력해왔던 결과가, 이렇게 되어버린 기분은 어떤 느낌이니?"

케이티는 노골적으로 도발하듯 시빌라에게 말을 걸었다.

시빌라의 표정에 초조함의 기색은 없다.

……케이티와 시빌라의 반응은 대조적이다. 여유로운 미소를 지으며 자신의 유리함을 전혀 의심하지 않는 태양 같은 미녀와 불쾌한 듯 입을 다문 밤 같은 미녀.

내 옆에 있는 건 후자다. 이 녀석과 몇 번이고 여행해 오지 않았다면, 무슨 얼빠진 일을 저질렀냐고 질책했을지도 모른다.

명백하게 거짓 정보를 쥐여줬다. 언니가 패한 존재에게 여동생도 패했다고.

그러나 나는 이 녀석이 아무리 곤란한 국면에서도 힘을 발휘해 왔다는 걸 잘 알고 있다. 어차피 이런 지략계 여자들의 싸움에서 내가 할 수 있는 건 뻔하다.

게다가…… 시빌라는 확실히 말했다.

—어떻게 되든 유리하다고.

이 녀석이 그렇게 판단하고 하층까지 내려왔다면, 나는 그 판단을 믿을 뿐이다.

동시에 시빌라가 그렇게 판단한 건, 이걸로 문제를 해결할 수 있다고 나를 믿고 있기 때문이다.

그것이 파트너라는 것이다.

그렇지?

"말이 없는 건 정곡을 찔린 걸까? 옛날처럼 귀여운 시빌라와 이야기를 나누고 싶네에."

"의심하지 않고, 깊이 생각하지 않고, 무지한 걸로 우위를 잡으려는 여자만 귀엽다고 생각하는 시대는 끝이야. 그건 너도 생각하는 거잖아?"

"뭐, 그것에는 동의할게~. 하지만, 무지한 아이를 무구하고 순진하다고 생각하는 것도, 그것에 애욕을 느끼는 것도 사람의 본성이야. 후후."

사람의 본성 같은 보편적인 이야기를 끼워 넣으면서도, 암묵적으로 시빌라를 『무지한 아이』라고 단언하고 있다. 그나저나 무지를 무구하다고 표현하는 건 그다지 칭찬할 일은 아니군.

예를 들면, 에미는 확실히 얼빠진 면은 있지만 그것만을 매력이라고 생각하는 건 실례이기 그지없고, 에미가 나보다 똑똑하지 않다고 해서 매력을 느끼지 못할 리가 없다.

하물며 시빌라는, 이야기로 추측해보면 모험가의 참모로서 상당한 의식 개변을 해왔을 거다.

그 노력을 짓밟는 듯한 감각— 사람은 그걸 **모멸**이라고 부른다.

동시에 그것은 내가 자넷에게 무엇보다 조심해온 감정이다.

성녀가 되고 싶었던 그녀 앞에서 그 능력을 가진 내가 자신을 얕잡아 본다면, 그건 그녀의 존엄을 얼마나 상처입히게 될까. 그에 비하면, 공격력을 동경했던 내가 자넷에게 품은 감정 같은 건 고려할 가치가 없다.

타인의 감정을 어찌할 수 있을 리는 없다.

내가 할 수 있는 건, 나의 의식을 바꾸는 것뿐이다.


"흥."

시빌라는 시시하다는 듯 코로 숨을 내쉬었다.

그게 본심에서 나온 표정인지, 연기인지는 모르지만…… 적어도 후자를 고려하는 정도로는 내게도 여유가 있다.


여유는 있지만— 내가 아닌 다른 녀석이 시빌라를 모멸하는 건 아무래도 아니꼽군.

"……후후…… 좋네에……."

어느새 케이티는 나를 다시 음미하듯 바라보고 있었다.

"남자가 성녀의 위치를 가로채서 어느 정도인가 했는데……. 그래. 이렇게나 깊은 사랑이었네……. 내가 가져갈 곳도 아직 남아있다니……."

"남아있을 리 없잖아? 이 녀석의 남은 부분은 이 녀석 자신의 것이야."

"그가 스스로 원한다면 어떨까…… 어때?"

내게 시선을 보내오고 있지만, 명백하게 대등한 눈으로 보는 게 아니다. 격이 낮은 생물을 귀여워하는 —사람의 존엄을 짓밟는 듯한— 꺼림칙한 눈이다.

어딘가 종잡을 수 없는 케이티의 대화를, 어떤 목소리가 뚝 자르면서 끼어들었다.

"이봐, 아까부터 왜 그러는 거야? 계속 갈 거야?"

아마 이 중에서 유일하게 사정을 전혀 모르는 빈스가 인내심이 떨어졌는지 케이티에게 따졌다. ……그야 시빌라와 케이티의 대화라면 모를까, 나를 보고 있는 건 빈스에게는 그리 기분 좋은 상황이 아니겠지.

물론, 나조차도 이 정도는 알고 있다. 케이티가 눈치채지 못할 리가 없다.

"후후, 그랬었지. 이 앞으로는 가지 않아. 그보다도…… 분명 그도 원하고 있을 테니까……."

케이티가 아리아 쪽을 보더니, 다음으로는 마델린의 모습을 확인했다.

마델린은 줄곧 높은 위치에서 움직이지 않고 있다. 아무리 바보라도 이유를 알 수 있다. 적대할 거니까 유리한 위치에 서고 싶은 거다.

그걸 증명하듯이, 아리아가 칼자루에 손을 올렸다.

케이티가 웃으면서 뜬금없이 말했다.

"그는, 기절시키기로 할까."

"잠깐 기다려! 적대할 거야? 이유는?"

"기절시키죠. 알겠죠?"

"그래. 내 검을 이길 녀석은 없어."

―지금 대화는 뭐지?!

지금 이건 두 번째 말의 압력에 밀린 게 아니다.

빈스는 성급하고 여자에 약한 녀석이지만, 자기 머리로 생각할 수 없는 녀석이 아니고 여자의 명령이라고 뜻대로 따르며 기뻐할 만큼 자존심이 낮은 녀석도 아니다.

지금 이건, 마지못해 명령을 받아들인 느낌이 아니라 명백하게 『덮어 씌워진』 듯한 반응.

눈앞에서 보니 그 꺼림칙함, 너무나도 상대를 사람으로 보지 않는 방식에 소름이 돋는군.

시빌라도 지금 변화를 보고 혀를 찼다. 아리아와 마델린은 당연하게도 놀라지 않고 있다. 젠장. 역시 이 세 사람은 모종의 비밀을 공유하는 한패다.

나는 호전적으로 검을 든 옛 리더에게 질문했다.

"어제 카페에서 만난 걸 기억하나?"

"으응? 기억하고 있는데. 그래서 봐달라는 거야? 목숨 구걸은 하지 말고 포기하는 게 좋아."

역시 거기까지 잊어버리지는 않았나. 그리 간단히 대규모 기억 조작이 가능할 것 같지는 않다.

그래도 정신에 크나큰 작용을 하는 마법을 사용했다는 건 의심할 여지가 없다.

하지만, 좋다.

원래부터 빈스와 검을 마주할 각오를 하고 왔다. 단, 그 시절처럼 모의전용 목검이 아니다. 서로가 손에 든 것은, 살상 능력이 있는 단단한 금속 덩어리다.

"아리아, 우선은 상황을 보자. 너무나도 근사한, 사랑의 충돌이 시작될 거야."

"이야~ 구경입니까~. 근데 옆에 있는 여자는 어쩌죠?"

"방해하면 기절시켜. 단, 죽이면 안 돼. 나도 필사적으로 찾고 있었으니까, 여기서 도망치지 못하게 확~실히 귀여워해줘야지. 순서가 중요하거든."

"넵."

아리아는 내 방해를 하지는 않으려는 모양이다. 상당한 실력자 같으니까, 끼어들지 않는 건 고맙지만……. 그나저나 케이티는 아직도 시빌라의 마음을 꺾을 생각인 모양이다. 자신의 승리를 의심하지 않고 있다.

나도 한 걸음 앞으로 나와 검을 든 직후— 내 승리의 여신이 등을 밀어줬다.

"러셀. 너는 늦지 않았어."

등에서 들리는 작은 한마디.

그러면서도, 무엇보다 커다란 한마디.

그것이 의미하는 바를 이해한 나는 입꼬리를 들었다.

"……너, 내가 【용사】 빈스라는 걸 모르는 거냐? 무척이나 여유로운데."

"아니, 잘 알고 있어. ……그래, 정말로…… 정말로, 너에 대해서는 잘 알고 있지. 아마 지금의 너보다도 훨씬, 말이야."

"뭐야 이 녀석, 기분 나쁘게. 뭐, 금방 끝내주마."

빈스의 검이 내 검의 끄트머리를 살짝 건드렸다.

그것이, 십여 년간의 『우리』를 재개하는 신호가 되었다.


싸우기 전에, 이 남자에 대해 다시 확인해보자.

—【용사】 빈스. 여신으로부터 받은 최상위직을 가진, 고아원 출신의 남자.

체격은 좋고, 검 실력도 결코 나쁘지 않다.

마력은 충분히 있고, 공격마법도 회복마법도 자유롭게 사용한다. 만능형이자 모든 능력에서 압도적인 존재. 그것이 빈스라는 남자다.

나보다 높은 위치에 있는 얼굴이, 낯익은 표정으로 나를 내려다봤다. 그곳에는 모멸도 가학도 없고, 그저 싸우는 남자의 『자신감』이 새겨져 있을 뿐.

그건 참으로 빈스다운 표정이었고— 동시에 파티에서 추방
당한 나에게 보여주기에는 너무나도 부자연스러운 표정이었다.


"—으랍!"

내 손에 작은 진동이 전해진 순간, 빈스는 양손으로 든 검
을 들어 올렸다. 나는 그 상단에서 다가오는 공격을 냉정하게
보고 한 걸음 뒤로 물러나 피했다.

속도와 마력뿐이라면 대단하다. 역시 기본적인 육체에 최상
위직으로 인해 가산된 신체 능력은 어지간한 수준이 아니다.

하지만, 맞지 않는다.

솔직히 지금 이건, 생각이 없을 때의 에미 수준으로 크게
휘두른 공격이다. 휘두르기 전에 소리부터 낸다니, 피해달라
고 말하는 셈이니까.

"칫, 잘도 피하는군. 하지만 언제까지 버틸까?!"

다음으로 빈스는 옆에서 휘두르면서 내 몸통을 노렸다.

검으로 맞부딪친다면 내 무기가 손에서 날아가겠지. 물론
이 공격도 피했고, 기세가 남아돌아서 통과한 빈스의 팔이
돌아가지 않을 때 칼끝으로 손등을 힘차게 후려쳤다.

당연하지만, 어둠마법은 쓰지 않았다.

아리아와 마델린이 어떻게 움직일지가 미지수이기도 하지만,
아무리 나라도 빈스를 죽이고 싶을 만큼 미워하지는 않는다.

……아주 미워하지 않는다고는 단언할 수 없다.

내가 그렇게까지 미워하지 않는 건, 나의 내면에 의한 것이

아니다. 원하던 힘을 얻었다는 것과, 그날 에미가 나를 따라와줬다는 점이 크다.

둘 모두를 잃은 상태였다면, 이렇게 냉정하게 있을 수는 없었겠지.

"큭······!"

대미지가 어느 정도인가 했는데, 꽤 타격이 있었던 모양이다.

그러고 보니 아드리아의 마왕도 용사를 『약하다』라고 표현했었다.

그건 정신적인 부분을 가리키는 것이었다고 생각했는데, 신체적으로도 성기사와 비교하면 약한 편일지도 모른다. 시야 끝에서 아리아가 감탄하며 눈을 가늘게 떴고, 케이티는 반대로 눈을 크게 떴다.

"빈스. 마법을 써. 그럼 이길 수 있어."

"좋았어. 그렇다면 빠르지. 죽이는 건 안 되는 거지?"

"안 돼."

"알았어."

케이티는 무슨 수를 써서라도 나를 붙잡아서 돌아가고 싶은 거겠지.

이 녀석에게 붙잡힌다면 뭘 당할지 알 수가 없다. 뭐······ 기억은 틀림없이 빼앗기겠지. 그리고 눈앞의 광경을 보면, 명령을 듣기만 하는 인형이 되리라는 걸 잘 알 수 있다. 이거야 원, 사양하고 싶군.

빈스는 한 발짝 물러나서 양손으로 들던 검에서 왼손을 풀고는, 손바닥을 이리로 내밀었다.

　온다―.

　"《세인트 애로우》!"

　"《다크 애로우》!"

　그쪽에서 온다면 사양하지는 않는다. 아마 이 녀석들에게는 숨겨봤자 의미가 없고, 나머지 세 명도 알고 있다고 보는 게 좋다.

　빈스의 손에서 날아온 하얀 빛이 내 손에서 날아간 검은 화살에 부딪혀서 사라졌다.

　상쇄, 인가.

　"……으응? 뭐야? 케이티, 저건?"

　"저건 어둠마법. 악으로 타락한 마도사가 쓰는 마법이야."

　남의 소꿉친구에게서 기억을 빼앗아 놓고 참 용케 그런 소리를 할 수 있군.

　묵묵히 듣던 시빌라가 한숨을 내쉬었고, 그 밉살스러운 대화에 의미 따위는 없다는 듯이 내게 필요 최소한의 말을 전했다.

　"빛마법은 어둠마법과 상극인 마법. 성능은 똑같고 위력도 똑같아. 부딪치면 상쇄돼. 그것만 알고 있다면―."

　―이길 수 있어.

　마지막은 말로 하지 않았지만, 시빌라가 하려는 말은 확실히 알 수 있었다.

　역시 도움이 되는 정보만 정확하게 알려주는 파트너. 정의이니 악이니, 지금의 우리에게 그런 건 불필요하다.

힘 없는 정의에 의미는 없고, 속성만으로 차별하는 정의와 악에도 의미는 없다. 그 사람의 행동과 결과가 곧 정의가 된다. 어둠마법을 손에 넣은 나에게는 그 신념만 있으면 충분하다.

"흐응, 평범한 악인은 아니라는 건가. 이건 마왕 토벌 이상이 될 것 같군! 죽이는 건 안 된다고 했지?"

"절대 안 돼."

"절대라. 역시 케이티는 다정하네. 좋아. 해보겠어."

"지구전이네~."

빈스는 다시 내게 손을 내밀었다. 시야 끝에서는 케이티가 입술로 호를 그리면서 묘하게 기쁜 듯이 말하고 있다.

"흥."

뒤에서 콧소리가 들렸다.

이거야 원. ―전에도 저질렀으니까, 참으라고?

"이봐, 뭘 웃고 있어! 젠장, 《세인트 재블린》!"

"《다크 재블린》."

나는 빈스의 목소리에 이중 영창을 겹치지…… 않았다.

마법은 당연히 상쇄되었고, 케이티는 더욱 짙은 미소를 지었다.

"《세인트 레이저》!"

"《다크 스피어》."

빈스의 손에서 빛줄기가 방사형으로 퍼지며 나를 포위하듯 덮쳐왔다.

칫, 확산한 뒤의 집중 공격인가.

빛의 마법은 내게 직격……하기 전에, 윈드 배리어 마법으로 튕겨났다.

그러나 배리어는 지금의 일격으로 날아갔다. 이중 영창으로 걸었는데도 상당한 위력이다. 역시 방심할 상대는 아니군.

"《윈드 배리어》."

방어는 이중 영창으로, 다시 똑같은 걸 걸었다.

위에서 이쪽을 바라보던 마델린이 한 발짝 물러서는 소리가 났다.

"방어마법도 쓰는 건가. 어디까지 버틸까?《세인트 재블린》!"

"《다크 재블린》."

"《세인트 레이저》!"

"《다크 스플래시》."

상대가 확산이라면, 이쪽도 확산. 다음에는 상쇄했다. 빈스가 마법을 어디까지 익혔는지는 모르지만, 마법으로 질 생각은 없다.

애초에 【용사】가 검술에 뛰어나면서 마법도 최강 클래스라는 게 반칙이다.

다소 레벨이 낮다고는 해도, 마법까지 진다면 의미가 없다.

몇 번이고, 몇 번이고.

빈스가 빛마법을 날리고, 나는 어둠마법으로 상쇄했다.

그때, 어둠마법을 얻은 날.

빈스와 나란히 서게 된, 내가 주역이 되었던 그날.

용사가 되고 싶었다.

만약 되지 못한다면, 적어도 이야기 속 영웅과 나란히 서는 존재가 되기를 원했다.

줄곧 이렇게 되기를 꿈꿔왔다.

—대등하다.

나와 용사가, 대등하게 맞부딪치고 있다.

보고 있나? 빈스. 보지는 못하겠지.

정면에 있는 네가 아니라, 나의 소꿉친구에게 보여주고 싶다.

분통해하면 좋겠다. 부러워하면 좋겠다.

어두운 감정이 아니라, 단순히 지금의 나를 보여주고 싶은 거다.

나를 이렇게나 강하게 만들어 준 녀석에게, 지금의 나를 보여주고 싶은 거다.

네가 아니야.

네가 아니라고—!

"《다크 애로우》, 《다크 재블린》, 《다크 스플래시》!"

"《세인트 애로우》! 《세인트 애로우》! 큭…… 아리아!"

빈스가 얼굴을 팔로 막고는 내 어둠의 물보라를 쉰 목소리로 받아내면서 아리아 쪽으로 백스텝해서 물러났다.

얼굴에서 땀이 뿜어져 나오고 있다. 마법을 연속 사용해서 탈이 났기 때문이다.

"위험하지 않아?! 매직 포션 잔고, 지금 가지고 있는 건 마델린뿐인데?!"

"—잠깐."

여기서 빈스와 아리아의 대화를 막은 건 케이티였다.

시선을 돌리자— 그 밉살스러운 미소를 지으며 이쪽을 얕보던 케이티가 눈을 크게 뜨고 경악하고 있었다.

"……어떻게 된 거야? 확실히 책략에 빠뜨렸어. 마경. 어스름의 마경. 빼앗겼어. 낭비만 심한 마도사, 몸을 버리는 최상위직, 사랑을 모르는 어스름의 직업(집)."

"이봐, 케이티…… 케이티?"

"빛은 사람의 마음, 사랑의 힘. 레벨링이 힘든, 태양의 은혜가 적은 어둠의 직업(집)보다 먼저 고갈되거나 하지 않아. 그래서 함께했어, 책략에 빠뜨렸어. 싸우기 전부터 결과는 정해져 있었어. 애초에 연전이었을 텐데. 마법이, 마력이 밀린다니, 말도 안 돼, 말도 안 돼. 이래서는 매직 포션이 있어도 부족해. 부족해? 어째서? 어째서? 이런 건—"

그곳에는, 조금 전까지 승리를 확신하고 여유작작 미소를 짓고 있던 여신은 없었다.

"책사, 책략에 빠지다, 라는 거지."

반면, 이쪽 여신은 실로 즐겁다는 듯, 처음으로 명확하게 웃었다. 나는 그 얼굴로 확신했다.

—시빌라가, 이겼다.

케이티는, 마치 믿을 수 없는 것을 본다는 눈으로 시빌라의 말을 반추했다.

"책략에, 빠졌다고……? 내가?"

"상대가 자기의 책략에 빠졌다고 생각하는 순간은, 굉장히 기분 좋단 말이지. 얼마나 좋냐면, 대부분 그 순간 **방심**이라고 불러도 지장이 없다는 느낌이 되어버리거든."

"방심……? 내, 가……. 언제부터……."

"카페에서 커피를 마시던 때부터."

너무나도 뜻밖의 대답이 돌아오자, 케이티는 물론이고 나도 놀랐다.

카페라니, 처음에 마주쳤을 때잖아……! 오늘 던전에 들어올 때가 아니라 이미 그 단계부터 지금의 전개를 꾸미고 있었다는 건가?!

내 의문에 대답하려는 듯, 시빌라는 명랑하게 지금까지의 과정을 해설했다.

"우선 대전제로. 내가 네 얼굴을 봤으니까 너도 내 얼굴을 봤겠지. 그 시점에서 내가 시빌라라는 건 알아챘을 거야."

"모자를 쓰고, 책상에 엎드려 있었어. 들키지 않기를 바라며 얼굴을 감추고 있었어……."

"그렇겠지~. 너희의 눈에 띄는 용모는 남자도 여자도 볼 테니까. 부자연스러울 만큼 완고하게 안 보는 건 말도 안 돼. 그래서 『들키지 않았다고 생각하게 만들기 위해 얼굴을 감추고 있었던』 거야."

시빌라는 놀랍게도 그때 이미 자신의 모습이 들켰다는 걸 알아채고 있었던 건가. 그리고 케이티가 그렇게 생각하는 걸 이용한 거다.

실제로 케이티는 시빌라를 인식한 모양이지만…… 어째서

그런 일을?

"러셀을 무슨 목적으로 데리고 다니려는지는 모르겠지만, 남들 눈에 띄지 않는 곳에서 접촉하고 싶은 건 그쪽도 마찬가지겠지. 그럼 던전에서의 접촉을 노릴 거고. 산의 던전에서 용린 갑옷용 자금을 벌려나 했는데, 보이지 않았으니까 오늘이 진짜 목적."

"산의 던전?"

"……어머, 이건 빗나갔나? 그럼 이 이야기는 없었던 걸로."

마치 보고 온 것처럼 술술 떠들고 있지만, 틀린 부분도 있나 보군. 그러나 이건 어느 의미로는 지금 이야기를 전부 시빌라의 머릿속에서 조합하고 있었다는 증명도 된다.

"뭐, 아무튼 나도 들어간다고 말했고, 굳이 던전에 가겠다고 선전까지 했으니까, 유도하고 있다고 생각한 거지. 그래서 확실하게 만난다고 보고 먼저 온 거야."

"영문을 모르겠어. 피로할 텐데. 소모될 텐데."

"그래도 레벨은 올라."

"마력을 소모하면서까지 레벨링을 할 이유가 없어. 마법을 쓰지 않고 공략했다고? 망가진 천칭. 안정적이지 않아. 도박에 불과해. 애초에 어둠마법사가 검뿐이라니…… 말도 안 돼."

"말이 안 되겠지. 물론 러셀은 어둠마법으로 플로어 보스를 쓰러뜨리고 레벨을 올렸어."

"회복되지 않아. 이 세계는 레벨업으로 회복되지 않아. 계산이 안 맞아."

"그렇겠지."

"……말도 안 돼. 판단을 이해할 수 없어. 내가 시빌라의 판단을 이해하지 못한다니, 내가, 내가…… 말도 안 돼."

두 사람의 대화를 듣다 보니, 아무리 나라도 케이티에게 대체 무엇이 예상 밖이었는지 알 수 있었다.

무한한 마력.

소모가 심한 어둠마법을 먼저 쓰게 만드는 것이 케이티에게는 가장 좋은 작전이었을 거다. 나는 시빌라가 상층 쪽에서 했던 말을 이해했다.

나만의 특징이자, 아마 케이티도 경험한 적이 없을 특수한 능력. 자넷에게 배운 능력은, 옆에서 보면 **그냥 호흡**이다.

내 마력은 아직 남아있지만, 상대는 내가 항상 마력을 보급하고 있다는 걸 깨닫지 못하겠지.

내가 모든 걸 이해했다는 것이 시빌라에게도 전해진 모양이다.

"쓸데없는 말은 안 해도 돼. 하지만, 내가 했던 말 그대로지?『어떻게 되든 유리』하다는 걸."

이쪽을 돌아보고는, 실로 즐겁게 윙크를 한 번.

내가 먼저 나아가면, 무진장한 마력으로 인한 **소모 없는 레벨업.**

용사 파티가 먼저 나아가면, 플로어 보스전에서 **소모한 빈스와의 연전.**

어느 쪽이든 내가 유리하다는 건 변함이 없다.

—적을 속이려면 아군부터.

나와 함께 탐색하고 있다는 걸 상대에게 알려주었다는 것. 그걸 내가 깨닫지 못하게 한 것도 포함해서, 케이티를 끌어내는 함정으로 삼았다는 건가.

완전히 당했다. 실로 기분 좋은 트릭 해설이었다.

이거야 원. 터무니없는 사기꾼 여신이다. 역시 너는 믿음직한 파트너야!

"……큭! 빈스, 검을! 용사가 술사에게 밀릴 리가 없어!"

"알았어!"

빈스가 케이티의 지시에 따라 앞으로 나오고, 아리아가 상황을 보며 초조한 듯 목소리를 냈다.

"잠깐, 난입하는 게 낫지 않을까?!"

"아리아는, 아직. 여기서 술사 상대로 근접직이 2대1이라니, 이기더라도 영향이 생겨. 마델린은 어둠마법이 오면 마법. 괜찮아. 나의 용사가 질 리가…… 나의 사랑이 질 리가…… 사랑이, 사랑, 이…… 사랑?"

케이티와 아리아가 말다툼을 벌이고 있지만, 지금은 무시다.

빈스가 검을 들고는 척 봐도 짜증을 내면서 내게 다가왔다.

"뭐냐고…… 너는 대체……! 젠장, 지지 않아! 나는 지지 않는다고!"

초조감을 드러낸 빈스가 처음과 마찬가지로 검을 상단으로 크게 들며 덤벼들었다.

나는 이때, 문득 위화감을 느꼈다.

그걸 확인하기 위해서, 나는 공격을 피하고 어둠마법을 고르지 않고 검을 양손으로 들었다.

각자 직업의 힘으로 얻은 최상위 마법으로 맞겨루기를 벌이는 게 아니라, 나와 네가 쌓아왔던 검의 싸움. 이것으로 이겨야지만 에미와 검을 맞부딪쳐 온 나날이 빛난다.

게다가 아무래도, 마법에 의존하면 마델린도 동시에 상대해야만 할 것 같으니까.

"한눈을 팔다니 배짱도 좋구나!"

"걱정하지 마라. 네가 쓰러질 때까지는 너만 상대할 생각이니까."

"입만 살아서는!"

분노에 몸을 맡긴 검을 검으로 흘려내서 대응했다.

나와 빈스의 진검승부, 재시작이다―!


"―말도 안 돼."

작은 중얼거림이, 검격의 응수를 일단 중지한 플로어에 명확하게 들렸다. 케이티의 목소리다.

그 표정과 음색을 보니, 눈앞에서 일어나는 일에 경악하고 있다는 걸 명확하게 알 수 있다.

나와 빈스가 검으로 다시 맞부딪치고 나서 대체 얼마나 시간이 지났을까?

아직 10합도 벌이지 않은 것도 같고, 수십 분은 지난 것 같기도 하다.

시간은 모르겠지만, 그러나 나에게도 확실하게 알 수 있는 게 있었다.

약하다.

지금의 빈스는 약하다. 그것도, 어지간한 수준이 아니라 이상할 정도로 약하다.

물론 힘이 쇠약해진 건 아니다. 그러나 싸워보니 전혀 느낌이 오지 않는다.

빈스의 공격은 조금 곤혹스러울 만큼 단순했다.

검은 줄곧 양손으로 들고 있고, 그 공격은 모조리 크게 휘두르기만 한다.

종종 나오는 작은 움직임은, 필사적으로 찌르기를 연발할 때 정도인가. 그건 마치 자신의 체력을 과시하는 것 같아서, 나를 쓰러뜨리려는 움직임으로는 느껴지지 않았다.

물론 그런 단순한 공격을 해버리면, 나는 곧바로 회피한다. 그 자잘한 움직임을 하면서, 이번에는 내가 검을 크게 휘둘러서 후려치자 빈스의 균형이 무너졌다.

크게 휘두르는 동작은 빈틈이 많은 데다 받아내기 쉽고, 찌르기는 검으로 받아내기 힘든 반면 피하기 쉽다.

게다가 빈스의 힘이 상대라면, 나는 검으로 검을 받아내지 않는다.

이렇게나 크게 휘두르는 공격이 많으면 받아낼지 말지 판별할 필요가 없기에, 생각하지 않아도 되는 만큼 편하다.

솔직히 고전할 줄 알았다.

왜냐하면 나와 빈스는 일찍이 직업이 없을 때부터 검을 겨뤄왔고, 내가 더 많이 이기기는 했지만 일진일퇴라고 해도 좋을 만큼 실력이 비등했기 때문이다.

아무리 이중 직업이라고 해도, 나는 술사와 술사.

반면 빈스는 용사다.

내가 기술을 갈고닦아야만 빈스와 겨우 호각이 되리라 예상하고 있었다.

그러나 현실은.

"설마, 내가…… 내가, 이런……!"

빈스 자신도, 자기가 밀리고 있다는 걸 믿을 수 없는 모양이었다.

"내가 지다니, 그럴 리가 없어……! 검으로, 술사인 너에게!"

"그래! 네가 나에게 지는 일은 본래 있을 수 없어!"

"—윽?!"

이런 상황이지만…… 나는, 조금 기대하고 있었다.

자신의 의지로 검을 들고, 레벨을 올렸다.

에미가 모의전에서 무척이나 많이 어울려줬다. 지금의 내가 강해지려면, 에미에게 전력으로 상대해달라고 할 수밖에 없었다.

나를 목검으로 타격하는 건 물론이거니와 나와 검을 맞대는 것조차 싫어하던 에미다. 무리하게 부탁해서 어울려 달라고 한 부분이 크다.

그래도 에미는 불평 한마디 하지 않고 어울려줬다. 【성기사】인 에미가 전력으로 상대해준 모의전의 밀도는 진했고, 예전보다 상당히 강해진 느낌이 있었다.

자넷도, 빅토리아도 지혜를 빌려주었다.

시빌라도 나의 레벨업을 노리고 여기까지 함께 해줬다.

지금의 나는, 모두의 힘을 빌려서 이렇게 강해질 수 있었다.

이렇게까지 한 이유는 하나밖에 없다. 이렇게라도 하지 않으면 술사인 내가 【용사】에게 검으로 도전하는 건 무모하기 짝이 없기 때문이다.

패하면 모든 것을 잃는, 너무나도 무모한 도전.

평소의 나라면 절대로 이런 위험한 판단은 하지 않았다.

그래도, 나는 검으로 도전하고 싶었다.

내가 선택한 길을 스스로 긍정하기 위해, 전력으로 부딪치고 싶었던 거다.

……그런데, 뭐지?

"빈스. 너는 강해…… 강할 터였어."

"너, 너, 무슨 소리를."

나는 그날, 모두가 나를 내버려두고 갔을 때, 모두를 원망했다.

차가운 녀석들이라고 생각했고, 갈 곳 없는 분노의 감정도 느꼈다.

복수, 그런 단어도 머리를 스쳤을 정도다.

그러나 에미가 줄곧 나를 생각해줬던 것이나, 나 자신이 도움이 되는 움직임을 보이지 않았던 것, 게다가 자넷이 상당히 배려해준 것도 있어서 예전의 분노와 같은 감정은 거의 남아

있지 않다.

단, 빈스는 다르다. 나를 신경 써준 기억이 별로 없으니까.

게다가 내가 보지 못하는 곳에서 무척이나 제멋대로 굴었던 모양이라, 솔직히 이 녀석만큼은 뜨거운 맛을 보여줘야 한다고 생각했다.

이 녀석에게만큼은, 내가 성자이니 뭐니 하는 것도 알 바 아니었다.

그러나 말할 것도 없이 그 뜨거운 맛이라는 건 커다란 실패거나 창피거나, 그 정도 수준이다.

그대로 죽으라는 생각까지 한 건 아니다. 그보다, 아무리 비뚤어졌더라도 유년기부터 언제나 함께였던 친구의 죽음을 바라는 녀석은 보통 없다.

그렇다…… 어디까지나 『뜨거운 맛』이다. 정신적으로 아프다고 생각할 수 있다면— 게다가, 자신의 행동을 반성한다면—
시빌라
여신에게 힘을 얻은 나에게는 이미 충분했던 거다.

싸우는 일은 있지만. 그래도 금방 화해하는 법이다. 고아인 우리에게는, 서로 말고는 남자인 친구라 부를 녀석이 없었으니까.

그러니 이번에는 빈스가 창피를 당하고, 내가 『꼴좋다』라고 말하고.

분한 표정 하나라도 보인다면, 그걸로 용서할 생각이었다.

……그런 나의 소망은, 검게 물들어 버렸다.

"너는, 이 정도가 아니잖아!"

시빌라의 말이 머리 한구석을 스쳤다.

『기억이 없어지더라도, 특정한 부분만 빼앗기는 어렵다.』

그래서 나라는 인물에 관한 기억만 사라진 줄 알았다.

나의…… 나 개인에 대한 것만 잊어버렸다고 생각했다.

『걷는 법을 잊어버리고, 달리는 법만 기억하는 인간은 없다.』

시빌라가 기억에 관해 나에게 했던 다른 말이다. 즉―.

―빈스는, 검을 맞부딪쳤던 나의 움직임까지 포함해서 나의 기억이 전혀 남아있지 않다.

나는 오늘 처음으로, 빈스의 검술이 나에 의해 얼마나 성장했는지, 동시에 나의 검술이 빈스에 의해 얼마나 성장했는지를 깨달았다.

나의 검술은, 줄곧 이 녀석과 일심동체였던 거다.

지고 싶지 않아서 필사적으로 연습했다. 몇 번을 지더라도 도전했다. 기술을 극한까지 끌어올린 빈스의 위에, 기술을 극한까지 끌어올린 내가 있었다.

그러나 지금의 빈스에게는, 질 때마다 자넷에게 배웠던 10년 분량의 기술이…… **나를 상대하던 기술이** 하나도 존재하지 않는다. 이러니 승부가 될 리가 없다.

"젠장. 한 번 더!"

다시 크게 휘두르는 대각선 베기를 본 나는 회피하면서 파고들어 검이 아니라 주먹으로 후려쳤다!

"크악……!"

나는 한 발짝 물러난 빈스에게 큰소리로 고함쳤다!

"3년 전이다!"

"뭐, 뭐야?!"

"대각선으로 휘두르는 버릇은 그만두고, 빈틈을 없애라고 자넷한테 들었잖아!"

빈스는 내 말에 곤혹스러워하면서도 곧바로 미간에 주름을 잡으며 상단으로 검을 들어 올리려 했다.

그 텅 빈 몸통을 향해 크게 파고들고는 전 체중을 실어 칼집을 밀어 넣었다!

"크윽……!"

신음을 내지른 빈스가 엉덩방아를 찧었다.

"빈틈도 만들지 못했는데, 느닷없이 상단베기 자세를 잡으면 맞을 리가 없잖아! 너는 그걸 에미와 함께 주의받았을 텐데! 이건 5년 이상 전이다!"

지금의 나는 빈스를 압도하고 있다. 검술로 일방적으로 밀어붙이고 있다.

이건 줄곧 상상하던 일. 원하던 결과.

그러나…… 그러나, 이게 대체 뭐냐.

이 거미집에 뒤엉킨 듯한 씁쓸한 감정은.

나의 마음은 기분이 좋고 해맑기는커녕, 지금도 비를 맞는 것처럼 어둡고 가라앉아 있었다.

아니, 알고 있다.

이렇게까지 비참한 꼴이 되어버린 소꿉친구를 보니…… 줄곧 함께 지내온 나의 유일한 남자 쪽 친구라 부를 수 있는 녀석이, 본인의 의지와는 상관없이 이렇게까지 무능한 녀석으로 전락해 버렸다는 것에 참을 수 없이 화가 난 거다.

나다. 나라고, 빈스.

너는 훨씬 강했어.

네가 강했으니까 나는 강해졌어. 마지막으로 만났던 날보다 강하다고.

네가 어찌할 수 없을 만큼 지기 싫어했으니까, 나도 질 때마다 기술을 연마했어.

그 검술을 보여달라고.

어느 의미로는 나를 길러낸 네가, 【용사】가 된 힘으로 그 검술을 부딪쳐 보이라고.

나는, 그걸 웃돌기 위해 여기에 서 있는 거다.

그러니까, 내 노력의 결정을 진심으로 부러워하고, 죽을 만큼 질투하는 것으로 인정해 줘.

—이 녀석은…… 빈스가 아니다.

지금, 겨우 그때 자넷의 마음을 이해했다.

자넷은, 어디를 어떻게 보더라도 빈스 말고 다른 누구도 아닌 이 녀석을, 단호하게 『빈스일지도 모르는 인간』이라고 단언했다.

마치, 모습도 목소리도 기억도 다른 인간을 얻어들은 내용만 가지고 본인이라고 인식한 듯한 말투다.

그 인식은, 틀리지 않았다.

지금의 이 녀석은 이미, 내가 아는 소꿉친구가 아니다.

이 빈스와는, 내가 이겨봤자 의미가 없는 거다!

문득 시선을 움직이자, 나를 무척이나 열기가 담긴 시선으로 끈적하게 바라보는 여자의 히죽거리는 얼굴이 시야에 들어왔다.

당황하고 있던 여자는, 우리의 갈등조차도 우정의 확인 작업으로밖에 보지 않는 거다. 즉, 저 빌어먹을 여자에게 나와 빈스가 괴로워하는 모습은, **단순한 오락.**

"―나의 절친을, 돌려줘야겠다!"

케이티는 나의 외침을 듣고도 움츠러들기는커녕 더더욱 황홀한 표정으로 자신의 뺨에 양손을 댔다.

"아아…… 이게 수백 년 만에 느끼는 성자의 사랑……. 갖고 싶어 갖고 싶어, 갖고 싶어 갖고 싶어. 무슨 수를 써서라도……."

그 눈에는, 지금 상황에 대한 이성적인 감정이 조금도 남아 있지 않았다.


시야 끝에는 무기를 떨어뜨리고 엉덩방아를 찧은 빈스. 뭔가 잘 이해할 수 없을 만큼 기분 나쁜 태도를 보이는 케이티가 신경 쓰이지만, 지금은 나중이다.

이 기회를 놓칠 수는 없다!

"―《스톤 재블린》!"

나는 빈스에게 다가가려고 했지만…… 뒤에서 목소리가 들리면서 눈앞에 돌창과 방패가 부딪치는 소리가 들려 순간 몸을 뺐다.

"잠깐, 정말로 위험해…… 마델린!"

"이쪽도 막혔어. 저 녀석, 강해."

두 사람의 익숙하지 않은 목소리를 듣고 상황을 파악했다.

내가 빈스에게 손을 뻗으려고 할 때, 아리아가 우리 사이로 끼어든 거다. 그걸 시빌라가 막았다.

여기에 가세하려고 마델린이 참전했지만, 그것도 시빌라가 막은 거겠지.

"미안, 고맙다."

"시야가 좁아지는 마음도 이해하지만, 초조해하는 쪽이 져. 상황이 악화된 건 아니야. 여전히 우리가 유리해."

그래. 초조할 필요는 없다.

케이티가 중얼중얼 혼잣말을 늘어놓으면서 움직이지 않는 이상, 나는 눈앞의 녀석을 쓰러뜨리면 될 뿐이다.

"아리아, 였던가. 너에게 원한은 없지만, 방해한다면 상대해 주마."

"이거야 원, 곤란하네요. ……이런 건 나의 영역이 아닌데요!"

아리아가 눈을 크게 뜨고는 이쪽으로 파고들었다. 빠르다─!

"제법이군!"

내가 아리아의 검을 걷어내자, 팔을 뻗어서 방패를 이쪽으로 내밀어 왔다.

순간적인 판단으로 몸을 뺐지만, 역시 범상치 않군. 체감상으로는 빈스보다도 강하다.

사전에 빅토리아와 일전을 경험해서 다행이다. 아무래도 대인전에 익숙한 건지, 이 녀석은 그에 가까운 움직임을 보여주고 있다.

"우왓, 진짜인가. 지금 이걸 피한다니, 움직임이 너무 **빠르**지 않나요."

"아직 여력은 있다. 마법을 쏴도 되고 말이지."

아리아와 마델린이 참전한 이상, 공격마법을 써도 된다.

싸우기 전의 약속을 파기한 건 너니까 말이지.

"마력이 고갈된 술사라고 들었는데, 이런 힘든 일이라니 진짜인가요……. 마델린! 정신!"

"쓰고 있어! 왜 안 통하는 거야……?!"

마델린에게 『정신』이라고 불렀다는 건, 정신 공격마법을 뜻하는 거겠지. 아마 자넷이 당했던 마법이다. 연일 최면마법으로 잠들었고, 그 마법은 파티 외부의 마도사가 썼다고 했었다.

당시에는 케이티와 아리아밖에 없었다고 하니까, 마델린이 상대를 재우는 강력한 마법을 쓸 수 있다고 보는 게 타당하겠지.

실제로 머리에 순간 안개가 끼는 감각이 들었다. 물론 그 마법은 예측했기에, 곧바로 큐어 링크를 써서 시빌라까지 포함하여 회복했지만.

사전에 알고 있다면, 대처하기는 쉽다. 역시 지식은 강해, 자넷.

"정신 오염 특화 술사라면, 평범한 공격은 어느 정도일까? 높은 곳에서 화살이라면 유리하겠지만, 마법이라면 오히려 도망칠 곳이 없어서 좋은 표적이네~. 《스톤 재블린》!"

"윽, 《파이어 볼》!"

시빌라가 돌창을 날리자, 마델린은 필사적으로 물러나 피하면서 작은 불구슬을 시빌라에게 던졌다.

시빌라는 그 공격을 무영창 스톤 월을 잠깐 꺼내는 것만으로 막았다.

"어라, 귀엽네~, 마델린. 러셀에게 인기를 끌고 싶어서 귀여운 척이라도 하는 걸까? 아니, 진짜 그건 좀 아니지~. 《플레임 스트라이크》!"

"꺄앗! 가, 강해……!"

"그래서는 중요할 때 도움이 못 된다고~? 상태 이상은 하층 플로어 보스한테는 안 통하거든."

시빌라는 히죽히죽 웃으면서 압도적인 상위 마법으로 유린을 시작했다. 여력을 남기면서 마법을 사용하는 그 모습, 이미 악역 그 자체다.

이거야 원. 터무니없는 여신님이 다 있군. 자넷의 몫까지 좀 더 해줘.

"마델린!"

아리아가 시빌라에게 접근하려는 순간, 내가 옆에서 베고 들어갔다. 내 파트너에게 접근을 허용할 수는 없지!

나의 공격을 순간적인 판단으로 회피한 아리아는 가느다란 눈으로 나를 노려보며 검을 들었다.

"흥, 무척이나 당연하다는 듯 노려보는군. 먼저 약속을 깬 건 그쪽일 텐데."

"그~렇죠. 원래부터 약속은 깨려고 했으니까! 당신들의 실력을 조금 오판해서 나오는 게 늦어졌을 뿐이고!"

호오…… 이제야 이 녀석의 본심이 나왔군. 싹싹한 분위기로 눈을 가늘게 뜨며 웃는 여자지만, 상당히 교활한 모양이다. 여유롭게 이기지 못하면 집단으로 두들길 생각이 넘쳐나는군.

"아, 딱히 방해할 생각이 없다면 목숨은 빼앗지 않을 거야. 나는 다정하거든. ―반대로 말하면, 방해한다면 용서하지 않겠지만."

한편, 시빌라는 마델린에게 진심이 담긴 음색으로 위협했다.

나 참……. 어차피 처음부터 그럴 생각은 없었던 주제에. 그러나 좋은 협박이다.

"빈스 씨! 2대1로 상대하죠!"

"그, 그래……!"

이쪽의 싸움을 보고 멍하니 있던 빈스가 검을 들고 일어섰다. 그러나 조금 전보다 패기가 없는 기색이었다.

"친구, 친구…… 친구?"

"망설이다가는 **또** 질 거예요!"

"큭! 젠장, 나는 지지 않아……!"

무심코 외쳐버렸지만, 빈스는 내 입에서 자연스레 나온 『절친』[친구]이라는 단어에 정신이 팔려있었던 모양이다. 그것도 아리아가 고함을 치자 날아갔지만.

동시에 생각했다. 이 녀석은 역시 빈스라고. 옛날부터 승리에 집착하는 녀석이었으니까.

이기기 위해서라면 얼마든지 노력하고, 패하면 자넷에게 배우기도 했다. 퉁명스럽게 들으면서도 다음에는 조금씩 받아들였다.


—후회하지 않는 선택.

빅토리아의 말이 머릿속에 떠오른다.

그래……. 여기서 빈스에게 원한을 모두 부딪쳐서 재기 불능으로 만든다고 치더라도.

일시적으로는 개운할지도 모르지만, 다음에는 그 후회가 나를 짓누를 거다.

"2대1이라면……!"

아리아가 내 왼쪽으로 돌아 들어오고, 빈스가 정면에서 치고 들어왔다.

근접직 두 사람에게 검으로 도전하는 술사. 평범하게 생각하면 짐이 너무 무겁다.

그러나 나는 【어스름의 마경】이다. 그것도, 일반적인 공격마법만 있는 게 아니다.

"—크윽……!"

아리아가 설치해 놓았던 《어비스 트랩》에 걸려 신음을 내질렀다.

혼전이 된 지금, 기회는 이제 얼마 없다.

한다면, 지금밖에 없다—!

나는 여기서, 이 순간을 위해 온존했던 마법을 머릿속에서 외쳤다.

'《새도 스텝》!'

그 순간, 세계의 색이 사라졌다.

나는 곧바로 마법 발동을 확인하고 머릿속에서 오른쪽을 선택했다.

"—앗?!"

"어?"

빈스와 아리아의 놀란 목소리와, 순간적으로 빈스 옆으로 순간 이동한 나.

술사의 회피용 어둠마법…… 그러나 검사인 내가 사용하면 이렇게 쓸 수도 있다. 말할 것도 없이, 상성은 발군이다.

시빌라는 이걸 빈스와의 싸움을 대비해서 준비해준 거지만, 설마 이렇게나 굉장한 마법일 줄이야.

감사는 나중이다. 방심하던 잠깐의 빈틈을 찌른 나는 빈스의 머리에 머리를 올렸다.

—지금부터 쓰는 마법은, 평범한 마법이자 전심전력의 마법.

효과가 있을지는 나도 모른다.

그러나, 만약 【성자】라는 것이 다른 회복술사보다 특별하다면.

소생과 같은 기적을 다른 마법으로도 일으킬 수 있다면, 『성녀 전설』에도 실리지 않은 기적을 일으킬 수 있다면, 가능성은 있다.

본래는 불필요한 완전 치료마법.

그걸 머릿속에서 이중 영창까지 하며, 전력으로 외쳤다.

"《큐어》!"
'《큐어》!'

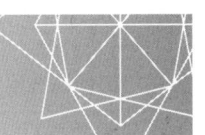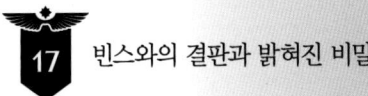
성자의 마법은, 일반적인 마법과는 다르다.

그건 회복마법이 신체의 피로조차 없애주는 마법이 된 것으로도 알 수 있다.

같은 이름의 마법이라도 할 수 있는 일이 많다.

그런 성자에게 또 하나 있는 것이 치료마법이다.

원래 있는 독 전용 마법, 마비 전용 마법, 최면 전용 마법을 전혀 익히지 않는다. 그 대신, 모든 상태 이상을 회복시킬 수 있다.

시빌라의 말에 따르면, 힐의 복수화와 큐어의 복수화는 근본적으로 다르다고 한다. 이 치료마법 큐어는 그만큼 고도의 마법인 거다.

시빌라에게 들은 정보는 그것만이 아니다. 빈스가 잃어버린 기억이, 빼앗긴 게 아니라 봉인된 게 아닌가 예상했었다.

그렇다면.

본래 위력 같은 건 생각하지 않는 이 치료마법을, 성자의 마력으로 이중 영창까지 실으면 어느 정도의 힘이 나올까.

빈스의 머리를 잡은 직후에 아리아가 끼어들어서 내게 검을 휘둘렀다.

젠장. 데려가는 건 나중에 하자.

'《섀도 스텝》.'

본래의 사용법답게, 회피를 위해 마법을 써서 공격을 피하고는 시빌라 근처까지 돌아왔다.

아리아는 방심하지 않고 나를 보고 있다.

"……무, 무슨 일이 일어난 거지……. 지금, 움직임이 보이지 않았어!"

"섀도 스텝이네."

뭐라고……?!

나는 조금 전부터 계속 무영창으로 섀도 스텝을 쓰고 있었다. 그런데 케이티가 그 이름을 꺼냈다.

이쪽이 사용하는 어둠마법조차도 이 녀석의 지식 안에 있다는 건가. 이거야 원. 정말로 지식량은 터무니없이 많다고 봐도 될 상대 같다.

"회피용 마법을, 어둠 속에서 도망에 전념하기 위한 마법을 공세에 쓰다니, 정말 멋져……! 당신, 정말로 좋아. 갖고 싶어, 갖고 싶어…… 귀여워해주고 싶어……."

"거절하지. 내 취향이 아니라서."

"그렇다니까! 러셀은 나 같은 초 선진적인, 세계 최고의 미소녀가 취향이거든!"

"아니, 어째서 그렇게 되는데?"

"에에에에엑? 여기서는 동의하는 흐름 아니야아아아?!"

진지하게 대화하는 와중에, 여느 때와 같은 자기과신 발언.

멋대로 끼어들어서 내 목소리를 대변하지 말라고. 하지만……. 그래. 적어도 저쪽보다는 훨씬 낫다.

그러나, 지금은 그런 걸 신경 쓸 때가 아니다. 나는 가장 중요한 국면에 있다.

자넷에게 들은 걸 떠올리면서, 나는 곧바로 그 남자를 향해 외쳤다.

"빈스! 나를 알아보겠어?"

반응해줘. 내가 제일 오래 알고 지낸 남자.

내가 외치자, 빈스는 멍한 모습이면서도 확실하게 중얼거렸다.

"……러셀?"

—앗! 이름을, 불렀다!

"그래! 러셀이다! 사정은 나중에—"

빈스를 곧장 이리로 데려오려던 순간, 케이티가 움직였다!

지금까지의, 어딘가 느긋한 기색과는 완전히 다른 이상할 정도의 속도로 파고들어서 빈스의 곁으로 이동했다.

게다가 다음 순간, 빈스를 뒤에서 양팔로 조였다!

"기, 기다려!"

여기까지 왔는데 되찾을 수 없다는 건가!

아무것도 얻을 수가, 한 걸음도 앞으로 나갈 수가 없다는 건가……!

케이티의 팔이 빈스의 얼굴을 붙잡기 직전.

빈스는 눈을 부릅뜨면서 나를 보더니, 플로어 전체에 울리는 목소리로 외쳤다.


"이 녀석은 경험치를 흡—!"


—빈스의 마지막 말을, 나는 놓치지 않았다.

대체 어디서 그런 힘이 나오는 건지, 케이티는 빈스를 한 손으로 끌어안고는 덮어 가렸다.

아리아의 뒤에서 흐릿한 목소리와, 무언가를 빨아들이는 소리가 들렸다.

그러자, 빈스는 이미 기절해 있었다. 케이티가 빈스의 태그를 만지자, 그곳에 길드 등록 정보가 표시되었다.

하몬드 등록, 빈스. 직업은 【용사】.

레벨은, 1……?!

케이티가 천천히 일어섰다. 아리아도, 마델린도 완전히 침묵하고 있다.

케이티는 깜짝 놀란 표정으로 시빌라 쪽을 바라보고 있었다.

그런 상황에서, 옆에서 믿음직한 목소리가 실로 즐거운 듯 전면에서 도발했다.

"흐응……! 그래, 그랬었구나! 캐슬린이 언제나 레벨 높은 남자를 데리고 다니던 건 어째서인가 싶었는데, 너는 경험치를 자유롭게 출납할 수 있나 보네!"

경험치의, 출납. 내가 빈스의 말과 지금의 결과로 연상한 것과 똑같다.

빈스가 내게 전한 말과 지금 표시된 스테이터스.

믿을 수 없는 말이지만, 눈앞의 현실이 긍정하고 있다.

시빌라가 이쪽으로 시선을 돌리며 웃었다.

"네 소꿉친구. 켤렁하고 타입은 아니지만, 까놓고 말해서 나쁘지 않네! 저 캐슬린에게서 비밀을 끄집어내다니, 언니도 마지막까지 불가능했어."

캐슬린의 비밀을, 하나 밝혀냈다.

이게 얼마나 커다란 일인지 모를 리가 없다.

시빌라가 지식에 관해서 이렇게나 흥분하고 있는 거다. 이한 수는, 교착 상태였던 수수께끼의 존재 케이티에게는 상당히 뼈아픈 타격일 게 틀림없다.

하하……. 빈스, 너도 제법이잖아……!

"입술을 통해서 출납한다는 게 터무니없네. 저런 에로한 몸이니까 남자도 마음껏 골라잡을 수 있겠지만, 처음부터 알고 있다면 대처하기 쉬워."

영문 모를 현상이라도, 영문 모를 능력이라도, 지식만 있다면 대처할 수 있다.

손으로 기억을 지우는 걸까, 마법으로 빼앗는 걸까. 그런 경계를 하지 않아도 되는 건 작전에 크게 관련된다.

"자, 그럼. 케이티. 슬슬 각오는 되었을까?"

케이티는 허공으로 시선을 보내면서 뭔가 혼잣말을 중얼거리기 시작했다.

알아들을 수 없는 목소리였지만…… 점점 그 목소리가 커진다……!

"……후…… 후후…… 우후, 우후후, 우후후후후—!"

망가진 듯이 웃는 여자.

대체 뭐가 웃긴 거지. 자포자기인가?

"시빌라도 참. 무척이나 크게 저질러줬네. 이번에 당신을 멸하더라도, 아마 대책을 세워서 돌아오겠지. 계산 외, 계산 외야. 하지만 말이지—."

케이티가, 자신의 태그를 만졌다.

그렇다. 당연한 것 아닌가.

경험치의 『출납』이라고 했다.

그렇게나 신체 능력이 높았던 빈스가 레벨 1이 되어버릴 정도로 경험치를 흡수했다.

그렇다면, 그 경험치는—.

"【마경】 레벨 51이라고?!"

그곳에 표시된 것은, 명백하게 격이 높다는 것을 알리는 숫자.

게다가 상위직이다. 에미나 자넷의 이야기로는 이 직업이 아니었을 거다.

"대책을 알았다고 해서, 이길 수 있다고는 할 수 없는 법이거든. 그런 마무리가 어설픈 점, 못난 언니하고 똑같아서 귀엽네에."

케이티는 머리 위에 마왕의 공격에서도 본 적이 없는 거대한 열기 덩어리를 만들었다.

어떤 중전사라도 삼켜버릴 듯한 마법을 가볍게 꺼낸 케이티는 너무나도 가벼운 음색으로, 처형을 선언했다.

"—그럼, 시빌라의 옆에 있는 남자, 받아가기로 할까."

케이티가 마치 식탁의 빵이라도 가져간다는 듯 편하게 말하더니, 이상할 정도의 열기를 가진 구체를 가볍게 던졌다.

"《섀도 스텝》!"

이미 상대에게 들킨 시점에서 아낄 필요는 없다.

이중 영창으로 외치면 이 마법도 효력이 올라간다.

다음 순간, **우리**는 계단을 막 내려온 곳에서 반대편으로 이동했다. 시빌라의 허리를 안고 섀도 스텝으로 두 명 동시에 이동한 거다.

"고마워!"

곧바로 상황을 파악한 시빌라가 내게 감사를 표하면서도 한 손으로 돌벽을 마구 만들었다.

복귀와 판단이 빠르다. 역시 파트너, 이거라면 괜찮아 보이는군.

"그래. 역시 나를 부정하는 거네. 억지로라도 똑같은 일을 해서 사랑해줘야겠어."

"거절한다. 《하데스 핸드》!"

내가 가진 전력으로 이 미지의 상대에게 어느 정도 대항할 수 있을까. 이렇게 되면 마신과 싸웠을 때의 마법을 모두 써서라도 이 녀석을 쓰러뜨려야만 한다.

"《스펠 브레이크》."

갑자기 위쪽에서 목소리가 들린다. 마델린인가!

"여자의 발을 잡으려고 하다니 못된 아이네. 하지만 그거, 대인전에서 통하는 마법이 아니거든~?"

큭, 그리 간단하지는 않나……!

어떻게든 시간을 벌어야 한다. 도망치려고 해도 위에는 마델린이 대기하고 있고, 아래로 도망쳐도 마왕이 있다는 게 성가시다.

어차피 아래로 가봤자 돌아올 수밖에 없다. 노린다면 위쪽이나, 아니면 쓰러뜨려야 한다.

"모처럼 이렇게 됐으니, 조금 더 놀고 싶네. 《플레어 스타》."

케이티의 손에서 다시 그 불덩어리가 나타났다.

"부딪쳐보지 그래?"

"말했겠다…… 《다크 스피어》!"

나는 케이티가 이쪽으로 던진 공을 향해 마법을 쐈다!

거리가 있는데도 낮의 태양처럼 얼굴을 돌리기만 해도 열기가 느껴진다. 빈스에게는 죽이지 말라고 해놓고서, 자기는 죽일 생각이 넘쳐나잖아?!

나의 다크 스피어가 닿자, 상대의 플레어 스타가 대폭 줄어들었다.

보아하니 상당히 통한 모양이지만…… 마지막에는 밀려나 버렸다. 역시 시빌라의 수업대로 커다란 구체의 부피는 엄청나군.

"뭐, 맞지는 않겠지~."

나는 시빌라와 함께 섀도 스텝을 써서 접근하는 구체를 피해 아리아의 대각선상으로 이동했다. 이런 상황에서 저 숙련된 전사를 상대하고 싶지는 않으니까.

"안전권으로 도망친 것 같겠지만, 어설프네. 두 사람, 해도 돼."

"알겠습니다!"

"맡겨주세요."

아리아와 마델린이 동시에 이쪽으로 손을 내밀었다.

《아이스 니들》!"

"《파이어 재블린》."

두 사람은 이쪽으로 동시에 마법을 날렸다! 그렇다. 아리아는【마법검사】고 마델린은【현자】. 모두 공격마법을 쓸 수 있다.

거리를 좁히든, 떨어지든 싸울 수 있다. 정말이지 성가신 녀석들이군……!

"《섀도 스텝》. —큭!"

내가 다시 이동하자, 윈드 배리어가 무언가를 튕겨낸 감각이 들었다.

그걸 눈치챈 것과 시간차로, 던전 벽에서 돌멩이가 후두둑 떨어졌다.

"러셀! 《스톤 스프레드》!"

시빌라가 내 이름을 부른 동시에, 이번에는 시빌라가 돌마법을 상대에게 날렸다. 저걸 맞은 건가!

"러셀의 이동하는 곳을 예측해서 쐈어. 괜찮아. 정신 똑바로 차려."

"그래."

케이티는 마법이 막혔는데도 입꼬리를 들어 올린 채 즐겁게 웃었다.

"멋져라…… 성자의 방어마법을 어딘가에서 다시 걸었나 보네? 싸움 속에서 능숙하게 사용하고 있어…… 아아, 갖고 싶어……."

"이거야 원. 포기해 주지는 않을 것 같군……."

"물론이지이. 아, 그래도 도망치게 두고 싶지는 않네. 아리아, 위로."

"알겠습니다!"

씨익 웃은 아리아가 곧바로 마델린 옆으로 이동했다.

젠장. 위로는 도망치기 힘들겠군. 새도 스텝으로 빠져나갈 수 있지 않을까 했는데, 착지하는 곳을 들키면 빈틈이 생긴다는 걸 지금 상황으로 알 수 있었다.

즉흥적이지만, 교대 영창으로 새도 스텝을 써볼까? 아니, 그건 최후의 도박이다.

"이렇게 사랑해주겠다고 하는데도, 아직 올 생각이 없니?"

"내가 나로 있을 수 없게 될 것 같으니까. 너는 믿을 수 없어."

"……자기의 확립. 고아이면서도 어머니의 애정에 굶주리지도 않는다니. 성자가 될 만하네…… 멋져라."

변함없이 혼잣말이 많은 데다 불온하다. 에미도 자넷도 꺼림칙하게 여길 만하군.

"홍. 그보다도 너 혼자 괜찮겠나? 전사 없이 싸울 수 있는 녀석이 아닐 텐데."

"어머나, 시험해 볼래?"

"……말했겠다."

케이티가 유도하듯이 손바닥을 위로 들고는 손가락을 굽혔다.

겉으로는 극상의 색기를 발하고 있지만, 피부로 느끼는 감각은 악마의 덫으로밖에 보이지 않는군.

내가 검을 든 동시에, 시빌라가 옆에서 살짝 중얼거렸다. ……과연.

고개를 끄덕인 나는 단번에 거리를 좁혔다.

"《다크 스피어》!"

공격마법을 쏘면서 검을 전력으로 꽂아 넣었다!

케이티는 마법을 자신의 마법으로 상쇄했지만, 이미 나는 품으로 파고들었다. 이 녀석은 봐줄 필요 없다!

케이티는 나와 눈이 마주치자― 낮게 허리를 숙여 회피하고는 내 검을 주먹으로 올려쳤다! 힘이, 강해―!

"《섀도 스텝》!"

다음 순간, 나는 시빌라의 옆으로 돌아왔다.

"……과연. 확실히 『직업이 하나라고는 단정할 수 없다』인가."

시빌라가 중얼거렸던 짧은 말. 그 위험한 가능성이 정답이라는 걸 깨달았다.

마도사가 아니라, 마경. 케이티는 그 직업을 고레벨로 가지고 있지만― 만약 낮은 레벨이라도 체술을 쓸 수 있는 직업을 보유하고 있다면?

술사라면서 검을 들지 않은 모습 그 자체가 함정. 맨손이 가장 큰 흉기가 된다.

그걸 증명하듯이, 케이티는 한 손을 내민 모습으로 조금 전까지 내가 있던 곳으로 손을 뻗고 있었다.

……빈스를 붙잡고 억지로 덮어 가릴 만하다. 완력 그 자체가 강했던 거겠지. 외모와 알맹이가 전혀 다른 여자다.

케이티는 말없이 가볍게 손을 흔들고는 발밑에 불을 날렸다.

작은 불덩이가 지면에 부딪힌 동시에, 검은 기둥이 순간적으로 나타났다 사라졌다. ……젠장, 저것도 안 되나. 방법은 모르겠지만, 어비스 트랩을 발견하고 해제했군.

정말로, 생각할 수 있는 공략 방법도, 앞을 읽고 사용한 갖가지 마법도 가차 없이 뭉개버리고 있다…….

"시빌라. 정말로 우수해졌네……."

"그야, 언니가 그렇게나 당해버렸으니 말이지. 파티 멤버로서의 싸움으로는 미덥지 못하니까, 이 정도는 도움이 되지 못하면 파트너가 아니잖아?"

어이어이, 시빌라 넌 그런 생각을 하고 있었던 거냐?

너는 능력 이상으로 도움이 되고 있어. 누구도 대신할 수 없다고……. 그야말로 프리실라이든 태양의 여신이라도 너를 대신할 수 없을 정도야.

"하지만, 말했지? 『대책을 알았다고 해서, 이길 수 있다고 단정할 수는 없다』라고."

"……칫."

열 받기는 하지만, 저 녀석의 말대로다. 대책을 알고, 상대가 숨긴 직업의 가능성을 간파했지만, 능력차를 메울 정도는 아니다.

"우선은 그 막부터 벗기기로 할까. 《플레어 스톰》."

간단하게 중얼거린 마법으로 시야가 순간 빨갛게 물들었다. 화염 폭풍인가……!

피부가 열기를 느낀다고 생각하자마자 내 몸에 저릿한 격통이 느껴졌다!

"바람은 불에 약하거든. 아무리 마법을 치더라도, 동시에 전격에 맞으면 피할 수 없겠지~?"

이야기로 추측건대, 방어마법을 벗긴 건가……!

그래. 시빌라와 마찬가지로 케이티도 원래 무영창 마법을 알고 있다. 그 사용법에 관해서는 나 이상의 숙련자다.

처음의 플레어 스톰은 나를 직접 공격하는 게 목적인 게 아니다. 진짜는, 화염 폭풍 직후에 무영창으로 쏜 전격마법인가……!

곤란한데. 이 교대 영창은 아마 어느 마법으로도 응용할 수 있다. 방어하는 것만이 아니라 상쇄하는 것도 항상 생각하는 게 좋을 것 같다.

"조금 아프게 해서 미안해……. 그만큼 잔뜩, 보상으로 굉장히 기분 좋게 해줄 테니까."

"……흥. 점점 싫어지는군. 이것과 맞바꾼 보상이라니, 상상하고 싶지도 않아."

"후후. 은근히 엉큼한 걸까? 허세를 부릴 수 있는 건, 체험하지 못한 지금뿐이야……. ─아리아, 마델린. 끝내자."

나는 두 사람이 자세를 잡은 동시에 윈드 배리어를 다시 쳤다.

그러나 지금 행동으로 나의 대책이 간단히 부서진다는 것과 회피가 곤란하다는 걸 알았다. 게다가, 버티기만 해서는 이 자리를 헤쳐나올 방법이 없다는 것도.

마법을 써보려고 해도, 어비스 새틀라이트는 소가면 플로어 보스에게 사용했다. 배리어, 트랩, 핸드, 모두 봉쇄됐다. 이렇게나 강적일 줄이야. 얕보고 있었을지도 모른다…….

뭔가, 뭔가 방법은 없는 건가……!

"그럼, 이만 끝내기로 할까. 귀여운 친구의 여동생이 성장한 걸 볼 수 있어서 즐거웠어. 시빌라, 프리실라에게 안부 전해 줘? 《플레어―."

―끝을 자아내는 케이티의 영창은, 플로어 벽에 무언가가 어마어마한 속도와 기세로 부딪치는 굉음으로 지워졌다. 싸움의 흐름을 바꾼 무언가가, 풀썩 떨어졌다.

오렌지색 머리가 지면에 엎어져서 꿈쩍도 하지 않고 있다.

"아리아?!"

케이티가 초조한 표정을 보인 동시에, 아리아가 있던 계단 상부로 고개를 돌렸다.

그곳에 있는 건―!

"러셀, 늦었지!"

마델린을 지면에 짓누르면서 검을 겨누고 있는 에미의 모습. 아리아는 에미가 날려버린 건가……!

단번에 안도감이 드는 동시에, 하나의 의문이 떠올랐다.

"고맙기는 한데, 자넷의 곁에 있겠다는 약속은 어떻게 됐어?"

"―어떻게 됐냐니, 뭔가 문제라도?"

내 질문에 대답한 건, 에미가 아니었다.

그녀의 옆에서 나타난 건, 순백의 술사.

기다려왔던, 우리 파티를 가장 뒷받침했던 인물.

"봐, 약속대로지?"

그곳에는, 여느 때처럼 무표정하게 어깨를 으쓱하는 자넷의 모습이 있었다.

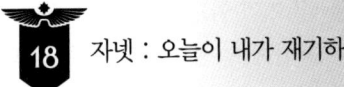

이야기는, 아직 러셀이 하몬드로 가지 않은 무렵부터 거슬러 올라간다.

러셀과 에미가 모의전을 하는 사이, 나는 다시 혼자서 조용한 지하의 냉기를 피부로 느끼고 있었다.

혼자 있는 것, 그것 자체는 마을로 돌아온 직후와 변함없다. 그러나 그 두 사람이 위에 있다는 걸 아는 것만으로도 나의 정신이 이렇게나 평온해진다니.

줄곧 혼자서 책벌레로 변해 글자를 음미하면, 그것만으로도 자신의 닫힌 세계는 완결된다고 생각하고 있었다. 그러나 아무래도, 사람을 그리워하는 것이 나의 본래 모습인 모양이다.

하긴, 혼자서 누구와도 이야기하지 않고 지식만 쌓아봤자 아무런 의미도 없으니까.

분명 자랑하고 싶었던 거다. 내가 마경에 가까운 현자가 된 본질은 그런 부분에 있는 걸지도 모른다.

또 하나, 즐거움이 늘었다.

"파이어 볼의, 볼 부분에서 머릿속으로 파이어. 머릿속에서 볼을 읊을 때 입이 파이어. 좌우의 공간을 의식해서…… 어때?"

"파이어, 파이어. 볼, 볼.《파이어 볼》파이어."

'《볼, 볼, 파이어, 파이어. 볼《파이어 볼》.'

내가 들은 대로 해보니…… 놀랍게도, 불덩이가 왼쪽 앞과 오른쪽 앞에 나타났다.

이 특수한 발동 방법은 뭐지……? 술사로서의 상식이 변해 버리잖아.

"이런 비기가 있다니, 굉장하네요……. 너무 놀라서, 뭐라 반응해야 할지 곤란해요……."

"……아니, 오히려 내가 지금의 터무니없는 학습 속도에 혀를 내두르고 있는데. 연습 수준도 아니고 즉석에서 해봤다는 느낌으로 성공했잖아."

"모른다면, 무능한 거나 다름없어요. 지식을 주셔서 감사합니다. 시빌라 씨."

나는 깊고 깊게 고개를 숙였다.

지금, 시빌라 씨로부터 다양한 가르침을 구하고 있다. 이중 영창으로 위력을 증강시키는 건 배웠지만, 교대로 영창까지 할 수 있다니…….

"익숙해지면, 이야기를 하면서, 쓰는 것도, 가능해져."

시빌라 씨는 이번에는 말하면서 불덩이를 네 개 꺼냈다가 지우는 걸 반복했다. 머릿속으로 사용하는 게 익숙해지면 이런 것까지 가능한 건가.

"연습해둘게요. 게다가…… 분명, 러셀이 쓰는 거겠죠? 회복마법과 공격마법을 같이 쓸 수 있을 거고요. 정말, 러셀은 정말로 강해졌네……."

내가 일말의 쓸쓸함을 느끼면서 생각을 밝히자…… 눈앞에 있는 지식이 가득한 여성이 어리둥절하며 내 머리를 살짝 찔렀다.

뭐지? 이상한 소리를 한 걸까.

시빌라 씨는 고개를 갸웃하는 내게 피식 웃었다.

"겸손하다고 듣기는 했지만, 여기까지 오면 심각하네. 러셀은 호흡법을 배운 것도 포함해서 자넷의 능력을 줄~곧 칭찬했어."

"러셀이……? 그야, 가르쳐준 건 많았지만."

"하지만, 정말 이상하잖아. 회복마법과 공격마법을 쓸 수 있고, 교대 영창을 러셀 이상으로 해버린 아이가 눈앞에 있는데."

"─아, 그런가."

곤란하네……. 그럴 마음이 전혀 없어서 사양하지 않았다.

양쪽을 모두 쓸 수 있는 게 【현자】이지 않은가.

내가 머리를 긁적이자, 시빌라는 조금 진지한 표정으로 물었다.

"있잖아, 자넷. 자넷은 회복마법을 어디까지 쓸 수 있어?"

"엑스트라까지요."

내 대답을 듣자, 그녀는 눈시울을 누르면서 「정말 이 아이는……」이라며 중얼거리면서 머리를 흔들었다.

"이것저것 하고 싶은 말은 많지만, 자넷에게는 이렇게 말해둘게."

이어서, 내 양어깨에 양손을 올렸다.

그 눈은 무척 진지해서, 러셀이나 에미를 도와주던 성실함조차 느껴졌다.

"자넷은 러셀이 성자가 된 것에 비해서 자신이 현자가 된 것, 욕망이 강했다는 것에 자기반성이랄까, 너무 무겁게 생각하는 부분이 있어."

"그건, 사실이에요."

나에게 그 부분은 자기 안에서 확정된 일이다.

러셀의 헌신에…… 마음 깊은 곳에 있는 것에 패했다.

그래서 성녀가 되지 못했던 거다.

내 대답을 듣자, 시빌라 씨는 오히려 어깨에 올라간 하얗고 가는 손가락이 파고들 정도로 힘을 줬다.

"―아니, 사실이 아니야."

단호하게 부정한 시빌라 씨는 이야기를 시작했다.

나에게 가장 중요한 『지식』을.

"【용사】에게 가장 중요한 건, 동료. 물리 공격력, 방어력, 마법 공격력, 회복력. 균형을 잡기 위해 여러 상위직이 주변에 와. 하지만…… 【성녀】가 있는 경우에는 조금 달라."

"……성녀가 있으면, 용사 파티가 달라진다고요?"

"맞아. 그야 성녀의 회복마법은 혼자서 전원을 완전 회복, 혼자서 전원을 치료, 게다가 소생까지 할 수 있잖아? 그런 사람이 파티에 있으면, 다른 멤버의 회복마법은 덤 수준이겠지? 그러니까 용사도 성기사도, 회복마법은 덤 같은 셈이야."

그건, 확실히 그 말이 옳다.

성녀가 옆에 있다면, 현자는 회복마법을 쓰는 것보다 공격마법을 쓰는 편이 생존율이 높다.

공격은 최대의 방어. 그 힘이 강하면 강할수록 도움이 될 거다.

역대 용사 파티는, 성녀가 있는 경우에는 현자가 없었던 건가.

⋯⋯아니, 잠깐만.

그럼, 나의 직업은?

그렇게 떠오른 의문을 해소하듯이, 시빌라 씨가 해답을 제시했다.

"깨달았나 보네. 당신은 원래 『마경 말고는 될 수 없는』 조건이었어. 그야 나, 모르는걸. 【성녀】의 곁에 회복술사가 나타난 사례. 그래서 놀랐어. 다시 말해서—"

오늘, 이 순간.

여신의 선정식 이후 줄곧 있었던, 나의 마지막 얼음이 녹았다.

"—그 망할 벽창호인 주제에 열받을 만큼 성자다운 러셀의 곁에서, 【성녀】의 미약한 조각을 마경 안에 쑤셔 넣은 것. 그것이 바로 자넷이라는 여자아이의 가장 큰 본질인 거야."

⋯⋯완전히 착각하고 있었다.

용사 파티의 구성 밸런스 같은 건 신경 쓰지 않았다. 성녀만 보고 있었으니까 알아채지 못했다.

성녀가 있으면, 현자는 필요 없다. 그래서 같은 파티이면 동시에 받을 일이 없다.

시빌라 씨가 아니었다면…… 역대 용사 파티를 봐온 여신이 아니었다면, 알아채지 못하는 일이다.

케이티에게, 마경에 가까운 현자라는 말을 들었던 그날.
나는 자신의 본질적인 욕망의 깊이를 깨닫고 자기혐오에 시달렸다.
마경의 비중이 컸기에, 그쪽만 보고 말았다.

하지만, 아니었다.
생각을 반대로 해야 했다.

나의 본질에는—【성녀】가 있었던 거다!

"게다가."
시빌라 씨는 내 어깨에서 손을 떼어놓고 아까까지의 분위기를 풀며 웃었다.
"자넷이, 자신의 【마경】을 인정해야 해. 그래…… 양쪽을 다 쓸 수 있지만 공격 특화라는 『마경에 가까운 현자』가 아니라, 성녀의 조각에 멋대로 들어온 덤 같은 마경을 쓰는, 『마경에 가까운 성녀』 정도로 생각하는 거야!"
태연하게 궤변을 말하는지라, 웃음이 절로 나왔다.
최상위직을 덤 취급이라니. 전혀 생각하지 못했던 역전의 발상이다.

그러나 나의 본질이 성녀이고, 러셀이 있었기 때문에 받은 게 나머지 마경 부분이라고 한다면, 그 이론은 실로 딱 들어맞았다.

"엑스트라 힐까지 쓸 수 있다면, 자넷은 이미 충분히 회복술사로서 일류야! 꺼림칙하게 생각할 일은 전혀 없어! 그러니까—."

마지막으로, 시빌라 씨에게 부탁을 받았다.

그 이야기에 수긍하자, 시빌라 씨는 나를 조금 걱정스럽게 바라보고는 양팔로 안아줬다.

몸을 감싸는 따스함은, 어스름이라는 말이 어울리지 않을 만큼 태양의 따스함으로 넘쳐났다.


이건 마지막 기회.

내가 나로 계속 있기 위해, 필요한 일이다.

결코 안전하지는 않다.

그러나, 이제는 괜찮다.

왜냐하면 나에게도, 러셀을—【흑연의 성자】를 구한 여신님이 붙어있으니까.

누구도 녹이지 못했던 얼음을, 녹여주었다.

얼어붙었던 다리에 피가 통하는 감촉. 이후에는, 내가 앞으로 나아가면 될 뿐이다.

자, 가자. 다시 일어서기 위해서.


러셀을 배웅한 나는 에미에게 이야기를 꺼냈다.

"그럼 같이 러셀한테? 응, 가자가자!"

에미가 두말하지 않고 동의하자, 곧바로 출발 준비를 했다.

성실한 아이니까, 나를 지키는 쪽을 우선해줬다. 그러나 『내가 하몬드로 가면 에미도 같이 따라오는 게 자연스럽지?』라고 말하니까 금방 납득했다.

여행 도중에, 조금 시험을 해봤다.

산의 마물은 명백하게 너무 많이 늘어났다. 바로 토벌하는 게 좋을 것 같아서, 에미와 나의 2인 파티로 향했다.

넘쳐나는 마물을 상대하는 최상위 전위와 최상위 후위. 2인조라면 이보다 더할 수 없는 콤비였다.

아, 아닌가. 에미와 가장 좋은 콤비인 건 러셀이겠지.

그렇게 생각했는데…… 그렇게나 굉장한 진짜 여신이 나타날 줄이야. 조금 동정할게.


던전 플로어 보스 토벌을 마치고 하몬드로 들어왔다.

러셀과 시빌라 씨가 들어갔다는 정보를 듣고 나서, 우리도 하몬드 던전으로 향했다.

조금 늦었지만, 분명 두 사람이라면 괜찮겠지.

도중에 달리면서 에미에게 상대의 특징을 가르쳐줬다. 특히 아리아는 에미가 억눌러줘야 했으니까.

아리아를 봉쇄하면, 다음은 마델린을 봉쇄해 달라고 부탁했다.

……케이티는, 내가.

하층 보스 플로어로 돌입하자, 계단 위로 보이는 곳에 두 사람의 모습.

내가 반응하기보다 먼저 에미가 러셀을 노리는 오렌지색 머리의 여자에게 급속 접근해서 빛나는 방패로 가차 없이 날려 버렸다.

유감이네. 나를 비웃었던 여자. 저 마음씨 착한 공주님은 러셀에 관한 일에는 정말로 변하거든.

마델린도 에미가 봉쇄했다. 절호의 기회다.

"고맙기는 한데, 자넷의 곁에 있겠다는 약속은 어떻게 됐어?"

지금 이 순간이 위기였다는 생각이 들지 않는, 실로 러셀다운 말이다.

있잖아. 너는 조금 전까지 목숨의 위기에 처해있었다고?

그런데도 자기 목숨보다 내 걱정이라니……. 정말이지, 네가 이러니까 나의 본질적인 부분에 있는 『진심의 강도』에서 져버린 거겠지. 하지만, 지금은 나쁜 기분이 아니다.

이런 상황에서도 네가 걱정해 준다는 건, 너의 소꿉친구인 나의 특권이니까.

너에게 나는, 그 정도의 가치가 있다고 착각해도 되겠지?

정말이지, 죄 많은 남자다.

"뭔가 문제라도? 봐, 약속대로지?"

오랜만에 만난 것도 아니다. 가볍게 말을 걸자마자 나는 곧바로 진짜 목표를 돌아봤다.

마지막으로 만났을 때와 인상이 변하지 않은, 이 자리에 어울리지 않을 정도의 미녀.

"자넷 씨, 인가요. 당신도 적대하려나 보네요."

"빈스를 보란 듯이 빼앗아 놓고, 용케도 그런 소리가 뻔뻔하게 나오네. 케이티, 당신의 정신이 무언가에 오염되었는지, 덮어씌워졌는지, 뒤섞였는지는 모르겠어. 모든 건 가설이니까. ……아니, 그런 건 아무래도 좋아."

고개를 내저으면서 이야기를 끊었다.

지금 생각할 일은 아니다. 이건 시빌라 씨와 나중에 이야기하면 된다.

"일단, 당신을 쓰러뜨리지 않으면 안 되는 상황이라는 것만 알면 돼. 러셀, 그거면 되겠지?"

내 말을 듣자마자 러셀은 긴장감을 감추지 못하는 목소리로 외쳤다.

"조심해! 그 녀석은 【마경】 레벨 51이다! 아마 무투가 같은 뭔가 다른 직업도 있어!"

러셀의 말을 들은 에미가 숨을 삼켰고, 케이티가 입꼬리를 들어 올렸다. 사실이겠지.

"그래, 【마경】 51인가."

내가 덤덤히 대답하자, 케이티는 아마 본래의…… 아니, 분명 본래와는 조금 다른 정신 상태로 나를 도발했다.

"여유로운 척하는 것도 기특해서 귀엽네. 하지만, 이기지 못하면 의미가 없거든?"

케이티는 마치 아이를 달래듯이 히죽히죽 웃었다.

아름다운 여성이지만, 아름다운 여성의 불쾌한 부분을 농후하게 응축한 듯한 모습이다.

"그렇지. 이기지 못하면 의미가 없어. 알기 쉬운 문제야."

케이티가 나를 적으로 보고 마법을 준비했다.

……지금부터가 진짜다.


나의 오른쪽에 불덩어리가 나타났다.

케이티가 꺼낸 것과 똑같은 것. 플레어 스타였을 거다.

케이티는 나의 준비를 보고 조금 놀라면서도 똑같은 마법을 준비했다.

"그렇게나 강해졌나 보네. 좋아, 받아주겠—."

"아니, 아직이야."

끝이 아니야.

이미 아는 능력만으로는, 닿지 않아.

그래. 배운 능력만으로…… 누군가의 지식을 얻기만 하고 만족하며 끝내기만 해서는, 신에게 손이 닿지 않아.

러셀과 에미는 마델라에서 마신을 쓰러뜨렸다.

완전히 현현한 건 아니었다고는 해도, 진짜 신과의 싸움에서 손이 닿은 거다.

그 두 사람의 소꿉친구에게 가슴을 펴고 말할 수 있게 되려면…… 여기서 버틸 수밖에 없다. 모든 걸 넘어서기 위해서 연습했던 성과를 보여줄 기회다.

—오늘은, 전력으로 임하겠다.

의식을 집중해서, 그 마법을 발현했다!

화염구의 반대쪽에 얼음창이 나타나면서 공중에 정지했다. 그 마법에 케이티가 눈을 크게 떴고, 입꼬리 한쪽을 슬쩍 올리며 식은땀을 흘렸다.

그 얼굴이 나타내는 의미는, 경악. 나의 능력이 예상을 웃돌았다는 증거.

밑바닥이 보였다—.

······뭐, 놀라는 것도 무리는 아니다.

나의 옆에는 얼음창과 돌창과 번개 구체가 **동시에** 나타나 있으니까.

누가 보더라도 알 수 있는, 공격마법의 동시 사용이다. 시빌라 씨가 나에게 이걸 가르쳐주지 않은 이상, 내가 다중 무영창의 제1인자라는 가능성에 걸었다.

이 힘까지 읽혔다면 연전연패였겠지만, 배팅한 판돈을 기권<sup>서렌더</sup>으로 날리는 일은 피할 수 있게 됐다.

이후에는, 지금까지 마이너스였던 코인의 회수를 노린다.


마지막에 나는 태그를 만졌다.

길드에 등록했던, 나의 능력이다.

"【현자】레벨 55?! 어, 어느새······!"

옆에서 에미가 놀라는 목소리.

그리 멋있는 이유로 올린 레벨은 아니긴 하지만 말이지. 이건 어디까지나 덤, 부산물로 올린 셈이다.

즉, 너야. 에미와 빈스, 하층 이후부터 다치는 일이 많았던 두 사람을 『회복술사 자넷』으로 뒷받침하기 위해서는, 상정한 것보다 높은 레벨이 필요했어.

하지만…… 이런 전개도 괜찮잖아.

**사람이 신을 덤으로 얻은 힘으로 짓누른다니**, 상상만 해도 즐거워 보인다.


이제 어둠 속에서 무릎을 끌어안고 있는 건 끝이다.

나의 얼음을 녹여준 소중한 세 사람이 있으니까.

역시 이제는 슬슬 일어나야겠지.

나의 인생은 나만의 것.

나를 주역으로 삼은, 나만이 자아내는 이야기.

이건 그 누구도…… 여신조차도 방해할 권리는 없다.


한 발짝, 앞으로 나왔다.

"이기지 못하면 의미가 없다. 말 그대로의 문제야. 즉—"

발현한 술법에 마력을 담고, 들어 올린 지팡이를 케이티에게 겨눴다.


"—이기면 되는 거지. 특별한 지식이 없더라도 알 수 있는, 실로 간단한 문제야."


자, 주역의 재기를 시작하기로 할까.

지금, 내 눈앞에서 일어나는 일을 이해할 수 없다.

나는 대체 뭘 보고 있는 거지?

"이기지 못하면 의미가 없다. 말 그대로의 문제야. 즉······ 이기면 되는 거지. 특별한 지식이 없더라도 알 수 있는, 실로 간단한 문제야."

마치 오후의 커피를 주문하는 것처럼 태평하게 중얼거린다.

부담감도, 기합도 느껴지지 않는 덤덤한 목소리.

그러면서도······ 무엇보다도 자넷답다는 생각이 드는 여유로운 목소리.

자넷이 지팡이를 케이티에게 겨누자, 떠올라 있던 마법이 모두 동시에 빛났다.

불, 얼음, 번개, 돌.

모든 공격이 케이티에게 향했다—!

"《선더 샷》!"

케이티가 돌창을 재빠르게 회피하면서 번개를 상쇄했다. 얼음창이 케이티의 플레어 스타에 꽂혔고, 위력이 줄어든 플레어 스타와 자넷이 만전의 상태로 날린 플레어 스타가 부딪쳤다.

경과를 보면, 결과는 말할 것도 없다.

"큭……!"

케이티가 밀리면서 처음으로 그 아름다운 미간에 주름이 잡혔다.

저 【마경】 레벨 51이자 진짜 『사랑의 여신』인 케이티가, 자넷 한 명에게 한 발짝 물러나다니……!

이런 일을 꾸민 녀석은 한 명밖에 없다!

"시빌라. 너는 여기까지 계산했던 거냐?!"

고양감과 함께 은발의 여신을 바라보자, 돌아본 얼굴은…… 경악이었다.

"몰라……. 난 몰라. 확실히 도우러 와달라고 말했어. 하지만, 교대 영창까지밖에 가르쳐주지 않았어. 이런 건 몰라. 저거 어떻게 하는 거야……?"

교대 영창은 나라도 할 수 있다. 그러나 자넷이 지금 하는 4중 영창은 시빌라도 모른다는 건가?!

저도 모르게 입 밖으로 꺼낸 말을 시빌라가 부정했다.

"아니야."

"……뭐라고?"

전개를 따라가지 못해서 되물을 수밖에 없었다.

4중 영창이었잖아?

"러셀. 눈치채지 못했어? 저 아이는 아직, **영창하고 있지 않아.**"

시빌라의 말이 너무나도 경악스러워서 할 말을 잃었다.

그렇다. 자넷은 나타나고 나서 한 번도 『마법의 이름』을 말한 적이 없다.

"······하, 하하······ 하하하! 저 아이, **최소**<sup>쿼터플</sup> 5중이야! 믿을 수 없지만, 믿을 수밖에 없어!"

케이티가 시빌라의 목소리를 듣자마자 순간적으로 이쪽을 돌아봤고, 곧바로 자넷에게로 시선을 돌렸다.

그곳에는 이미 여유는 물론이거니와 경악도 분노도 없었다.

그저 입을 앙다물고 진지한 표정으로 자넷을 보는, 전사의 얼굴이 있었다.

그 모습은 넌지시 자넷을 『대등한 적』이라고 인식한다고 말하고 있다.

"─《플레어 스톰》!"

케이티가 외치면서 계단을 올라왔다!

나는 즉시 방어마법을 펼치고 시빌라의 옆으로 갔지만······ 이번에는 윈드 배리어가 찢어지지 않았다. ······뭐지? 불발인가?

계단에는 돌벽이 차례차례 나타나서 케이티의 주먹에 파괴되고 있었다. 젠장, 저 녀석 무투가는 단순한 기초직 저레벨이 아니야!

차례차례 나타나는 돌벽을 전부 부순 케이티가 단번에 위층을 밟았다.

자넷은 아직 발밑을 지팡이로 가리키고 있다. 늦는다!

"《스톤 월》."

"잡았다─?!"

케이티가 자넷보다도 재빨리 손을 뻗은 절체절명의 순간─

놀랍게도. 케이티가 경련하면서 순간 움직임을 멈췄다.

"크윽—!"

그 미약한 틈에 에미가 움직였다! 그러다. 자넷의 곁에는 줄곧 에미가 마델린에게 무릎을 올린 채 검을 들이밀고 있었다.

방패를 자넷 앞으로 미끄러뜨리더니, 하얗게 빛나면서 케이티를 날려버렸다!

벽에 격돌하는 줄 알았지만, 케이티는 예전 아드리아 최하층 플로어 보스처럼 벽에 다리부터 착지하고는— 놀랍게도 벽을 따라 달렸다. 어마어마한 신체 능력이다……!

"《플레어 스타》!"

"《코퀴토스 아이시클》."

케이티의 마법을 덮어 가리듯이, 그를 능가하는 거대한 밀도 높은 얼음창이 나타나서 일격으로 케이티의 화염구를 지우며 벽에 꽂혔다.

케이티는 벽을 달래면서 연이어 마법을 날렸다.

"《선더 애— 윽!"

그러나 갑자기 나타난 돌벽에 격돌하여 낙하했고, 착지 직후에 거리를 벌렸다.

"흐흐~웅, 방심은 금물이지."

일련의 연계 공격은 케이티와 자넷의 응수였지만, 마지막은 시빌라다. 케이티의 움직임을 예측해서, 자넷에게 향하던 케이티가 부딪치도록 돌벽을 만든 것이다.

방심이고 뭐고, 타깃을 향한 집중력을 유지하면서 그 타이밍에 회피하는 건 숙련자라도 곤란하겠지. 실로 밉살스러운 공격이었다.

정말이지, 너는 성격 한번 참 끝내준단 말이야.

케이티는 시빌라에게 순간 시선을 돌렸지만, 그래도 지금은 자넷을 경계하고 있다.

"……불발?《플레어 스톰》."

케이티가 생각한 의문은, 나도 느꼈던 점이다. 확실히 윈드 배리어를 단번에 소멸시켰던 저 화염 폭풍을 부르는 마법을 썼을 거다.

그러나 결과는 2회 연속으로 아무 일도 일어나지 않는다.

의문으로 여기고 있는데, 어째서인지 던전에서는 너무나도 기묘한 일이 일어났다.

"뭐지? 눈?"

이런 동굴에서 갑자기 눈 같은 것이 순간 보인 것이다.

나의 중얼거림을 들은 자넷이 살짝 대답했다.

"마경의 플레어 스톰과 현자의 이중 다이아몬드 더스트는, 후자가 강한 것 같네."

다이아몬드 더스트……? 아마 이야기로 짐작해 보면 케이티의 플레어 스톰과 마찬가지로 공간 전체를 뒤덮는 마법, 냉기를 다루는 걸 쓰고 있었던 건가?

게다가.

확실히 지금, 자넷은 말이 없었는데 『이중 영창』이라고 단언했다.

틀림없이 무영창을 겹쳐서 쓰고 있다.


조금 전부터 싸우는 방식 하나하나를 보더라도 능력의 굉장함과 현명함이 느껴진다.

돌벽을 꺼낼 때는 케이티에게 지는 게 아닌가 싶었다.

아니다. 자넷은 그렇게 어중간하게 머리를 단련하지 않았다.

저 녀석은 발밑에서 돌벽을 꺼내는 포즈를 취하면서 무영창으로 번개마법을 겹쳐서 케이티에게 꽂아 넣었다.

게다가, 저 얼음도 굉장하다.

아무리 유리한 속성이라고는 해도, 저 플레어 스타를 가볍게 깨버릴 줄이야.

원래는 필요 없다는 걸 알 수 있을 만큼 과잉 위력이지만, 마치 마음을 꺾으려는 듯이 상식을 일탈한 위력으로 사용했다.

자넷은, 보여주고 있는 거다. 술사로서 가진 **격의 차이**를.


―『소극적』의 의인화 같은 아이였다.

작은 소녀는 언제나 혼자서 책을 읽고 있었다.

모두의 뒤를 따라오고, 누구보다도 말수가 적었다.

검도 들지 않고, 벌레도 죽이지 않는 아이였다.


성녀가 되고 싶었던 소녀는, 공격을 빈스와 에미에게 양보하는 일이 많았다.

공격마법의 전문가이면서도, 뒤에서 회복마법을 써서 모두를 뒷받침했다.

그런 소극적인 현자. 그것이 우리가 자넷에게 가지던 인식이다.


그렇기에 몰랐다.

가장 친하던 우리 세 사람조차도, 아무도 몰랐다.

이야기를 나눈 시빌라조차도 예측하지 못했다.


전력으로 『공격』에 임하는 자넷은, 이렇게나 강했던 건가—!


"결정타가 부족해. 러셀."

자넷이 내 이름을 불렀다.

"아래층을 전부 메워줘. 여유가 있으면 벽도. 그리고 위도."

과거에 싸움법을 배운 적은 있지만, 자넷은 그 비교적 무모한 편인 전략을, 그걸 오히려 덮어씌우는 듯한 내용으로 거침없이 요청했다.

"……어둠마법으로 덮어버리면 되는 거겠지?"

"내가 가르쳤잖아. 할 수 있지? 『흑연의 성자』."

무표정한 채로 나온 그 말.

짧지만, 태연하게 무지막지하게 무리한 소리를 하고 있다.

그러나 그 확신을 가진 말은 나와, 무엇보다도 **자넷 자신을** 믿지 않으면 나오지 않는 말이라는 걸 알 수 있었다.


그런가, 자넷.

너는, 재기한 거구나.

정말이지…… 굉장한 녀석이다.

—그렇다면 나도 그에 부응하겠어!


"당연하지. 너도 『흑연의 성자』를 만들어낸 한 명이니까!"

나는 그렇게 외치며 케이티를 노려봤다.

오늘은 좋은 걸 볼 수 있었다. 저 자넷이 이렇게나 적극적으로 나서주고 있다. 말로는 표현할 수 없을 만큼의 고양감이다.

하지만, 나도 놀라고만 있을 수는 없다. 자넷에게도 나의 전력을 보여줘야겠지!

"각오해라.《다크 스피어》……"

'……. ……《다크 스피어》.'

내가 마법을 날린 곳은…… 계단의 중간 지점. 다음으로는 아무도 없는 절벽 부분.

케이티는 내 모습을 보고 조금 의아해했지만, 서서히 위화감을 깨달은 모양이었다. 그러나 그때는 이미 늦었다.

"《다크 스피어》,《다크 스피어》,《어비스 새틀라이트》."

"이런, 무모한, 어둠의 사용법이…… 큭!"

다리를 움직이려던 순간, 자넷의 전격이 날아왔다. 무영창으로 앞길을 막으며 선제공격하고 있다.

"내가 말하는 건 좀 어떤가 싶지만, 러셀의 마력은 정말로 떨어지지 않는구나……. 같은 인간인가 의심하고 싶을 정도인데……."

자넷은 케이티에게 마법을 쏴대면서 덤덤히 나의 무한한 마력의 감상을 남겼다. 아니 너, 가르친 본인이 놀라지 말라고.

애초에 아까부터 너도 고레벨대 공격마법 5인분량을 혼자서 연사하고 있으면서 참 용케도 나보고 인간이 아니라는 듯 말하는군.

인간이야 인간. 나도 너도 말이지.

애초에 그걸 말한다면, 그 다중 무영창을 어떻게 하느냐는 말이지. 지금 당장 나도 습득하고 싶어.

"굉장하지? 러셀. 전에도 다른 마왕이 놀랐었어."

"마왕이나 여신보다 위라고 생각하는 게 좋겠어……."

"응. ……앗!"

자넷 옆에서 대화하던 에미가 갑자기 마델린에게 압력을 강하게 걸었다.

갑작스러운 압박에 마델린이 신음을 내질렀다. ……그런가, 마델린이 뭔가 마법을 써서 방해하려고 하던 걸 에미가 직전에 감지한 건가. 역시 대단하다. 큰 도움이 되고 있다.

케이티는 쓰러진 빈스와 아리아에게 향했다. 그곳에 있으면 내가 공격하지 못한다고 보는 거겠지.

그러나, 거기까지 몰아넣었다고 할 수도 있다.

자넷과 케이티를 교대로 바라보던 시빌라가 타이밍을 계산해서 내게 속삭였다.

"러셀. 그대로 들어. 좋은 위치를 잡았어. 마델린에게—"

나는 시빌라의 말에 고개를 끄덕이고는 에미의 모습을 확인했다.

어비스 새틀라이트는 이미 케이티의 상공에 대기하고 있다. 화려하게 벽을 내달리는 케이티도 그 위치에서 위로 도망치는 건 어렵겠지.

그동안 마법을 쏘면서 계단을 올라가 에미의 옆에서 마찬가 지로 무릎을 꿇었다.

"설마— 큭, 이익?!"

케이티가 시빌라의 작전을 알아챈 순간, 시빌라는 케이티를 무영창 스톤 월로 쏘아 올렸다!

낙법을 취할 수 없는 상태에서 어비스 새틀라이트의 공격 범위에 들어갔고, 등에는 다크 애로우를 꽂아 넣었다. 예상 밖의 위치에서 날아온 공격에 대응하지 못한 케이티는 지면에 내리꽂혔다.

방심은 금물. 그러나 누구라도 방심해 버리는 타이밍이라는 게 있다. 그 순간을 노려서 꽂아 넣는 것이 시빌라의 진짜 무 서운 점이다.

나의 여신이 마련해준 미약한 한순간— 그러나 나에게는 너무 긴 게 아닌가 싶을 기회다!

"《큐어》!"

'《큐어》!'

나는 에미의 밑에 깔려있던 마델린에게 전력의 치료마법을 사용했다!

그 성과를 확인하려던 순간, 꺼림칙한 목소리가 울려 퍼졌다.

"—안으로."

나지막하게 중얼거리는 목소리. 여기에 당연히 있어야 하는 모습과, 있을 수 없는 위치.

이 자리에 나타난 검은 안개를 두른 실루엣. 그 모습을 잘못 볼 리가 없다.

"마왕!"

내가 그 모습을 보고 외친 직후, 마왕이 양팔을 들었다.

그 직후, 지면에서 두 개의 기간트급 키를 가진 타우로스 마물과 하층 타우로스…… 세는 것도 싫어질 정도의 숫자로 아래층을 가득 메웠다.

그러나, 그쪽을 볼 때는 아니다.

케이티는, 양 옆구리에 빈스와 아리아를 안고 들어 올렸다.

"잠깐, 설마……! 기다려!"

내 근처까지 와 있던 시빌라가 계단 층계참에서 돌창을 던졌지만, 케이티는 그 마법을 다리로 걷어찬다는 기술로 막아내고는 안쪽 방으로 도망쳐 버렸다!

"보내지는 않아요. 아아, 정말이지 귀찮은 역할이네요……."

"큭……! 자넷! 마왕은 러셀이 상대할 테니까, 나머지를!"

"응."

자넷은 조용히 수긍하고는 플레어 스타를 물 흐르듯이 네개 만들어서 지면에 떨궜다. ……정말로 저 어마어마한 마법은 어떻게 된 거지? 나중에 배워야겠어.

"《어비스 새틀라이트》."

마왕의 위치를 확인하면서 자넷의 상황을 봤다.

아무리 그래도 저런 규모의 마법을 5인분이나 연발하면 자넷이라도 괴로운지, 매직 포션을 여기서 마셨다. 무한하지는 않지만, 말하자면 『규격 외』라고 해야 할까.

자넷은 다 마신 포션병을 던지고는, 말없이 돌마법으로 분쇄했다. 투명한 파편이 마물 쪽으로 떨어지기 전, 지팡이를 겨누고 심호흡을 한 번.

순간 자넷이 내 쪽으로 시선을 돌렸고, 아마 그것이라고 예상한 내가 끄덕이고는 방벽을 만들었다.

"《윈드 배리어》."

"《토네이도》."

나의 마법 이후에 자넷이 작게 중얼거리자, 유리 파편을 실은 폭풍이 소머리 무리를 휘감았고, 무시무시한 속도의 폭풍이 되어 마물 무리를 덮쳤다!

바람이 잦아들자, 아래쪽의 마물이 대형까지 포함해서 전신이 예리한 조각에 찢겨버린 것처럼 쓰러져 있었다.

아무리 파편이 섞인 바람마법이라고는 해도, 보통 이 정도의 위력은 낼 수 없을 거다. 저 마법은 틀림없다. 아마 5중 영창이다.

이거야 원. 정말로 유능한 매다. 드러난 발톱, 터무니없이 거대했군…… 용이 발톱을 드러냈다고 비유해도 좋을 정도다.

그런 자넷이 이렇게나 거침없이 마법을 쓴 이유는, 분명 내가 윈드 배리어 마법을 써줬기 때문이겠지. 아이 콘택트로 그 확인을 할 수 있었던 건 우리의 콤비네이션이 능숙했기 때문임이 분명하다.

이 녀석과 술사로서 어깨를 나란히 할 수 있다는 건, 특별히 기쁜 감정이 드는군.

쓰러진 마물을 본 마왕이 그 위력에 전율했다.

"내가, 모아왔던, 준비……. 설마 한 번에 다 써버리다니……. 아아, 되돌리는 게 귀찮아…… 아까워."

중얼중얼 투덜거리는 도중이지만, 이쪽도 기다려 줄 여유는 없다. 사양하지 않고 가기로 하자.

나는 움직이지 못하게 된 마물의 중심으로 내려서서 검을 들었다.

"《인챈트 다크》."

검에 검은 마력을 두르고 마왕을 베고 들어갔다!

곧바로 이쪽으로 의식을 돌린 마왕은, 역시 그 모습 그대로 있을 수는 없었는지 검은 안개를 몸에서 걷어내며 모습을 드러냈다.

아드리아의 마왕과 가까운 모습. 이쪽이 약간 덩치가 큰가.

그 손에는, 표면이 울퉁불퉁한 보라색 대검을 들고 있었다.

그 검에 나의 검을 부딪치면서, 어비스 새틀라이트를 상대에게 겨누고 마법을 꽂아 넣었다. 마왕은 검으로 찌르기를 날리려 했지만— 나를 쫓아온 에미의 방패에 날아갔다.

에미는 방심 없이 방패를 양손으로 들고는 모든 것을 막겠다는 각오에 찬 얼굴로 내 옆에 섰다. 시빌라와 자넷은 위에서 대기하고 있겠지.

몇 번이나 싸우면서 확신했지만, 마왕의 본분은 던전 메이크와 마물 소환이다. 싸움도 약하지는 않지만, 전문은 아니다. 드래곤만큼 어마어마한 공격은 하지 못한다.

그러나, 이 녀석이 나와 싸울 이유는 없을 거다. 물어볼 만큼 물어볼까.

"지금 저건, 마왕 토벌을 하는 용사인데."

"……질문할 필요성이 전혀 없을 만큼, 이미 아는 이야기야…… 대답하는 게 귀찮아."

"편을 들어서 도망치게 해준 것처럼 보였다만?"

"……왜 뻔히 아는 질문을 하는지, 이해할 수 없어……. 대답하는 게 귀찮아."

"당연하다는 듯이 용사를 비호하는 건가? 어째서지?"

마왕은 내 질문에 대답하지 않고, 위쪽으로 —시빌라 쪽으로— 시선을 돌렸다.

"……그건, 알고 있을 텐데. 몇 번이나 아는 질문만, 정말 귀찮은—"

"—모르니까 물어보는 거잖아."

"……뭐라고!"

시빌라가 위에서 어이없다는 듯 대답했다. 그 말을 듣자 마왕은 눈을 크게 떴다……. 뭐지? 놀라는 건가? 그러더니, 다음에는 커다란 한숨을 내쉬었다.

흠. 지금 이건 아무래도—

"실언이었던 모양이군?"

"……상정하지 못했어. 어스름의 언니가, 이렇게까지 마음이 약했을 줄이야."

뭐? 시빌라의 언니 프리실라의 마음이 약해서, 케이티와 마왕의 사정을 모른다고……?

내가 마왕의 말에 반응을 보이기 전에, 마왕이 검을 휘둘렀다.

그 공격에 에미가 움직이는 기척을 느끼고, 나는 힘껏 파고 들었다!

상정한 대로, 마왕이 양손으로 든 대검은 에미가 양손으로 든 용린 방패에 전혀 통하지 않았고, 밀려난 순간 나의 검이 꿰뚫었다!

"……상대가 머더러만 아니었다면, 인간에게 밀릴 일은 없었는데. ……아아, 마계에서 비난을 받겠지……. 이건, 정말로 귀찮아…… 귀찮음에서, 벗어나, 려면……."

마왕은 마지막까지 의욕이 느껴지지 않는 불평을 계속 읊으며 모래처럼 사라졌다.

듣고 싶은 게 없는 건 아니었지만, 이 이상은 말하지 않겠지. 게다가 그다지 느긋하게 있을 수도 없다. 아래에서 어떤 준비를 하고 있을지 모르니까.

"시빌라."

"금방 갈게. 에미, 미안하지만 마델린을 들어줄래?"

"알겠습니다! 저기……."

에미는 시빌라에게 뭐라 말을 걸려다 흐렸다.

시빌라는 훗, 하고 웃더니 에미를 안심하게 해주려는 듯 머리를 다정하게 토닥토닥 두드렸다.

……조금 전 마왕이 했던 말을 신경 쓰고 있겠지.

어스름의 언니. 시빌라의 언니를 명백하게 매도하던 말을.

시빌라는 에미가 신경을 쓰면서도 실례가 되지 않을까 해서 말을 삼킨 것까지 전부 파악하고 머리를 토닥여준 거다.

"이야기는 나중에. 내려가자, 러셀!"

"그래!"

나와 시빌라는 짧게 확인하고는 곧바로 계단을 내려갔다.


하몬드 던전 제16층.

보라색 벽의 넓은 방.

아무것도 없는 넓은 공간은 낙차도 없어서, 원래는 이곳을 타우로스로 가득 메워서 싸울 작정이었다는 걸 알 수 있었다. 중심으로 끌어들이면 포위할 수 있으니까.

그러나, 이곳을 보고 우리가 생각하는 건, 아마 똑같았을 거다.

"나, 불길한 예감이 들어."

"네가 생각하는 것, 조금도 어긋나지 않고 이해하겠어."

"나도."

"아하하…… 나도."

에미조차도 시빌라의 생각을 알 수 있다고 말하고 있다.

그러나 그것도 무리는 아니겠지. ―이 플로어의 대각선상에 완전히 똑같은, 위로 올라가는 계단이 있었으니까.

"그 체술 바보 상대로 희망은 전혀 없겠지만, 달리자."

시빌라는 우리에게 한마디만 말하고는 위로 가는 계단을 오르기 시작했다.

도중에 불타거나, 아마 걷어차여 뭉개진 마물의 시체가 굴러다니고 있다. 어느 의미에서는 굉장히 알기 쉬운 루트로군······.

시빌라가 자넷에게 색적 마법을 부탁하고, 지시에 맞춰 에미가 선두를 달렸다.

달리는 것에 익숙하지 않을 자넷의 스태미나 고갈을 고려해서, 도중에 내가 엑스트라 힐 링크를 계속 써서 곧바로 제1층까지 올라왔다.

당연히 제1층에서 밖으로 나갈 수 있을 텐데, 어째서인지 위로 가는 계단이 있다.

제1층은 바깥과 이어져 있을 텐데······.

"······이건?"

내 눈앞에 나타난 것은 커다란 나무 벽이었다.

던전치고는 무척 별난 형태다.

원기둥형의 나무 던전. 위에는 가느다란 가지가 빙글빙글 나선계단처럼 뻗어있다.

그 던전을 본 시빌라가 한숨을 내쉬었다.

"당했네. 에미, 아마 가능할 테니까, 그쪽의······ 그래. 그 주변을 있는 힘껏 후려쳐 봐."

"이쪽이죠? 그럼······ 에~잇!"

변함없이 묘하게 귀여운 목소리와 그에 어울리지 않는 위력으로 대검을 후려치자, 어두운 나무의 표면이 소리를 내며 날아갔다.

그 구멍에서 들어오는 바깥 공기에 그리운 것을 느끼며 발을 옮기자, 눈앞에 펼쳐진 것은…….

"……하몬드, 잖아."

하몬드의, 아마 북쪽. 놀랍게도 다른 방향의 출구였다. 먼 곳에 거리의 등불이 보인다.

시빌라가 엄지로 거목 위를 가리켰다.

"평범한 거목으로 보이지만, 이건 던전의 입구야. 봐봐. 위의 위의 위~쪽에, 나무 구멍이 있잖아. 저 위에 뚫린 구멍을 통해 안으로 들어올 수 있는 거지."

"……그렇다면."

시빌라는 살짝 어깨를 떨구면서도 어쩔 수 없다는 듯 쓴웃음을 지었다.

"벽을 타고 나무 안을 뿅뿅 뛰어서, 저곳을 통해 도망쳤다는 거야."

초목이 우거진 숲을 돌아보던 시빌라가 항복 선언을…… 하는 줄 알았는데, 다음에 시빌라가 주먹을 움켜쥐면서 꺼낸 말은 무엇보다 커다란 승리 선언이었다.

"정보를 산더미처럼 얻고 살아남았어……!"

시빌라가 팔을 하늘 높이 뻗고는…… 그대로 풀 위에 드러누웠다. 던전을 빠르게 진행하기는 했지만, 휴식을 취하면서 돌파했다. 바깥은 완전히 어두워져 있었다.

"아~, 지쳤어. 그래도 뭐, 기분은 좋네."

시빌라의 얼굴은 실로 상쾌했고, 상대를 놓쳤다는 것에 대한 분함은 엿보이지 않았다.

"러셀은 놓쳤다고 생각하나 보네."

"뭐, 그렇지. 지금부터 추격하는 건?"

시빌라는 내 눈을 보고 놀라더니, 한숨을 내쉬며 일어섰다.

"대전제로, 말이지. 그 케이티가 레벨 1밖에 안 되는 빈스를 붙잡고 있었는데…… 인질로 삼아서 나이프를 들이대면 너는 어쩔 거야? 어차피 찌르지 않는다고 보고 거침없이 전진할 거야?"

윽. ……그건, 어렵군…….

아무리 그래도 빈스의 목숨과 맞바꾸면서까지 지금 당장 케이티를 붙잡겠다고 할 만큼 매정하지는 않다.

"그런 거야. 이번에는 기절한 상태로 붙잡힌 시점에서 패배가 확정이었어. 뭐, 나도 설마 레벨을 전부 흡수해 버린다고는 생각하지 못했으니까 어쩔 수 없네."

"어쩔 수 없다고는 해도, 아슬아슬했지……. 여기서 끝냈으면 좋았을 텐데."

"응. 그래도 러셀이 케이티와 침실을 함께하는 유혹을 받아들이지 않는다면, 접근하더라도 경험치를 빼앗기는 일은 없다는 걸 알았어. 상대의 능력을 안다는 건 굉장히 중요한 일이야. 그리고 또 하나, 엄청나게 중요한 정보를 얻을 수 있었어."

"뭐지?"

"눈치채지 못했어?"

시빌라는 질문을 질문으로 받아치고는 하몬드 쪽으로 걸어갔다.

이봐, 무시하지 마.

"그 사람, 빈스는 케이티의 정보를 러셀에게 가르쳐줬어. 굉장한 판단이지? 그 한순간에 『살려줘!』라고 하지 않았잖아. ……그런데, 이상하다고 생각하지 않아?"

다시 질문을 거듭한 시빌라에게 턱짓해서 설명을 재촉했다.

"빈스는, 우리에게 정보를 줬어. 하지만 말이지…… 정보를 줬다는 것 자체가 새로운 정보인 거야."

빈스가 새로운 정보를 준 것이…….

빈스가, 케이티에게서 몸을 틀면서―.

―그런가!

다시금 생각해보니, 그건 이상하다. 과연…… 이보다 더할 수 없는 정보다.

"기억을 되찾은 빈스는, 케이티에게 호의적이지 않아."

빈스가 기억을 봉인당했을 때의 일을 어디까지 기억하고 있는지는 알 수 없지만, 적어도 나의 기억을 되찾았을 때는 케이티에게서 몸을 틀어 떨어지려고 할 만큼 기피감이 있었다.

무엇보다 큰 정보다. 젬마 할머니의 이야기에 따르면 상당한 호색한인 빈스가 미녀의 궁극이라 할 만한 케이티에게 사랑받고 있으면서도, 이쪽에 필사적으로 정보를 전할 만큼 관계가 좋지 않다는 거다.

생각하면 생각할수록, 내게 접촉한 여신이 그쪽이 아니라서 다행이군…….

"아~, 그래도 다음은 어떻게 해야 할까~."

그렇게 투덜거리면서도, 시빌라의 표정은 밝았다.


하몬드 여관에 도착한 시빌라가 붙임성 있게 접수를 마쳤다.

에미와 자넷은 예전에 이용한 적이 있다. 에미가 후드 여자를 업고 있는 걸 보고 접수원이 제지했지만, 치료를 위해서라며 내 태그를 만져서 성자의 글자를 보여주자 곧바로 물러났다.

방으로 들어가자, 우선 에미가 마델린을 침대에 내려서 재웠다.

"으음…… 크네에……."

에미의 긴장감 없는 중얼거림은 무시하기로 하고.

잠든 모습은 다정해 보이는 여성이다. 그러나 이 여자는 조금 전까지 나를 최면마법으로 재우려고 했던 녀석이다.

나는 최대한 경계했고, 에미도 칼자루에 손을 대고 있다.

우리의 모습을 본 자넷이 마델린을 만졌다.

시빌라는 창문 근처에서 어스름의 푸른색을 머리에 싣고 이쪽을 보고 있다.

"으…… 으응……."

마델린의 치료를 제안한 것은 시빌라였다.

확신이 있었겠지. 마델린이 빈스와 마찬가지로 기억을 봉인 당했을 가능성이 있다는 걸.

그 마델린의 금색 눈이 뜨였다―.

"……."

점점 눈을 크게 뜨더니, 시선을 나에게, 에미에게, 자넷에게 보냈다.

"아, 어……?"

그 시선이 아무도 없는 곳에서 멈췄다.

"……아…… 아, 아아……!"

그리고 머리를 감싸 쥐더니― 떨면서 눈물을 흘렸다.

"아아아, 죄송해요, 죄송해요, 저…… 저는……. 저는……? 저, 는……."

그 모습에 에미가 경계를 풀고, 나도 칼자루에 대고 있던 손을 뗐다. 설명을 듣지는 않았지만, 빈스의 반응을 떠올리면 어떤 이유로 흐트러졌는지 알 수 있다.

……기억이, 있는 거겠지.

우리를 공격한 기억. 게다가 자넷을 계속해서 괴롭혔던 기억이.

그렇기에.

"나는, 신경 쓰지 않아."

가장 먼저 자넷이 마델린에게 말을 걸었다.

"조종당할 때, 자신은 자신이 아니게 돼. 지금의 당신은, 러셀이…… 【성자】가 치료마법을 써준 거야. 그러니까, 괜찮아. 모두 괜찮아."

그런가. 자넷도…….

"나도, 자신의 기억을 믿을 수 없었던 시기가 있었어. 그래도, 성자가 구해줬어. 그러니까 당신도 괜찮아. 당사자인 내가 화내지 않으니까, 전혀 우울해할 필요는 없어."

조용한 자넷답게 억양이 부족한 목소리였다. 그러나 진지함이 느껴지는, 감정에 호소하는 울림이 있었다.

마델린이 자넷의 목소리를 듣고 심호흡했다.

"……감사, 합니다."

"좋네. 사과보다 감사가 나오는 거, 나는 싫지 않아."

자넷이 훗, 하고 웃으면서 얼굴을 뺐다.

진정한 기색인 마델린이 시빌라를 본 순간, 눈을 크게 떴다.

"시빌라 님!"

침대에서 일어난 마델린이 몸을 내밀었다. 갑작스러운 행동에 놀랐지만, 그 이상으로 지금 말에 놀랐다.

시빌라…… 님? 그건 마치…….

내 생각이 정리되기 전에, 시빌라 앞에 한쪽 무릎을 꿇은 마델린이 필사적인 모습으로 충격적인 제안을 꺼냈다.

아무래도 그 『사랑의 여신』에게는 아직 수수께끼가 많은 모양이다.

"『어스름의 여신』 시빌라 님……. 제발, 저를 프리실라 님에게 데려다주세요!"

그것은, 상대의 발걸음을 종잡을 수 없던 우리에게 새로운 도표가 되는 한마디였다.

# ■작가 후기

우선 이렇게 4권을 보내드릴 수 있게 된 것, 무엇보다 기쁘게 생각합니다. 이것도 모두 응원해 주신 여러분 덕분입니다. 감사합니다.

4권에서는 주로 자넷의 이야기가 중심입니다. 그녀는 제가 특히 공들여서 내면을 만든 중요한 등장인물입니다.

말 없는 계열의 캐릭터는 과묵하고 신비롭고 귀엽게 묘사되는 일이 많습니다. 그러나 명상에 도전해본 사람은 모두 입을 모아서 『아무 생각도 하지 않는 게 굉장히 힘들다』라고 말합니다. 멍~하니 있는 사람은 대부분 대화나 글이 인식에서 벗어날 만큼 머릿속에서 무언가를 생각하는 것에 집중하고 있습니다. 자넷은 러셀 일행에게는 보이지 않는 내면에서 인간다운 감정을 많이 가지고 있는 것이죠.

스스로 제어할 수 없을 정도의 질투나 열등감, 공명심이나 자기혐오를 가지고 있는 자넷입니다. 그런 내면까지 포함해서, 재기할 때의 매력이 되도록 중요하게 다뤘습니다.

케이티도 당초부터 진지하게 고민해왔던 캐릭터 중 한 명입니다. 아직 수수께끼가 많은 인물이지만, 이번 권에서는 그 윤곽을 어느 정도 알 수 있을 때까지 다뤘습니다.

러셀과 하나가 되어 읽다 보면, 적대하는 강자이긴 하지만 그저 악랄하고 단순하게 힘이 강한 것만이 아니라, 명확하게 『위험인물』이라는 걸 피부로 느낄 수 있는 부분까지 포함해서 그녀의 위태로운 매력으로 이어지도록 만들었습니다.

여기서부터는 감사의 멘트를. 담당자 Y님, 스스로는 알 수 없었던 수정점을 세세하게 읽고 찾아내 주셔서 감사합니다. 지적해주신 내용에 수긍하면서 퇴고하는 시간은 굉장히 즐거운 한때입니다. 일러스트레이터 이코모치 님. 이번에도 표지를 시작으로 정말 근사한 일러스트를 그려주셔서 감사합니다. 이 그림을 위해 쓰고 있다고 해도 과언이 아닐 만큼 언제나 힘이 되고 있습니다.

가르도 코믹스 담당 작화이신 사와이 무기 선생님과 담당 편집자 H님. 언제나 근사한 작품을 그려주셔서 감사합니다. 마침내 만화 단행본도 발매하게 되었고, 손에 들고 읽을 수 있게 된 것이 굉장히 기쁩니다. 무료로 읽을 수 있는 코믹 가르도+ 앱에서도 인기 랭킹 1위가 되기도 했으니, 앞으로의 발전이 기대되네요.

5권에서는 새로운 땅에서 이야기가 크게 움직이는 걸 예정하고 있습니다. 새로운 등장인물은 물론이거니와 시빌라의 교우 관계부터 세계의 구조, 그리고 러셀의 존재를 크게 바꾸는 이야기가 되므로, 꼭 다음에도 『흑연의 성자』의 활약을 따라 와 주신다면 기쁘겠습니다.

흑연의 성자 4

초판 1쇄 발행 2025년 6월 10일

지은이_ MasamiT
일러스트_ icomochi
옮긴이_ 이경인

발행인_ 최원영
본부장_ 장혜경
편집장_ 김승신
편집진행_ 권세라 · 최혁수 · 김경민 · 최정민
편집디자인_ 양우연
국제업무_ 박진해 · 조은지 · 남궁명일
관리 · 영업_ 김민원 · 조은걸

펴낸곳_ (주)디앤씨미디어
등록_ 2002년 4월 25일 제20-260호
주소_ 서울특별시 구로구 디지털로32길 30 코오롱디지털타워빌란트 1301-1308호
전화_ 02-333-2513(대표)
팩시밀리_ 02-333-2514
이메일_ lnovellove@naver.com
ㄴ노벨 공식 카페_ http://cafe.naver.com/lnovel11

Saint of Black Kite
~The Banished Healer Masters Dark Magic
with Abundant Magical Power~ 4
© 2022 MasamiT
First published in Japan in 2022 by OVERLAP, Inc.
Korean translation rights reserved by D&C MEDIA Co., Ltd.
Under the license from OVERLAP, Inc., Tokyo JAPAN

ISBN 979-11-278-8236-5 04830
ISBN 979-11-278-6228-2 (세트)

**값 8,500원**

©Tsuyoshi Yoshioka 2021
Illustration:Seiji Kikuchi
KADOKAWA CORPORATION

## 현자의 손자 1~15권

요시오카 츠요시 지음 | 키쿠치 세이지 일러스트 | 김덕진 옮김

사고로 죽었을 청년이 갓난아기의 모습으로 이세계에서 환생!
구국의 영웅 「현자」 멀린 월포드에게 거둬진 그는 신이라는 이름을 받는다.
손자로서 멀린의 기술을 흡수해가며 놀라운 힘을 얻게 된 신이었지만,
그가 열다섯 살이 되자 할아버지는 이렇게 말했다.
"상식을 가르치는 걸 깜빡했구만!"
이런 이유로 신은 상식과 친구를 얻기 위해
알스하이드 고등 마법학원에 입학하게 되는데—.

### 「규격 외」 소년의 파격적인 이세계 판타지 라이프, 여기서 개막!

## 내 화염에 무릎 꿇어라, 세계여 1~4권

스메라기 히요코 지음 | Mika Pikazo 일러스트 | 텟타 배경화 일러스트 | 김장준 옮김

'기회만 있으면 뭔가 불태우고 싶다……'
그런 욕구를 가진 호무라는 이세계로 불려간다.
그곳에는 똑같이 이상한 여고생이 모여 있었고
특별한 재능을 가진 그녀들에게 이 세계를 구해 달라는 이야기가 나오는데?
100년 만에 부활한 마왕, 혼란에 틈타 활개 치는 악당들.
대혼란의 시대를 평정하기 위해서 소녀들은 세계의 운명을 짊어진다─.
"당신 악당이에요? 그럼 마음 놓고 불태울 수 있죠!"
불로 정화하는 것이야말로 정의! 소각 처분에 대흥분!!
압도적 화력으로 세계를 제압하는
정상인 듯 정상 아닌 미소녀 호무라의 미래는?!

**최강 방화녀의 이세계 코미디!!**

라이트노벨의 새로운 빛! l노벨의 신간은 매월 10일에 발매됩니다. http://cafe.naver.com/lnovel11

# 전생 왕녀와 천재 영애의 마법 혁명 1~8권

카라스 피에로 지음 | 키사라기 유리 일러스트 | 송재희 옮김

어릴 때 전생의 기억을 되찾은 왕녀, 아니스피아.
마법을 쓰지 못하기에 귀족들에게는 낮은 평가를 받지만
독자적인 마법 이론을 만들어 혼자서 연구를 계속하고 있었다.
그녀는 어느 날 천재 공작 영애, 유필리아가
차기 왕비 자리에서 밀려나는 장면과 맞닥뜨린다.
그녀의 명예를 회복하기 위해
아니스피아는 유필리아와 함께 살며 마법을 연구하기로 하는데?!
"유피, 나랑 같이 가 줄래?"
"바라신다면 어디까지라도 함께하겠어요. 아니스 님."
기상천외한 전생 왕녀와 쿨한 천재 영애의 만남이
나라를, 세계를, 두 사람의 미래를 바꿔 나간다!

## 사랑스런 두 사람의 왕궁 백합 판타지 개막!

# 데스마치에서 시작되는 이세계 광상곡 1~30권, EX

아이나나 히로 지음 | shri, 나가하마 메구미 일러스트 | 박경용 옮김

한창 데스마치를 치르던 프로그래머 스즈키 이치로(29).
「사토」란 닉네임을 쓰는 그가 잠시 잠들었다 깨어나 보니
듣도 보도 못한 이세계에 방치되어 있었다!
혼란에 빠질 틈도 없이 눈앞에는 처음 보는 괴물의 대군이 다가오고,
하늘에서는 유성우가 쏟아진다.
정신을 차리고 보니, 최강 레벨의 힘과 막대한 부를 손에 넣었는데……?!
이렇게 사토의 「유유자적, 가끔 시리어스, 그리고 하렘」인
이세계 모험담이 시작된다!!

**최강 레벨과 막대한 재보를 가지고
시작되는 유유자적 이세계 관광!!**